O GRANDE JOGO

JOGOS DE HERANÇA 5

O GRANDE JOGO

SÓ UM PODE VENCER

O **GRANDE JOGO**

JOGOS DE HERANÇA 5

JENNIFER LYNN BARNES

Tradução
Carolina Cândido e Vinícius Rizzato

Copyright © 2024 by Jennifer Lynn Barnes
Copyright da tradução © 2024 by Editora Globo S.A.

Os direitos morais da autora foram garantidos.

Todos os direitos reservados. Nenhuma parte desta edição pode ser utilizada ou reproduzida — em qualquer meio ou forma, seja mecânico ou eletrônico, fotocópia, gravação etc. — nem apropriada ou estocada em sistema de banco de dados sem a expressa autorização da editora.

Título original: *The Grandest Game*

Editora responsável **Paula Drummond**
Editora de produção **Agatha Machado**
Assistentes editoriais **Giselle Brito e Mariana Gonçalves**
Preparação de texto **Bárbara Morais**
Diagramação **Renata Zucchini**
Revisão **Vanessa Raposo**
Projeto gráfico original **Laboratório Secreto**
Ilustração de capa © **2024 by Katt Phatt**
Design de capa original **Karina Granda**
Capa © **2024 by Hachette Book Group, Inc.**

Texto fixado conforme as regras do Acordo Ortográfico da Língua Portuguesa (Decreto Legislativo nº 54, de 1995).

CIP-BRASIL. CATALOGAÇÃO NA PUBLICAÇÃO
SINDICATO NACIONAL DOS EDITORES DE LIVROS, RJ

B241g

Barnes, Jennifer Lynn
    O grande jogo / Jennifer Lynn Barnes ; tradução Carolina Cândido, Vinícius Rizzato. - 1. ed. - Rio de Janeiro : Globo Alt, 2024.

Tradução de: The grandest game
ISBN 978-65-85348-75-1

1. Ficção americana. I. Cândido, Carolina. II. Rizzato, Vinícius. III. Título.

24-92320
                      CDD: 813
                      CDU: 82-3(73)

Gabriela Faray Ferreira Lopes - Bibliotecária - CRB-7/6643

1ª edição, 2024

Direitos de edição em língua portuguesa para o Brasil adquiridos por Editora Globo S.A.
R. Marquês de Pombal, 25
20.230-240 – Rio de Janeiro – RJ – Brasil
www.globolivros.com.br

Para Rose

Prólogo

UM ANO ATRÁS

Havia um preço a se pagar pelo poder. Sempre. A única dúvida era se seria caro demais — e quem pagaria por ele. Rohan sabia disso melhor do que ninguém. Também sabia que não valia a pena esquentar a cabeça. Qual era o problema em tirar um pouco de sangue, ou, de vez em quando, quebrar alguns corações ou dedos entre amigos?

Não que Rohan tivesse *amigos* por assim dizer.

— Me pergunte por que você está aqui. — A ordem silenciosa do Proprietário cortou o ar como uma espada.

O Proprietário do Mercê do Diabo *era* poder, e havia criado Rohan como um filho: um filho amoral, maquiavélico e *útil*. Quando ainda era criança, Rohan já havia compreendido que naquele palácio secreto subterrâneo o conhecimento era a moeda de troca e a ignorância, uma fraqueza.

Ele era esperto o bastante para não *perguntar* porcaria nenhuma.

Em vez disso, abriu um sorriso dissimulado, a melhor das armas em seu arsenal, tão potente quanto uma lâmina ou um segredo que tivesse guardado.

— Perguntar é para quem não consegue obter respostas de outra maneira.

— E você é um mestre nessas outras maneiras — reconheceu o Proprietário. — Observação, manipulação, habilidade de passar despercebido ou de impor sua presença a seu bel-prazer.

— Eu também tenho uma ótima aparência. — Rohan jogava um jogo perigoso, mas esse era o único tipo que ele já havia jogado.

— Se você não vai *perguntar...* — O Proprietário segurou a empunhadura da ornada bengala prateada. — Então me diga, Rohan: por que eu te chamei até aqui?

Era isso. A certeza pulsava nas veias de Rohan quando ele respondeu:

— A sucessão.

De fora, o Mercê do Diabo era um luxuoso clube de apostas, secreto e conhecido apenas por seus membros: ultrarricos, aristocratas, pessoas influentes. Na realidade, o Mercê era muito mais do que isso. Um legado histórico. Uma força oculta. Um lugar onde acordos eram fechados e fortunas definidas.

— A sucessão — confirmou o Proprietário. — Preciso de um herdeiro. Tenho mais dois anos de vida. Três, no máximo. Até 31 de dezembro do ano que vem, irei passar a coroa.

Talvez outra pessoa tivesse focado a atenção na possibilidade de morte, mas não Rohan. Em duzentos anos, o controle do Mercê havia passado de mãos apenas quatro vezes. O herdeiro era sempre uma pessoa jovem, uma nomeação para o resto da vida.

Este era e sempre tinha sido o desfecho que Rohan esperava.

— Não sou sua única opção para herdeiro.

— E por que deveria ser?

Vindo do Proprietário, aquela não era uma pergunta retórica. *Venda seu peixe, jovem.*

Eu conheço cada centímetro do Mercê, pensou Rohan. *Cada sombra, cada truque. Os membros me conhecem. Eles sabem que é melhor não se meter comigo. Você já mencionou minhas habilidades — as mais palatáveis, pelo menos.*

Em voz alta, Rohan escolheu uma tática diferente:

— Nós dois sabemos que eu sou um magnífico canalha.

— Você é tudo o que eu o tornei. Mas certas coisas precisam ser conquistadas.

— Estou pronto.

A sensação que Rohan sentia era a mesma de quando ele entrava no ringue para lutar, sabendo que a dor era inevitável — e irrelevante.

— Há um preço. — O Proprietário foi direto ao ponto. — Para assumir o controle do Mercê, primeiro você precisa comprar a sua parte. Dez milhões de libras devem bastar.

A mente de Rohan imediatamente começou a pensar nos caminhos até a coroa. Mas ele *poder* ver opções despertou seu sexto sentido.

— Quais são as condições?

— As condições, meu jovem, são as mesmas de sempre, que se aplicaram a mim e a quem veio antes de mim até o primeiro herdeiro do Proprietário: você não pode fazer sua fortuna dentro dos muros do Mercê, nem usar qualquer vantagem obtida enquanto estava a seu serviço. Não pode acessar esses corredores, usar o nome do Mercê nem abordar ou aceitar favores de nenhum dos membros.

Fora do Mercê, Rohan não tinha nada, nem mesmo um sobrenome.

— Saia de Londres dentro de 24 horas e não volte a não ser e até que tenha conseguido todo o valor.

Dez milhões de libras. Isso não era apenas um desafio, era exílio.

— Durante sua ausência — informou o Proprietário —, a duquesa assumirá o posto de Factótum em seu lugar. Caso não consiga obter o valor, *ela* será minha herdeira.

Pronto, ali estavam: o jogo, o prêmio, a ameaça.

— Vá — o Proprietário disse, bloqueando o caminho para o quarto de Rohan. — Agora.

Rowan conhecia Londres. Sabia como se deslocar como um fantasma por qualquer parte da cidade, alta sociedade ou não. Mas, pela primeira vez desde que tinha cinco anos, ele não tinha o Mercê para recebê-lo de volta.

Procure por uma abertura. Procure por uma brecha. Procure por uma fraqueza. Ele estava com a cabeça a mil. Rohan foi atrás de uma cerveja.

Do lado de fora do pub, dois cachorros brigavam. A menor tinha a aparência de uma loba. Ela estava perdendo a briga. Se meter no meio daquilo provavelmente não era a coisa mais sábia a se fazer, mas Rohan não usava muita *sabedoria* no momento.

Depois de espantar o cachorro maior, Rohan limpou o sangue do antebraço e se ajoelhou em frente à menor. Ela rosnou. Ele sorriu.

A porta do pub abriu. Dentro, uma televisão emitia a todo volume a voz de um âncora: "Recebemos informações de que a primeira gigantesca e alucinante competição anual do Grande Jogo, fundado pela herdeira Hawthorne, Avery Grambs, chegou ao fim. O vencedor deverá ser anunciado em uma transmissão ao vivo a qualq…"

A porta fechou com uma batida.

Rohan encarou o olhar feroz do cão.

— Anual — murmurou ele.

Significava que haveria outra no ano seguinte. Ele teria um ano para se planejar. Um ano para deixar tudo nos conformes. Por sorte, Avery Grambs nunca fora uma *integrante* do Mercê do Diabo.

Olá, brecha. Rohan parou. Antes de abrir a porta do pub, ele olhou para baixo:

— Você vem? — perguntou à cadela.

Lá dentro, o dono do pub reconheceu Rohan na mesma hora.

— O que vai ser?

Mesmo sem o apoio do Mercê, um homem com as habilidade e a reputação de Rohan ainda tinha uma ou duas cartas na manga.

— Uma cerveja pra mim — falou — e um bife para ela.

— Os lábios de Rohan se curvaram, mais de um lado do que do outro. — E um transporte para fora de Londres. Para hoje à noite.

Capítulo 1

LYRA

O sonho começou da mesma maneira de sempre: com a flor. Ver o lírio-do-nilo, também chamado de *calla lily*, em uma de suas mãos encheu Lyra de um pavor doentio. Ela olhou para a outra mão e para os tristes restos de um colar de doces. Sobravam apenas três pedaços.

Não.

De alguma forma, Lyra sabia que tinha dezenove anos, mas no sonho suas mãos eram pequenas, como as de uma criança. A ameaçadora sombra que pairava sobre ela era grande.

E então veio o sussurro:

— *Um Hawthorne fez isso.*

A sombra — seu pai biológico — virou e foi embora. Lyra não conseguiu ver seu rosto. Ela ouviu passos subirem a escada.

Ele tem uma arma. Lyra acordou assustada, sem conseguir respirar direito, o corpo rígido, e a cabeça… em uma mesa. Enquanto a visão desembaçava e o mundo real se encaixava firmemente de volta à sua frente, Lyra lembrou que estava em aula.

Exceto que a sala estava quase vazia.

— Faltam dez minutos para acabar a prova.

A única outra pessoa na sala era um homem de cinquenta anos vestindo um terno.

Prova? Os olhos de Lyra encontraram o relógio na parede. Quando assimilou que horas eram, o pânico começou a esmorecer.

—A essa altura, é mais fácil aceitar o zero. — O professor fechou a cara. — O resto da turma já terminou. Suspeito que *eles* não foram para a balada ontem à noite.

Porque o único motivo para uma garota com a minha aparência estar cansada o suficiente a ponto de pegar no sono na aula é ela ter ido para a balada. Uma irritação cresceu dentro de Lyra, expulsando os últimos resquícios do sonho apavorante. Ela olhou para a prova. Múltipla escolha.

— Vou ver o que consigo fazer em dez minutos.

Pegou uma caneta na mochila e começou a ler.

A maioria das pessoas podia ver imagens em suas mentes. Na de Lyra havia apenas palavras, conceitos e sentimentos. O único momento em que conseguia *ver* com os olhos da mente era quando sonhava. Por sorte, não ficar atolada em imagens mentais fazia dela uma leitora muito rápida. E igualmente por sorte, quem preparou a prova caiu em um padrão previsível e familiar.

Para encontrar a resposta certa, bastava que a pessoa decodificasse a relação entre as opções oferecidas. Duas delas eram opostas? Uma das opostas se diferenciava das outras apenas por uma nuance? Ou havia duas respostas que *pareciam* iguais? Ou uma ou mais respostas *pareciam* corretas, mas talvez não fossem?

Esse era o problema com as provas de múltipla escolha. Você não precisava saber tudo que iria cair se conseguisse decifrar o código.

Lyra respondeu cinco perguntas no primeiro minuto. Quatro no minuto seguinte. Quanto mais quadradinhos de respostas ela preenchia, mais a irritação do professor ficava palpável.

— Você está desperdiçando o meu tempo — disse. — E o seu.

A Lyra do passado se deixaria afetar por aquilo. Em vez disso, ela leu mais rápido. *Encontre o padrão, encontre a resposta.* Ela terminou com um minuto de sobra e entregou a prova, sabendo muito bem o que o professor via quando olhava para ela: uma garota com um corpo que, para algumas pessoas, significava *festeira* mais do que jamais significara *dançarina*.

Não que ela fosse dançarina. Não mais.

Lyra pegou sua mochila e se virou para ir embora, mas o professor a impediu.

— Espere — ordenou, seco. — Vou corrigir agora mesmo.

O que ele queria dizer, na verdade, era: *Vou te ensinar uma lição.*

Ao girar devagar para encará-lo, Lyra teve tempo de controlar as expressões de modo que seu semblante ficasse neutro.

Após corrigir as primeiras dez questões, o professor havia marcado apenas uma como errada. Suas sobrancelhas se aproximavam à medida que avançava, e aquela porcentagem se manteve e aumentou.

— Noventa e quatro — disse erguendo o olhar da prova. — Nada mal.

Lá vem, Lyra pensou.

— Imagina o que você poderia fazer caso se esforçasse só um pouquinho mais.

— E como você sabe o quanto eu me esforço? — perguntou Lyra.

Falou com a voz tranquila, mas seus olhos o encararam com determinação.

— Você está de pijamas, cabelo despenteado e dormiu por quase a prova inteira. — O professor havia mudado a categoria dela de festeira para preguiçosa. — Eu nunca vi você em uma aula sequer — o professor continuou, inflexível.

Lyra deu de ombros.

— É porque eu não faço essa matéria.

— Você... — Ele parou e a encarou. — Você não...

— Eu não faço essa matéria. — Lyra repetiu. — Eu peguei no sono na aula anterior.

Sem esperar por uma resposta, ela se virou e começou a andar em direção à saída. Seus passos eram largos, talvez até graciosos. Talvez *ela* ainda fosse graciosa.

O professor a chamou e perguntou:

— Como você tirou noventa e quatro em uma prova de uma matéria que você nem está fazendo?

Lyra continuou andando, suas costas voltadas para o homem quando ela respondeu:

— Preparar perguntas com pegadinhas pode se voltar contra você se a pessoa fazendo a prova sabe como identificá-las.

Capítulo 2

LYRA

O e-mail chegou naquela tarde, da secretaria acadêmica, com a tesouraria em cópia. Assunto: *matrícula suspensa.* Ler três vezes não mudou o conteúdo.

O telefone de Lyra tocou enquanto ela lia pela quarta vez. *Você está bem,* lembrou a si mesma, mais por hábito do que qualquer coisa. *Está tudo bem.*

Preparada para o impacto, ela atendeu.

— Olá, mãe.

— Então você *ainda* lembra de mim! E o seu telefone *ainda* funciona! E você *não* foi sequestrada por um assassino em série que gosta de matemática disposto a te adicionar à equação supersinistra dele.

— Livro novo? — Lyra adivinhou. A mãe era escritora.

— Livro novo! Ela gosta mais de números do que de pessoas. Ele é um policial que confia mais nos próprios instintos do que nos cálculos dela. Eles se *odeiam.*

— De um jeito bom?

— De um jeito *muito* bom. E por falar em uma puta química e num clima de romance fervente... como você está?

Lyra fez uma careta.

— Que sutil, mãe.

— Para de desviar do assunto e me responde! Estou entrando em abstinência de filha. Seu pai acha que a primeira semana de novembro ainda é muito cedo pra colocar os enfeites de Natal, seu irmão tem quatro anos e não gosta nem um pouco de chocolate meio amargo, e se eu quiser que alguém assista uma comédia romântica comigo vou precisar de uma corda.

Nos últimos três anos, Lyra havia feito tudo que podia para parecer normal, para *ser* normal. A Lyra que amava Natal e chocolate e comédias românticas. E, todos os dias, fingir havia matado ela cada vez mais um pouquinho.

Foi por isso que ela foi parar em uma universidade a mais de mil quilômetros de casa.

— Então, como você tá?

A mãe dela ia mesmo continuar perguntando, de novo e de novo.

Lyra ofereceu três palavras como resposta.

— Solteira. Mesquinha. Armada.

A mãe dela riu.

— Não é não.

— Mesquinha ou armada? — perguntou Lyra. Ela nem mencionou *solteira.*

— Mesquinha — respondeu a mãe. — Você tem uma alma doce e generosa, Lyra Catalina Kane, e nós duas sabemos que qualquer coisa pode ser usada como arma se dentro do seu coração você acreditar que pode machucar ou matar alguém com aquilo.

A conversa parecia tão normal, tão *elas,* que Lyra mal conseguia aguentar.

— Mãe? Recebi um e-mail da tesouraria.

O silêncio foi ensurdecedor.

— Talvez meu editor tenha enviado o último cheque com algum atraso — respondeu, por fim, a mãe. — E menos do que eu esperava. Mas eu vou dar um jeito, filhinha. Vai ficar tudo bem.

Está tudo bem. Aquela era a abordagem de Lyra. Tinha sido sua abordagem pelos últimos três anos, desde que o nome *Hawthorne* passou a dominar o noticiário e memórias que ela havia reprimido, por um motivo, começaram a ressurgir. Uma em especial.

— Esquece a mensalidade, mãe. — Lyra precisava desligar. Era mais fácil projetar *normalidade* a distância, mas mesmo assim tinha um preço a se pagar. — Eu posso trancar o próximo semestre, arrumar um trabalho, aplicar pra bolsas de estudo.

— Nem pensar.

A voz que havia dado aquela ordem não era a da mãe.

— Oi, pai.

Keith Kane casou-se com a mãe de Lyra quando ela tinha três anos e a adotou quando tinha cinco anos. Ele era o único *pai* que ela conhecia. Até os sonhos começarem, ela nem mesmo se lembrava de seu pai biológico.

— Sua mãe e eu vamos cuidar disso, Lyra. — Quando o pai falava com aquele tom, não tinha nem discussão.

A Lyra de antigamente nem teria tentado.

— Cuidar disso como? — pressionou ela.

— A gente tem algumas opções.

Lyra já sabia, só pelo jeito como disse a palavra *opções*, o que ele estava pensando.

— Recanto Sereno — disse ela. Não, ele não podia estar falando sério. O Recanto Sereno não era só uma casa. Eram os frontões do sótão e o balanço da varanda e os bosques e o riacho e gerações de Kane entalhando seus nomes na mesma árvore. Lyra crescera no Recanto Sereno. Entalhara seu nome naquela árvore quando tinha nove anos. Seu irmão mais novo merecia fazer o mesmo. *Eu não posso ser o motivo de eles venderem a casa.*

— A gente já vem conversando faz um tempo sobre nos mudarmos para um lugar menor. — Seu pai estava calmo, ia direto ao ponto. — A manutenção dessa casa antiga está matando a gente. Se vendermos o Recanto Sereno, podemos comprar uma casinha menor na cidade, pagar sua faculdade e começar uma poupança para a universidade do seu irmão. Tem essa construtora...

— Sempre tem uma construtora — Lyra nem deixou que ele terminasse —, e você sempre manda eles irem para o inferno.

Dessa vez, o silêncio do outro lado da linha disse mais do que qualquer palavra.

Capítulo 3

LYRA

Correr doía. Talvez fosse por isso que ela gostasse. A Lyra de antigamente odiaria correr. Agora, ela podia ir longe. O problema era que, com o tempo, passou a doer menos. Então, todos os dias, ela se forçava a ir um pouquinho mais além.

E além.

E além.

Seus pais e amigos não entenderam nada quando ela trocou as aulas de dança por aquilo — aguentara até o último ano do ensino médio, quase um ano antes. Tinha fingido o máximo que conseguia. Mas mesmo ela não era atriz boa o suficiente para fingir ser o tipo de dançarina que tinha sido. *Antes.*

Parecia errado que toda sua vida tivesse saído dos trilhos só por causa de um sonho. Uma única memória. Lyra sabia que seu pai biológico estava morto, mas não que tinha cometido suicídio, não que ela *tivesse presenciado.* O trauma tinha sido reprimido tão bem que deixara de existir para ela. Em um dia, Lyra era uma adolescente normal, feliz. No outro, literalmente da noite para o dia, não era mais.

Não estava normal, não estava bem, muito menos *feliz.*

Os pais sabiam, não o que tinha mudado, mas que algo havia mudado. Ela escapara para uma faculdade distante, mas para onde aquilo a havia levado? Bolsas de estudo não bastavam. Os pais falaram para que ela não se preocupasse, que completariam o restante, mas era evidente que eles tinham mentido, o que talvez significasse que Lyra não tinha feito um bom trabalho em fingir que estava bem.

Enquanto corria, não importava o quão longe ia, o cérebro de Lyra continuava chegando sempre à mesma conclusão: *preciso largar a faculdade.* Ela ganharia algum tempo e os pais teriam uma conta a menos para se preocupar. A ideia de largar a faculdade não deveria ser difícil, não era como se Lyra tivesse feito amigos aquele semestre ou sequer tentado. Tinha empurrado os estudos com a barriga, como um zumbi com aptidão para a academia. Fazia o mínimo.

Mas fazer o mínimo era melhor do que não fazer nada.

Cerrando os dentes, Lyra aumentou o ritmo. Àquela altura da corrida, não deveria ser fácil. Mas, às vezes, *aumentar* o ritmo era só o que restava.

Quando parou, mal podia respirar. Com a pista embaçada à frente, Lyra se inclinou e apoiou as mãos nos joelhos, inalando todo o oxigênio que podia. E algum babaca escolheu justo aquele momento para mexer com ela. Como se ela tivesse se inclinado *para ele.*

Logo depois, uma bola de futebol parou bem ao lado de Lyra. Olhando ao redor, viu um grupo de rapazes esperando para ver como ela reagiria e passou alguns segundos imaginando qual seria o coletivo de *babaca.*

Um bando?

Uma corja?

Não, pensou Lyra enquanto pegava a bola. Um *circo.* O circo de babacas talvez não esperasse que ela chutasse a bola em direção ao gol, mas seu pai era treinador de futebol na escola, e quando o corpo de Lyra aprendia a fazer algo, nunca mais se esquecia.

— Errou! — gritou um dos caras, rindo. A bola atingiu a trave no ângulo e ricocheteou, atingindo bem a nuca do otário que mexera com ela.

— Não — gritou de volta. — Não errei.

Largar o curso era a decisão certa. A única decisão possível. Mas quando Lyra tentou subir as escadas em direção à secretaria acadêmica, acabou do outro lado do campus, no correio da universidade.

Eu consigo, só preciso de um minuto. De maneira mecânica, Lyra andou até sua caixa postal. Não esperava nada, estava apenas procrastinando, mas aquilo não a impediu de girar a chave e abrir a portinha.

Dentro havia um envelope feito de um grosso papel de linho. *Sem remetente.* Ela pegou o envelope, que era mais pesado do que parecia. *Sem selo.* Lyra congelou. Seja lá o que fosse aquilo, não havia sido enviado pelo correio.

Enquanto abria o envelope, Lyra olhou por cima dos ombros, de repente tendo a sensação de que estava sendo observada. Dentro havia dois itens.

O primeiro era um pedaço bem fino de papel com a seguinte mensagem rabiscada: VOCÊ MERECE ISSO. Enquanto lia aquelas palavras, o papel começou a se desfazer em suas mãos. Em segundos, não havia nada além de pó.

Sentindo plenamente o modo como o coração batia, dando repetidas pancadas contra sua caixa torácica com uma força brutal, Lyra pegou o segundo item do envelope. Tinha o tamanho de uma carta dobrada, mas no instante em que seus dedos encostaram nas extremidades douradas, percebeu que era feito de metal, um bem fino.

Tirando-o do envelope, Lyra percebeu que havia algo impresso, três palavras e um símbolo. *Um símbolo não*, logo percebeu. Um *QR code, esperando para ser escaneado.* Lendo as palavras, Lyra soube exatamente o que tinha em mãos.

Era um bilhete, um convite, uma intimação. As palavras impressas acima do código eram inconfundíveis para ela e qualquer um no planeta com acesso a qualquer tipo de mídia.

O Grande Jogo.

Capítulo 4

GIGI

Gigi Grayson não estava obcecada! Aquilo não era excesso de cafeína! Ela com certeza não estava prestes a cair do telhado! Mas tente convencer um Hawthorne disso.

A mão firme de alguém a segurou pelo cotovelo. Um braço coberto por um terno abraçou sua cintura.

Quando Gigi percebeu, já estava sã e salva em seu quarto. As coisas funcionavam assim com seu meio-irmão Hawthorne. Ele fazia as coisas acontecerem *num instante*. Grayson Hawthorne exalava poder. Ganhava discussões com apenas um arquear de suas loiras e anguladas sobrancelhas!

E havia uma chance pequenininha de que Gigi estivesse mesmo prestes a cair do telhado.

— Grayson! Senti sua falta! Aqui, toma um gato!

Gigi pegou Katara, sua enorme gata-de-bengala, quase um leopardo, na verdade, e a lançou nos braços de Grayson.

Gatos eram um excelente método de desarmar as pessoas.

Contudo, Grayson nunca baixava a guarda. Ele acariciou a cabeça de Katara com firmeza.

— Explique.

Sendo o segundo herdeiro mais velho entre os quatro netos do falecido bilionário Tobias Hawthorne, Grayson tinha a propensão a dar ordens.

Também tinha o péssimo hábito de esquecer que era três anos e meio mais velho que ela, não trinta.

— O motivo de eu estar no telhado, o de não retornar suas ligações ou o de te entregar um gato? — perguntou Gigi, alegre.

Os olhos cinza-claros de Grayson passearam pelo quarto dela, captando as centenas de pedaços de papel rascunhados espalhados por todos os cantos: colchão, chão, até pelas paredes. Então seu olhar voltou-se para Gigi. Sem dizer nada, gentilmente ergueu a manga esquerda dela. Anotações dançavam por toda sua pele, recém-escritas pela caligrafia errática e desleixada de Gigi.

— Acabou o papel. Mas acho que tô chegando perto! — Gigi sorriu, satisfeita. — Só precisava mudar a forma de ver as coisas.

Grayson a observava.

— Por isso o telhado.

— Por isso o telhado.

Com cuidado, Grayson colocou Katara no chão.

— Achei que você iria viajar durante seu ano sabático.

E era por *isso* que ela o estava evitando.

— Vou ter tempo de sobra para encarnar a Gigi Sem Fronteiras mais tarde — prometeu ela.

— Depois do Grande Jogo. — Grayson não havia feito uma pergunta.

Gigi não negou. E para quê?

— Sete jogadores — disse, os olhos brilhando —, sete bilhetes dourados especiais. Três que vão para jogadores escolhidos por Avery e quatro cartas curinga.

Aqueles bilhetes curinga tinham sido escondidos em locais secretos espalhados por todo os Estados Unidos. O público recebera uma única pista menos de 24 horas antes. E Gigi Grayson, resolvedora de charadas, trabalhava no caso!

— Gigi — disse Grayson, com calma.

— Não diga nada! — Gigi falou de repente. — Já vai ter toda a polêmica por eu ser sua irmã, quando todos sabem que O Grande Jogo é um trabalho em equipe.

Um trabalho em equipe entre os irmãos Hawthorne e a herdeira Hawthorne, entre os quatro netos de Tobias Hawthorne e a adolescente aparentemente aleatória que herdara a fortuna inteira do excêntrico bilionário.

— Acontece que — disse Grayson — não me envolvi no desenvolvimento do jogo este ano. Avery e Jamie pediram que eu ficasse com as tropas. Vou comandar algumas coisas e, para proteger a integridade das charadas, não saberei de nada antes.

Não dá para entregar o jogo se você não sabe quais são as cartas, pensou Gigi.

— Fico feliz por você — disse ela para Grayson. — Mesmo assim, xiu! — Ela o olhou da forma mais séria que podia. — Preciso fazer as coisas do meu jeito.

A resposta de Grayson para a tentativa de Gigi de parecer séria durou exatos dois segundos de silêncio, seguidos por uma pergunta:

— Onde está sua cama?

Gigi não esperava aquela mudança de assunto. *Bem espertinho, Grayson.* Com o sorriso mais iluminado que tinha em seu arsenal, Gigi apontou para o colchão no chão.

— *Voilà!*

— Isso — respondeu Grayson — é um colchão. Onde está sua *cama?*

A cama em questão era de mogno, uma antiguidade. Antes que Gigi conseguisse elaborar uma distração caótica para fugir da pergunta, Grayson foi em direção ao armário e o abriu.

— Você deve estar se perguntando onde está o resto das minhas roupas — disse Gigi, entusiasmada. — E irei te dizer com o maior prazer... depois do jogo.

— Em cinco palavras ou menos, Juliet.

Chamá-la pelo primeiro nome talvez fosse um sinal de que ele não iria desistir tão fácil. No ano e meio em que se conheciam, Gigi já tinha descoberto, por meio dos seus poderes de dedução, e também xeretando, que Grayson era o neto que o bilionário Tobias Hawthorne moldara desde a infância para ser o herdeiro perfeito: formidável, imponente, sempre no controle.

Revirando os olhos, Gigi cedeu ao pedido, contando cada palavra com os dedos conforme falava.

— Roubo ao contrário. — Sorriu. — Usei só três!

Grayson reagiu àquilo com uma de suas assustadoras arqueadas de sobrancelha.

— Roubo ao contrário — esclareceu Gigi, prestativa. — Você arromba, você invade, mas deixa algo no lugar em vez de roubar.

— Devo presumir que sua cama de mogno agora reside na casa de outra pessoa?

— Não seja ridículo! — protestou Gigi. — Eu a vendi e fiz um roubo ao contrário *com isso*.

Gigi tomou uma decisão crucial e se agachou e chamou Katara.

Prevendo, de maneira correta, que estava prestes a ter um gato enorme colocado em sua cabeça, Grayson se ajoelhou e colocou suavemente a mão sobre o ombro de Gigi.

— Isso é por causa do nosso pai?

Gigi continuou respirando. Continuou sorrindo. O truque para parecer que O SEGREDO era só um segredo e que ela era muito boa em guardá-los era nunca *pensar* em Sheffield Grayson.

Além do mais, sorrir aumentava a felicidade. Era comprovado cientificamente.

— É por *minha* causa — respondeu Gigi. Ela deu algumas coçadinhas no pescoço de Katara e usou uma das patas da gata para indicar a porta. — Agora xispa daqui.

Grayson não xispou dali.

— Eu tenho algo para você.

De um dos bolsos do terno Armani, ele tirou uma caixinha preta de presente, com dois centímetros e meio de altura e talvez o triplo do comprimento de um biscoito waffle.

— É da Avery.

Gigi encarou a caixa. Enquanto Grayson abria a tampa, tudo o que ela conseguia imaginar, em meio às batidas ensurdecedoras de seu coração, era: *sete bilhetes dourados especiais. Três que vão para jogadores escolhidos por Avery.*

— Se você quiser, é seu.

A voz de Grayson estava mais suave agora. Ele não era uma pessoa suave, e isso dizia a Gigi que aquele presente não era uma brincadeira qualquer. Era Avery tentando compensá-la por...

Não pense nisso. Continue sorrindo.

— Não vou contar pra ninguém — falou Gigi, um nó traiçoeiro crescendo na garganta. — Avery sabe disso, certo?

Grayson a observou.

— Ela sabe.

Gigi respirou fundo e deu um passo para trás.

— Agradeça a Avery por mim, mas não.

Gigi não queria a culpa de ninguém, não queria que sentissem pena dela. Não queria, nem por um segundo, que Grayson achasse que ela não era forte o suficiente. Que precisava que os outros sentissem compaixão por ela.

— Se você não aceitar — disse Grayson —, tenho instruções de entregar este bilhete para Savannah.

— A Savannah está ocupada — respondeu Gigi na mesma hora —, com a faculdade, com o basquete. E com a dominação mundial.

A gêmea de Gigi não sabia do SEGREDO. Savannah era a gêmea inteligente, a bonita, a forte. Ela era focada, determinada, estava arrasando na faculdade.

E Gigi estava... ali.

Ela olhou em direção aos escritos no braço, afastando a presença de Grayson de sua mente. Ela era capaz disso, de tudo isso.

Guardar o SEGREDO.

Proteger Savannah.

Decifrar o código e conseguir o bilhete por conta própria.

E provar, pela primeira vez na vida, que tinha o necessário para vencer.

Capítulo 5

ROHAN

Se eu ganhasse dez contos, pensou Rohan, *cada vez que alguém apontasse uma arma para a minha nuca...*

— Passa pra cá.

O idiota com a arma não fazia ideia de quanto sua voz o traía.

— Passa pra cá o quê?

Rohan se virou, mostrando as mãos vazias. É verdade que há um segundo elas não estavam vazias.

— O bilhete. — O homem balançou a arma no rosto de Rohan. — Pode me dar! Só sobraram dois bilhetes curingas no jogo.

— Na verdade — suas palavras tinham um tom indolente —, não tem mais nenhum.

— Impossível que você saiba disso.

Rohan sorriu.

— Erro meu.

Ele viu o exato momento que seu oponente percebeu que Rohan não cometia erros. Ele encontrara a primeira carta curinga em Las Vegas e a segunda ali em Atlanta e, naquele instante, passara para a fase seguinte de seu plano.

Conseguia ter uma excelente visão panorâmica daquele telhado, de onde podia observar o pátio logo abaixo.

— Você está com os últimos dois bilhetes? Os dois? — O homem abaixou a arma e deu um passo à frente. Dois erros de uma vez. — Me dá um. *Por favor.*

— Fico feliz em ver que seus modos estão melhorando, mas acontece que eu prefiro escolher com quem vou competir. — Rohan deu as costas para o homem e para a arma e olhou para o pátio abaixo. — Ela vai.

Quatro andares abaixo, uma jovem com cabelos cor de chocolate e um caminhar leve como uma pluma investigava uma estátua.

— É possível — sua voz carregava um tom agradável — que o bilhete que encontrei aqui em cima agora esteja lá embaixo.

Num piscar de olhos, o homem com a arma lançou-se em direção às escadas, descendo para o pátio. *Até a garota.*

— Machuque ela e irá se arrepender.

Rohan não alterou seu tom de voz. Não precisava. A maioria das pessoas tinha juízo o suficiente para perceber quando ele havia virado a chave.

— É isso, pessoal! Um comunicado de imprensa emitido por Avery Grambs, a herdeira Hawthorne, confirmou que, menos de 48 horas após serem liberados, todos os lugares na edição desse ano do Grande Jogo já foram preenchidos.

Sentado na beira de uma cama que não era a dele, vestindo nada além de um pomposo roupão de algodão turco, Rohan girava uma faca entre os dedos devagar. Havia vantagens em ser um fantasma. No último ano, ele tinha entrado e saído de fininho de hotéis de luxo como este na maior moleza. Passara este período obtendo fundos, contatos, inteligência... não o bastante, por si só, para ganhar o Mercê, mas o suficiente para que nada em seu plano atual fosse deixado ao acaso.

— O jogo do último ano tinha entrada livre — continuou o repórter na tela —, com pessoas de todos os cantos do mundo seguindo uma série de pistas que os levou de Moçambique até Alasca e Dubai. No entanto, a disputa este ano parece que será mais íntima, com a identidade dos sete sortudos jogadores mantida em segredo absoluto.

Não tão absoluto assim. Não para alguém com as habilidades de Rohan.

— O local do jogo também está sob forte sigilo.

— Dependendo da definição da palavra *forte* — observou sarcasticamente Rohan. Desligou a televisão. Quando obteve seu bilhete, recebeu instruções sobre o local de coleta e horário. Agora que a hora se aproximava, ele se encaminhou em direção ao enorme e luxuoso chuveiro da suíte.

Tirou seu roupão, mas ficou com a faca.

À medida que o vapor tomava as paredes de vidro do chuveiro, Rohan levou a ponta da lâmina até o vidro. Sempre teve a mão leve, sempre soube com precisão quanta força aplicar. Muito suavemente, deslizou a faca em meio ao vapor, desenhando seis símbolos na umidade da superfície do vidro.

Um bispo, uma torre, um cavalo, dois peões e uma rainha.

Rohan já havia começado a classificar os competidores. *Odette Morales. Brady Daniels. Knox Landry.* Ele arrastou a ponta da lâmina sobre o bispo, a torre e o cavalo. Assim, sobraram apenas os três jogadores com a idade próxima à de Rohan, de quase vinte anos. Ele observara Gigi Grayson do telhado. Os outros dois, conhecia apenas no papel.

Um jogo como este exigiria desenvolver alguns recursos. Aqueles três eram... possibilidades. *Gigi Grayson. Savannah Grayson. Lyra Kane.* Só o tempo diria qual das três se mostraria ser a mais útil para Rohan — e se alguma delas tinha a versatilidade de uma rainha.

Capítulo 6

LYRA

Um chofer buscou Lyra no ponto de encontro combinado. Um jatinho particular a levou de uma pista de pouso segura até outra. Lá, encontrou um helicóptero.

— Bem-vinda a bordo. — Uma voz se fez ouvir do outro lado da aeronave, e, no momento seguinte, um longo e esguio corpo dava a volta para se juntar a ela.

Lyra o reconheceu na mesma hora. Claro que o reconheceria. Jameson Hawthorne era fácil de se reconhecer.

— Tecnicamente, ainda não estou a bordo — respondeu Lyra.

Aquilo foi desnecessário? Talvez. Mas ele era um Hawthorne, e vê-lo trouxe de volta o sonho — e as únicas três coisa que Lyra conseguia lembrar que seu falecido pai já dissera a ela.

Feliz aniversário, Lyra.

Um Hawthorne fez isso.

E então, um enigma: *o que faz uma aposta começar? Não é isso.*

— Quando eu disse *a bordo,* não estava falando do helicóptero. — Pelo jeito, Jameson Hawthorne era o tipo de pessoa que podia transformar um sorriso falso em genuíno num piscar de olhos. — Bem-vinda ao Grande Jogo, Lyra Catalina Kane.

Havia algo no modo como ele dissera aquelas palavras, uma energia profana, um convite.

— Você é Jameson Hawthorne — disse Lyra. Ela não permitiu que qualquer resquício de admiração transparecesse em seu tom. Não queria que Jameson achasse que ela estava afetada por sua presença, por sua aparência, pelo modo casual como ele se apoiava no helicóptero, como se fosse uma simples parede.

— Culpado — respondeu Jameson — de quase tudo, na verdade. — Então ele olhou por cima do ombro dela. — Você está atrasado — apontou.

— Só se por *atrasado* você quiser dizer *adiantado*.

Lyra congelou. Conhecia aquela voz, conhecia tal qual seu corpo conhecia a coreografia que havia praticado milhares de vezes, a que mesmo dali a muitos anos ainda a faria sofrer com a lembrança no segundo que ouvisse a música. Ela *conhecia* aquela voz.

Grayson Hawthorne.

— Com certeza atrasado — Jameson reforçou.

— Eu nunca me atraso.

— É quase como se — disse Jameson inocentemente — alguém tivesse te dito o horário errado.

Lyra mal podia ouvir Jameson. O único som que seu cérebro conseguia processar era o dos passos atrás dela. Disse a si mesma que estava sendo ridícula, que não podia *sentir* Grayson Hawthorne se aproximando.

Ele não significava nada para ela.

Um Hawthorne fez isso. Aquela memória abriu espaço para outra, a voz de seu pai substituída pela de Grayson. *Pare de me ligar.* Fora a ordem autoritária, desdenhosa, que ele dera após a terceira e última vez que ela ligara para ele atrás de respostas, atrás de *alguma coisa.*

Até hoje, a única pessoa a quem ela havia contado sobre a memória, os sonhos, o suicídio do pai, sobre o fato de que ela estava lá, era Grayson Hawthorne.

E Grayson Hawthorne não tinha se importado.

Claro que não. Para ele, Lyra era uma estranha, uma ninguém, enquanto Grayson era um Hawthorne, um arrogante, frio, melhor-que-todos, *babaca* Hawthorne que não se importava com quantas vidas seu avô bilionário havia arruinado, muito menos com a identidade delas.

Grayson parou muito próximo a Lyra.

— Acredito que você saiba que está sendo observado, Jamie.

— Ah, eu posso te garantir que ele está. — Aquela resposta não vinha de Jameson.

Finalmente, Lyra conseguiu se virar. Atrás de Grayson, para quem ela *não* olhou, viu uma silhueta andando na direção deles, tão distante que não deveria ter sido capaz de ouvir ou participar da conversa.

E mesmo assim... Lyra analisou o recém-chegado. Ele era alto, tinha ombros largos, mas todo o resto era esguio, e se movia com uma graciosidade que ela reconhecia — semelhante atrai semelhante. Seu sotaque era britânico, a pele de um tom marrom-claro e tinha as maçãs do rosto bem pronunciadas.

E seu sorriso não era nada menos do que perigoso.

O cabelo preto e grosso encaracolava levemente nas pontas, mas estava longe de ser *bagunçado.* Assim como ele.

— Apesar de que, para deixar bem claro — disse o recém--chegado, os olhos mirando os de Lyra —, não era *Jameson* quem eu observava.

Eu, pensou Lyra. *Ele estava me observando. Examinando a concorrência.*

— Rohan — cumprimentou Jameson, seu tom um pouco acusatório e um pouco cômico.

— O prazer é meu, Hawthorne.

O sotaque do rapaz soava menos aristocrático do que há um instante, e Lyra foi invadida pela sensação de que esse *Rohan* poderia ser quem ele quisesse ser.

Se ao menos fosse fácil assim para ela.

— Um passo para trás — ordenou Grayson.

Lyra não sabia se ele estava falando com ela ou com Jameson. A única coisa óbvia era que a presença *dela* sequer tinha sido notada.

— Meu irmão aqui, um tanto menos carismático e reprimido, é quem irá garantir que todos joguem de acordo com as regras esse ano — Jameson avisou Rohan. — Incluindo você.

— Eu acredito — disse Rohan, seu olhar voltando-se para Lyra, os lábios curvando-se *naquele* sorriso de novo — que jogar seguindo as regras é *exatamente* metade da diversão.

Capítulo 7

LYRA

Jameson pilotou o helicóptero, o que foi menos surpreendente para Lyra do que o fato de Grayson ter se dignado a ir atrás junto com os jogadores, quatro no total. Todos já tinham sido apresentados. *Foque na competição,* Lyra disse a si mesma. *Não em Grayson Hawthorne.*

À sua direita estava Rohan, convenientemente bloqueando quase toda sua visão de Grayson. O competidor britânico estava sentado com as longas pernas um pouco esticadas, a postura casual de propósito. Um homem de vinte e poucos anos, que Jameson havia apresentado como Knox Landry, estava à frente de Rohan, e foi para ele que Lyra voltou sua atenção.

Knox tinha cabelo daqueles meninos de fraternidade, curto dos lados e longos em cima, penteados para trás com gel, exceto onde algumas madeixas caíam de maneira deliberada em seu rosto. Era branco com a pele levemente bronzeada, olhar astuto, sobrancelhas escuras e os traços do rosto eram bem delineados. Vestia um colete esportivo caro de lã por cima da camisa. A combinação de suas roupas e seu cabelo deveria gritar *country club* ou *farialimer,* mas o nariz que já havia sido quebrado algumas boas vezes sussurrava *briga de bar* em vez disso. À medida que Lyra o analisava, Knox, sem cerimônias, fazia o mesmo. Seja lá o que tivesse visto nela, sem dúvidas não o havia impressionado.

Me subestime. Por favor. Lyra já estava acostumada com isso. Poucas coisas eram melhores na vida do que conseguir uma vantagem estratégica logo de imediato.

Com seu humor sob controle, Lyra voltou sua atenção à mulher mais velha ao lado de Knox. Os cabelos de Odette Morales eram grossos e platinados, usados soltos. As pontas, e só as pontas, tinham sido tingidas de um preto bem escuro. Lyra se perguntava quantos anos ela teria.

— Oitenta e um, querida. — Odette leu Lyra como um livro aberto, então sorriu. — Gosto de pensar que a idade me deixou mais gentil.

Gentil não, Lyra registrou. Algo em Odette, sua beleza envelhecida, seu sorriso, a lembrava de uma águia durante a caça.

De repente, o helicóptero fez uma curva fechada, fazendo com que Lyra segurasse a respiração à medida que a vista da janela eliminava qualquer outro pensamento de sua mente. O Oceano Pacífico era vasto e azul, de um tom suntuoso e profundo emaranhado com tons de verde igualmente escuros. Ao longo da costa, grandes formações rochosas se projetavam acima do mar, como monumentos para outros tempos e para uma Terra mais antiga. Havia algo de mágico no modo como as ondas se chocavam contra as rochas.

À medida que o helicóptero se afastava da costa e avançava mar adentro, Lyra se perguntava o quão longe eles teriam que ir. Qual era o alcance daquele helicóptero? Mil quilômetros? Quinhentos quilômetros?

Absorva o momento. Respire. Por um instante, enquanto a aeronave seguia determinada seu caminho, tudo o que Lyra conseguia ver era oceano, abismal, infinito.

Então, ela viu uma ilha.

Não era grande, mas quando o helicóptero se aproximou, ficou evidente para Lyra que aquela mancha de terra também não era tão pequena quanto parecia. De cima, a vista era dominada pelo verde e o bege, exceto onde era preto.

Foi quando Lyra percebeu... onde estavam, aonde estavam indo. *A Ilha Hawthorne.*

O helicóptero desceu de repente em um mergulho, só nivelando a poucos centímetros de raspar nas árvores. Num piscar de olhos, deixaram de sobrevoar uma floresta verdejante para estar sobre os restos há muito carbonizados, um lembrete de que aquela não era apenas uma ilha particular, um destino de férias, o capricho de um bilionário, um dos muitos.

Este lugar era assombrado.

Lyra sabia melhor do que ninguém que uma tragédia não poderia ser simplesmente apagada. A perda deixava suas marcas. Quanto mais profunda a cicatriz, mais tempo ela durava. *Houve um incêndio aqui, décadas atrás.* Tentou se lembrar de tudo que tinha lido sobre o incêndio na Ilha Hawthorne. *Pessoas morreram. A culpa recaiu sobre uma habitante local, não os Hawthorne.*

Muito conveniente.

Lyra se inclinou para a frente e sem querer seu olhar encontrou Grayson. O rosto dele era do tipo que parecia ter sido esculpido no gelo ou em mármore: ângulos marcados, maxilar firme, lábios carnudos o suficiente para amaciar sua expressão, mas sem de fato fazê-lo. Seu cabelo era claro, os olhos cinza-prateados penetrantes. Na opinião de Lyra,

Grayson Hawthorne aparentava ser exatamente como soava, como a perfeição transformada em arma: desumano, no controle, sem misericórdia. *Quem fala?* A memória da voz dele retornou na cabeça de Lyra. *Ou prefere que eu reformule a pergunta: na cara de quem vou desligar?* Lyra se recostou com tudo no assento. Por sorte, ninguém percebeu.

Estavam pousando.

Um alvo circular demarcava o heliponto, e graças a Jameson Hawthorne, aterrissaram bem no centro, de maneira tão suave que Lyra mal notou.

Em menos de um minuto as portas do helicóptero se abriram, mas mesmo isso pareceu levar uma eternidade. Lyra não via a hora de sair daquele espaço enclausurado.

— Por um lado — Jameson anunciou assim que os jogadores desembarcaram —, o jogo começa hoje a noite. Mas por outro lado muito real... começa agora mesmo.

Agora mesmo. Os batimentos de Lyra aceleraram. Esqueça Grayson, esqueça os Hawthorne. Eles eram apenas crianças quando o pai dela morreu com o nome Hawthorne nos lábios. Talvez eles pudessem ter descoberto uma parte da verdade, se tivessem — se *ele* tivesse — se importado, mas não era por isso que ela tinha vindo. Lyra estava ali por sua família. Pelo Recanto Sereno.

— Vocês têm até o pôr do sol para explorar a ilha — Jameson falou para os jogadores, se recostando no helicóptero mais uma vez. — Não vou excluir a possibilidade de termos escondido algumas coisas por aí. Dicas do que vocês podem esperar no jogo desse ano. Objetos que se mostrarão úteis em algum momento. — Jameson se desencostou do helicóptero

O GRANDE JOGO 41

com um impulso, caminhando ao redor dos participantes enquanto continuava a explicação. — Há uma casa recém-construída no lado norte da ilha. Façam o que quiserem de agora até o sol se pôr, mas quem não estiver dentro dela quando o sol desaparecer por completo do horizonte, estará fora do jogo. *Explore a ilha. Estejam na casa antes do sol se pôr.* O corpo de Lyra estava pronto, os músculos preparados para a ação, seus sentidos aguçados. Ela passou por Grayson Hawthorne em direção à beirada do heliponto.

— Cuidado onde pisa — a voz firme e segura ordenou logo atrás. — Tem um desnível ali.

— Eu não caio — respondeu Lyra, seca. — Tenho bom equilíbrio.

Não houve réplica e, traída por si mesma, ela olhou para trás. Seu olhar primeiro mirou Jameson, que observava Grayson com a expressão mais estranha do mundo no rosto. E Grayson...

Grayson olhava para *ela*. Encarava Lyra, não como se a visse pela primeira vez, mas como se a própria existência dela o tivesse acertado no queixo.

Ele estava tão acostumado assim com ninguém reagir a ele?

Lyra não precisava disso. Precisava *se mover*. Knox e Rohan já tinham partido. Odette estava parada, o olhar no oceano, o vento soprando seus longos cabelos de pontas pretas atrás dela como uma bandeira.

Jameson desviou seu olhar de Grayson para Lyra e abriu um sorriso que só pode ser descrito como perverso.

— Isto vai ser divertido.

Capítulo 8

LYRA

Lyra foi direto para o lado queimado da ilha e para as ruínas da casa onde o fogo havia começado anos atrás. Enquanto observava o que havia restado, seu corpo foi invadido por uma sensação sinistra. Algumas partes da velha mansão tinham virado pó, outras, em frangalhos, ainda resistiam de pé, completamente dizimadas pelas chamas. O chão estava escurecido e o teto há muito não existia mais. Uma lareira de pedras ainda resistia, sua base agora tomada por plantas.

Folhas estalavam sob os pés de Lyra à medida que ela avançava para dentro das ruínas. Vinhas cresciam através das fendas na fundação da casa, agarrando-se com firmeza em pedaços de concreto. O chão estava desnivelado, e não havia nenhum vestígio de móveis ou itens pessoais, apenas folhas, as primeiras que secaram e caíram em um outono mais quente do que o comum.

Por um minuto inteiro, Lyra absorveu tudo daquele ambiente, procurando por dicas ou por objetos que pudessem vir a ser úteis no jogo. Como não encontrou nada, se dirigiu para o perímetro da casa, onde seu corpo conseguiu ter a noção exata do tamanho das ruínas. Mais tarde, ela não conseguiria se lembrar de nada ali, mas seu corpo sim. Do vento suave que vinha do oceano, das rachaduras no chão, do número exato de passos que tinha dado em cada direção.

Depois de dar a volta, percorreu pela segunda vez o mesmo caminho, olhos fechados, fazendo com que seu corpo *sentisse* o mundo ao redor. Completou o trajeto e então virou-se, encarando o vento, na direção dos fundos da casa.

Na direção do oceano.

Com os olhos ainda fechados, Lyra avançou, erguendo a mão quando passou pela lareira de pedras. Seus dedos tateavam a superfície, então sentiu algo na pedra. *Palavras.*

Lyra abriu os olhos. As letras eram pequenas, o entalhe, raso. Teria sido muito fácil não o ver. Enquanto lia, enfiava os dedos nas ranhuras, sentindo as letras.

Você não pode Escapar da realidade de amanhã fugindo dela hoje. — Abraham Lincoln

Aquilo tinha que ser algum tipo de dica, mas, estranhamente, as palavras soavam mais como um aviso: não havia escapatória agora.

Lyra passou os dez minutos seguintes deslizando os dedos no restante da lareira, à procura de mais alguma coisa, mas não havia mais nada. Com os olhos fechados mais uma vez, voltou a caminhar. Quando passou como um fantasma pelo que tinha sido uma parede externa um dia, ergueu o queixo. O vento ficara mais forte agora que o esqueleto da casa não a protegia mais.

Deu mais um passo adiante, mas a mão de alguém envolveu seu braço.

Na mesma hora, Lyra abriu os olhos. Grayson Hawthorne a encarava. De onde ele tinha vindo? Não havia nada de agressivo no modo como ele a segurava, mas também não era nada gentil.

Os dois estavam parados próximos demais um do outro.

— Você sabe que tem um penhasco ali?

Grayson não soltou o braço dela. Seu tom de voz indicava não ter dúvidas de que, de algum modo, Lyra não havia percebido o quão próximo estava da beirada do que, provavelmente, costumava ser um luxuoso pátio com uma vista espetacular.

— Sei, sim — disse, olhando para a mão que a segurava. Grayson a soltou de imediato, como se a pele de Lyra por baixo da camisa tivesse escaldado seus dedos. — De agora em diante, suponha que eu sei o que estou fazendo. E, aproveitando, suponha que você tenha que deixar suas mãos longe de mim.

— Desculpe. — A voz de Grayson Hawthorne não parecia querer se desculpar. — Você estava de olhos fechados.

— Não reparei — replicou Lyra, seca e mordaz.

Grayson olhou *feio* para ela.

— De agora em diante — repetiu as palavras dela —, se você tiver a intenção de fazer sua imprudência um problema meu, espere que esse problema seja resolvido.

Ele falava como alguém acostumado a criar regras, as próprias e as dos outros.

— Eu sei me cuidar — avisou Lyra ao passar por ele em direção às ruínas, se afastando do penhasco.

Quando achava que tinha se livrado dele, Grayson falou:

— Eu conheço você.

Lyra parou. Algo no modo como ele dissera a palavra *conheço* a atravessou de ponta a ponta.

— Sim, babaca. Nos conhecemos. Helicóptero? Literalmente menos de uma hora atrás?

— Não.

O *não* de Grayson era absoluto, como se não importasse se estava dando uma ordem ou informando que você estava errado. Tanto faz, você só precisava entender que era *não*.

— Sim.

Lyra não queria ter se virado, não tinha a intenção de que seus olhares se cruzassem, mas a partir do momento que começaram a se encarar, ela não seria a primeira a desviar.

O olhar prateado de Grayson não vacilou.

— Eu conheço você. Sua *voz*. — A palavra ficou presa na garganta dele. — Eu reconheço sua voz.

Lyra nem imaginava que ele fosse reconhecer qualquer coisa dela. Todas as três vezes que se falaram foram há um ano e meio. Menos de três minutos no total. Ela nunca lhe dera seu nome e havia feito as ligações de um número descartável.

— Você deve estar enganado. — Lyra desviou o olhar primeiro. Ela se virou para se afastar. De novo.

— É raro, quase impossível, que eu me engane.

O tom que Grayson usara parecia feito para que as pessoas congelassem em seus lugares. Mas Lyra não parou.

— *Você* ligou para *mim*. — Grayson enfatizou a primeira e a última palavra naquela frase. De modo igual, contundente. *Você, mim*.

E você me disse para eu parar de ligar. Lyra engoliu as palavras.

— E daí se eu liguei?

Dessa vez, ela conseguiu não se virar, mas não importava, porque no instante seguinte, de algum modo, Grayson estava à sua frente bloqueando o caminho.

Ela não o ouviu se mexer.

Lyra engoliu em seco.

— Você tá na minha frente.

Grayson a observava como se estivesse na borda de uma piscina escura e procurasse por algo no fundo, como se ela fosse um mistério para ele desvendar. Por um instante, um pequeno sinal de emoção cintilou em seus olhos claros, fazendo com que Grayson Hawthorne quase parecesse humano.

Então, de repente, ele foi para o lado, abrindo caminho para Lyra. Havia algo de galanteador no modo como se movia, combinava com o terno preto de alfaiate que usava como uma segunda pele.

Lyra não pedira por sua galantaria.

— Fique longe do meu caminho — disse enquanto o deixava para trás.

Contrariando Lyra, Grayson a chamou, ordenando de maneira inflexível:

— Fique longe dos penhascos.

Capítulo 9

GIGI

O cabelo de Gigi estava um pouco animado demais de estar em um barco; especificamente, em uma lancha, e ainda mais especificamente, uma Outerlimits SL-52. Em um jogo como aquele, cada detalhe contava. Gigi registrava tudo. Os detalhes em vermelho-bombeiro no barco, os impressionantes quinze metros de comprimento, a ilha para a qual eles aceleravam.

O Hawthorne pilotando o barco.

Os cabelos-ondulados-sempre-bagunçados, dois-centímetros-abaixo-do-queixo de Gigi dançavam freneticamente no vento, voando em todas as direções ao mesmo tempo, como se tentassem fugir para descansar.

— Você não trouxe um elástico de cabelo — disse Savannah ao lado. Não era uma pergunta, mas uma afirmação. Por experiência própria, Gigi esperava que sua irmã gêmea lhe emprestasse um de sua trança longa e clara, mas Savannah nem se mexeu.

As coisas entre as duas haviam mudado desde que Savannah tinha ido para a faculdade.

Desde antes disso.

48 JENNIFER LYNN BARNES

Gigi odiava mentir para a irmã, e tudo que não fosse a verdade contada nos mínimos e mais sórdidos detalhes parecia uma mentira. *O pai não está nas Maldivas, ele está morto! Morreu tentando matar Avery Grambs! Mascararam os fatos! Ele também explodiu um avião! Dois homens morreram.*

Uma mecha de cabelo acertou o rosto de Gigi.

— Toma aqui. — Ouviu-se uma voz serena e barítona em meio ao vento. Gigi se virou na direção do passageiro que restava no barco, do *jogador* que restava. Ele segurava um elástico de cabelo idêntico ao que prendia seus dreadlocks que iam até a altura dos ombros.

— Obrigada — disse Gigi.

Após fazer uso do presente que tinha ganhado, sorriu feliz para ele.

— Meu nome é Gigi — declarou —, e você é meu novo melhor amigo.

Ela foi presenteada com um leve sorriso, enquanto seu novo amigo — e também oponente — mantinha o olhar fixo na ilha ao longe. Sua pele era cor de ébano, usava um óculos de armação grossa e tinha a barba por fazer em seu queixo bastante notável.

Tá bem, em seu queixo *incrivelmente* notável.

Gigi esperou que ele dissesse algo, mas ele nada disse. *É do tipo forte e silencioso?* Por sorte, ela era boa em quebrar o silêncio.

— Eu amo ilhas. Ilhas privadas. Ilhas desertas. Cidades insulares peculiares cheias de gente diferente.

Logo ao seu lado, estava Savannah. Sua postura era impecável, nem um fio de cabelo fora do lugar, tão calma e confiante no barco quanto estaria em um trono. Ela não disse uma palavra.

— Qualquer livro ou filme que se passa em uma ilha — prosseguiu Gigi, com sua alegria teimosa — fica mil vezes melhor, não sei por quê.

— Sistema fechado — disse a voz serena.

Gigi olhou para o novo amigo/oponente.

— Sistema fechado?

— Na física quântica, é um sistema que não troca energia ou matéria com outro sistema. Existem conceitos semelhantes na termodinâmica e na mecânica clássica. Na química e engenharia também. — Ele deu de ombros. — Uma ilha não se encaixaria nessa definição, mas o conceito se aplica. Nada entra, nada sai.

— Um sistema fechado — Gigi repetiu.

Ela fez uma emenda à afirmação anterior: *forte, nem sempre silencioso e nerd!*

— Você é físico? — perguntou.

Saber mais sobre com quem estava competindo tornaria mais fácil vencê-lo. E, além do mais, ela queria saber.

— Em recuperação.

— Um físico em recuperação? — Gigi brincou.

— No momento, estou no terceiro ano do doutorado em antropologia cultural.

O barco começou a ir mais devagar ao se aproximarem da ilha — e de uma doca.

— Hipoteticamente falando — falou Gigi para o físico em recuperação —, quantos anos você tem e como se chama?

Com isso, ganhou outro sorriso *bem* leve.

— Vinte e um. E Brady Daniels.

— Ele não é seu amigo. — Savannah nem se importou em olhar para Gigi. — Está competindo com você. E se ele está no terceiro ano do doutorado com vinte e um anos, significa que terminou a graduação com dezessete ou dezoito anos.

Um prodígio. O olhar de Gigi foi atraído de volta para Brady enquanto o barco atracava na doca.

O condutor do barco, Xander Hawthorne, deu um soco no ar.

— Arrasei!

— Seria um erro confiar em qualquer um nesse jogo — comentou Savannah com Gigi, descendo sem dificuldades do barco antes mesmo que Xander o amarrasse na doca. — Esse seu novo amigo, na primeira chance que tiver, vai te tirar do jogo.

Para qualquer outra pessoa, o rosto de Savannah pareceria frio, nada amigável, igualmente tranquilo e calmo, mas Gigi conhecia bem a expressão de seriedade da irmã gêmea. Aquele rosto anunciava de maneira clara que Savannah tinha vindo para *jogar*, e Gigi sabia melhor do que ninguém que o único jeito que sua irmã gêmea — mais alta, mais loira, confiante, talvez mais inteligente, com certeza mais decidida — *jogava...*

Era para ganhar.

Capítulo 10

GIGI

Durante toda sua vida, Gigi só havia vencido Savannah três vezes: uma vez no Monopoly, outra no jogo da forca, e uma vez em uma batalha de dança que Savannah insistira que elas não estavam de fato competindo.

Gigi dissera a si mesma que O Grande Jogo seria a quarta vez. Ela tinha grandes planos de roubo ao contrário para as vitórias. Talvez então ela sentisse que fosse o suficiente.

— Por um lado — Xander Hawthorne anunciou da maneira mais dramática possível —, o jogo começa hoje à noite. Mas por outro lado muito real, começa agora mesmo...

Assim que Xander terminou de passar as instruções, Savannah partiu a toda velocidade. O físico em recuperação Brady Daniels, sem alarde, também saiu de fininho, e Gigi...

Gigi inclinou a cabeça para trás para ter uma vista melhor da ilha a partir da doca. *Uma praia de pedras, um penhasco altíssimo. Uma mansão saída diretamente da Casa Vogue.* O casarão tinha cinco andares, era mais largo na base e se estreitava a cada andar que subia, conferindo-o um formato quase triangular.

A parede da casa voltada para o oceano parecia ser feita de vidro.

Nada além de janelas, Gigi pensou, e uma onda de admiração atravessou seu corpo. A visão daquela casa construída no alto do penhasco bastou para fazer tudo parecer real. Ela estava ali. Estava jogando O Grande Jogo. Ela *ganhara* o bilhete, um dos quatro únicos bilhetes curinga do mundo todo.

— Eu consigo fazer isso — disse Gigi, esquecendo-se por um instante de que não estava sozinha na doca.

— Você consegue fazer isso. — Xander Hawthorne repetiu de maneira encorajadora. — E quando o fizer, canções épicas de estilo Viking serão compostas em sua homenagem. — Ele fez uma pausa. — Por mim. — Explicou. — Serão compostas por mim.

Gigi não tinha passado tanto tempo *assim* com os meios-irmãos do seu meio-irmão, mas Xander era uma pessoa fácil de se conhecer. Ele gostava de se autodescrever como a versão humana da máquina de Rube Goldberg. Até onde Gigi sabia, Xander era uma fábrica de caos inovadora, amante-de-confeitaria e tinha um coração generoso, que estava sempre criando ou construindo *algo*.

E isso deu a Gigi uma ideia.

— Fomos instruídos a explorar a ilha — pontuou. — A doca está conectada à ilha. O barco está na doca. Portanto, por relação transitiva, eu tenho a total permissão de explorar o barco.

— Não tem nada no barco — Xander disse a ela, mas Gigi já corria de volta em direção ao SL-52.

— Seu suprimento de bolinhos Ana Maria discorda de você — respondeu ela. Não demorou muito para que encontrasse um compartimento trancado. Bastou praticar um arrombamento de fechaduras só por diversão e... — *Voilà.*

O que Gigi encontrou lá dentro era basicamente o kit de sobrevivência de Xander Hawthorne: duas rosquinhas enroladas em papel toalha, uma caixa de bolinhos, um energético, um cubo mágico, um rolo de fita adesiva com estampa de oncinha e uma caneta permanente.

— Vou ficar com isso — disse Gigi pegando o energético.

— E mais essas coisas. — Ela enfiou o rolo de fita no punho e pegou a caneta. Dado que os jogadores não puderam levar nada com eles para a ilha, obter qualquer coisa minimamente útil poderia dar a ela alguma vantagem. Voltando-se em direção aos enormes penhascos e para *aquela casa*, tirou a tampa da caneta permanente e começou a desenhar no dorso da mão.

— Recebi ordens explícitas de jamais te dar cafeína — avisou Xander de forma solene.

Gigi abriu a bebida e a bebeu de uma só vez.

— Alguma vez eu já disse que gosto de mapas tanto quanto gosto de ilhas? — falou virando sua mão para que Xander pudesse ver os símbolos que havia desenhado: um *T* para a doca em formato de T, um triângulo para a casa e uns rabiscos para o penhasco.

— Gigi Grayson, especialista em cartografia — declarou Xander.

Explore a ilha. Mapeia-a. Procure por dicas e Objetos, com O maiúsculo, para serem usados no jogo. Com o cérebro a mil e o plano traçado, Gigi se despediu de Xander.

— Só para constar — disse ela —, vou cobrar de você as canções épicas, no plural.

Capítulo 11

GIGI

Duas horas depois, a mão e o braço esquerdos de Gigi estavam cada vez mais lotados, e ela começava a considerar que talvez devesse ter se preparado com um pouco de exercícios aeróbicos para o jogo. Mas quem ela queria enganar? Gigi não fazia exercícios aeróbicos.

Seja lá onde sua irmã gêmea estivesse, com certeza Savannah não estaria sem fôlego.

— Eu não estou esbaforida — Gigi se encorajou. — Estou respirando de maneira quase musical.

De qualquer forma, seguiu adiante. *Mais penhascos. Ruínas. A floresta — meio-queimada, meio-viva.* Ela saiu da floresta do lado sul da ilha, onde encontrou uma escadaria talhada nas pedras que descia até a costa rochosa lá embaixo.

Parada no alto da escadaria, Gigi se sentiu pequena. Não de uma maneira ruim. Como se estivesse em Stonehenge, no Grand Canyon ou em alguma das Maravilhas do Mundo.

Ela conseguiu espremer o símbolo de uma escadaria no braço antes de descer os degraus de pedra. Os três últimos estavam cobertos com limo. Sentiu a parte de trás do pescoço formigar. *Não havia limo em nenhum dos outros degraus.*

Gigi se ajoelhou para limpar o degrau abaixo dos pés. Viu uma pequena parte da primeira letra após limpar cerca de dois centímetros de limo da pedra. *Giz.* Estava meio manchada, mas só um pouco.

Depois de dois minutos e uma boa limpada no degrau, encontrara duas palavras: A MANGA.

No degrau seguinte, não havia nada por debaixo do limo. Mas, no último, havia outra palavra: RA.

— A Manga — disse Gigi —, como a fruta tropical. Ra, o antigo deus egípcio do Sol. — Fez uma pausa. — O Sol. — Gigi olhou para a posição do astro no céu, um lembrete que ela corria contra o tempo. *Só tenho até o pôr do sol.*

Sem a intenção de perder um precioso tempo decifrando uma pista que ela poderia decodificar depois, Gigi levantou a camisa, pegou a caneta e rabiscou as dicas no abdômen. A MANGA. RA.

Olhou de novo para o giz nos degraus e hesitou. *Era* uma competição. Mordendo o lábio inferior, Gigi apagou o giz da pedra com a base da mão.

Lá embaixo na costa, próximo à volta, no lado sudeste da ilha, Gigi encontrou um prédio que se erguia da água. Era o tipo de coisa que ela esperaria ver na Europa medieval, talvez em um canal, repleto de arcadas e feito de grandes pedras. Só quando chegou mais perto foi que Gigi notou que embaixo daquelas pedras, na água, havia outra doca.

— Casa de barcos — concluiu. — Casa de barcos horripilante e meio gótica.

Com o espaço todo preenchido no braço esquerdo, trocou a caneta de mão e começou a esboçar um trio de arcos no dorso da direita.

Uma exploração mais profunda revelou que a doca embaixo da arcada continha duas pequenas vagas para embarcações perpendiculares a uma muito maior, com uma plataforma considerável entre elas. Gigi desenhou uma série de retângulos abaixo dos arcos.

— Quem está se sentindo a mais fodona das ambidestras? *Eu mesma.*

Nisso ela viu uma escada construída junto à parede da casa de barcos.

— Na dúvida, suba. — Gigi subiu, e logo descobriu que não estava sozinha.

Parada no topo da arcada estava uma senhora. Tinha cabelo grisalho cujas pontas haviam sido tingidas de preto, a postura firme mostrava uma pessoa acostumada a atravessar furacões. Na mão, segurava... *alguma coisa.*

Cuidadosa, Gigi deu um passo à frente. A senhora nem mesmo se virou. Em vez disso, levou o objeto na mão até os olhos.

Binóculo? Chegando mais perto, percebeu: *ah, é um binóculo de ópera.* Decorado com joias, mirava algo — ou alguém — na ilha mais abaixo.

Gigi virou a cabeça. Do alto da casa de barcos conseguia ver toda a costa leste da ilha, um longo trecho de litoral intacto, interrompido apenas pelo heliponto ao longe. Lá embaixo, Gigi viu um rosto familiar. *Brady.* Ele não estava sozinho.

Outro jogador? Gigi não conseguiu distinguir as feições do outro cara, mas algo em sua postura a lembrava de um texugo ou um carcaju.

— Eles se conhecem — disse a senhora. — E eu apostaria que muito bem.

Gigi se perguntava quão potentes seriam as lentes naquele binóculo de ópera e onde a senhora o havia encontrado. *Tinha que ser um Objeto, com O maiúsculo, parte do jogo.*

— Como você sabe? — perguntou Gigi.

— Como eu sei que eles se conhecem? — A mulher continuou espreitando com o binóculo de ópera. — Linguagem corporal, basicamente.

No silêncio que se seguiu, Gigi registrou o leve movimento nos lábios da mulher. *Basicamente,* pensou Gigi. *Linguagem corporal, basicamente.*

— Você está fazendo leitura labial — concluiu. — O que eles estão dizendo?

— O da esquerda gosta de pôneis. O da direita gosta de comer pôneis. — A voz da mulher era seca. — Um conto atemporal, na verdade.

O homem à esquerda era Brady.

— Pôneis? — Gigi repetiu. — Você não espera que eu acredite nisso, não é?

— Deixa disso, deixe uma velhinha se divertir. — A mulher abaixou o binóculo de ópera e se virou para Gigi, olhando-a nos olhos. — Meu nome é Odette, e você, minha querida jovenzinha, é uma observadora.

— Meu nome é Gigi. E eu tento.

— Você tenta, não é? — respondeu Odette. — Tenta. O mundo simplesmente ama mulheres que tentam... — O olhar de Odette se fixou no de Gigi. — A não ser, e até que, tentemos demais.

Dito isso, a senhora começou, devagar, a se encaminhar em direção à escada. Porém, antes de descer, falou mais uma vez:

— Só te digo uma coisa, de uma mulher que tenta demais para outra: eles falavam de uma garota, e, pelo que pude entender, ela está morta.

Capítulo 12

ROHAN

Rohan examinou a dica que encontrara. Ao redor de um mastro de bandeira na parte oeste da ilha, achara uma grossa corrente de metal presa com um cadeado de platina lustrosa. Não havia fechadura, não era de combinação, nada permitia abri-lo. Na superfície platinada, uma frase estava gravada com uma escrita elaborada:

Nenhum homem é uma ilha, isolado em si mesmo.

Rohan reconheceu as palavras, eram o início de um famoso poema. Então, qual era a pista, a dica, a vantagem obtida pelo jogador que encontrasse isso? Seu cérebro classificou de maneira inexorável as possibilidades: o nome do poeta, *John Donne*; o poema em si, focado na ideia de que a humanidade está interligada.

Não pergunte por quem o sino dobra. Rohan se permitiu pular para a parte final do poema. *Ele dobra por ti.*

Um alarme soou nas profundezas da mente de Rohan. *Alguém se aproximava.* Há muito ele havia treinado seus sentidos para que operassem exatamente como ele precisava. Mesmo quando a mente estava longe, os ouvidos estavam sempre ligados, o corpo sempre alerta. Passos nunca eram apenas passos, eles diziam algo — e Rohan era especialista em ler as pessoas. *Sapatos de solado macio, passos agressivos, peso apoiado na parte da frente da sola do pé.* Ele soltou o cadeado e de maneira muito discreta desapareceu nas sombras. Já havia memorizado a pista, portanto, observar a reação de outro jogador diria mais a ele do que brigar por ela.

Foi uma questão de segundos até a dona dos sapatos de solado macio e passos agressivos aparecer. *Alta e robusta.* Seus longos cabelos loiro-prateados estavam presos em duas tranças apertadas que envolviam sua cabeça em ambos os lados, como uma coroa de louros, unindo-se em uma trança mais grossa nas costas como uma corda dourada.

Savannah Grayson. Rohan já sabia o básico sobre ela: dezoito anos de idade, jogadora de basquete universitário, reputação de ser extremamente fria, a meia-irmã de Grayson Hawthorne.

Diga-me, Savannah, pensou Rohan, em silêncio. *Quem é você de verdade?*

Enquanto a observava, Savannah se concentrou no cadeado com rapidez admirável. Leu a dica. A maioria das pessoas faria uma pausa para refletir, mas a mudança sutil de peso de uma perna para outra mostrou a Rohan que ela não era como a *maioria* das pessoas.

Ele previu o movimento seguinte da garota logo antes de ela o realizar. Ela enfiou o braço por baixo da corrente, passando-a pelo ombro, e começou a escalar. Não havia bandeira alguma no alto do mastro. Savannah Grayson não encontraria nada lá. *Você não está procurando por nada, não é, gata?* Ela ia tirar o cadeado — e a corrente — do mastro.

O mastro de quinze metros de altura.

Savannah escalava como caminhava: com determinação. *Com fúria,* pensou Rohan. Os braços eram fortes, a resistência, impressionante. Atraído por aquela determinação, por aquela fúria, por aquela resistência, Rohan saiu das sombras. O mastro era sólido o suficiente e largo o suficiente para aguentar tanto o peso dele quanto o dela.

Rohan podia pensar em jeitos piores de conhecer alguém. Quando já estava na metade do caminho para o topo, Savannah notou que tinha companhia. Contudo, ela não perdeu tempo olhando para ele. Passou a escalar mais rápido, mas Rohan era mais alto, seus braços eram maiores e tinha toda uma trajetória no Mercê do Diabo a seu favor.

Logo agarrou o mastro pouco acima dos tornozelos de Savannah, com a parte de trás dos dedos raspando na parte da frente da perna dela. No instante seguinte, estavam na mesma altura. Algo dentro de Rohan queria passá-la apenas para ver o quanto ela iria lutar para ultrapassá-lo de volta, mas no mundo de Rohan, a estratégia nunca se submetia a *querer*. Ele a acompanhou, palmo a palmo e pé a pé, nunca assumindo a vantagem e nunca desistindo. Perto do topo, o olhar de Savannah encontrou o de Rohan.

— Ótimo dia para escalar — falou ele.

Savannah o mediu, da cabeça aos pés, e então arqueou uma sobrancelha:

— Já vi melhores.

Ah, ele gostou dela. Rohan apreciava ser colocado no lugar. E apreciou os lábios dela enquanto faziam isso.

— Precisa de ajuda? — Ele apontou com a cabeça em direção à corrente em volta do ombro de Savannah. *Eu já vi a dica, mas você não sabe disso. Vamos ver até onde você vai para proteger o que você acha que é seu.*

— Parece que eu preciso de ajuda? — Não havia um pingo de perturbação no tom de Savannah, como se não estivessem a quinze metros do chão, como se seu corpo não estivesse a centímetros do de Rohan, as pernas de ambos praticamente entrelaçadas. Ela soltou uma das mãos e ergueu a corrente por cima do ombro, passando por cima do mastro.

Prazer em conhecê-la, Savannah Grayson. Rohan queria saber quem ela era. Ela tinha mostrado a ele.

Quando terminaram de descer do mastro, os dois não estavam mais sozinhos.

Savannah favoreceu a perna direita quando aterrissou ao lado do intrometido.

— O joelho, Savannah. — A semelhança de Grayson Hawthorne com a meia-irmã era impressionante. Ambos guardavam as emoções para si mesmos, ou pelo menos tentavam.

Cadeados físicos não eram a única especialidade de Rohan.

— Estou bem. — Havia alguma tensão em Savannah, não na voz ou no rosto, mas nas longas e graciosas linhas em seu pescoço.

Alguém não tinha gostado de ser lembrada das próprias fraquezas.

E um outro alguém não estava gostando do quão próximo Rohan estava da irmã.

— Em outro lugar. — Grayson deixou o som da própria voz pairar no ar por um instante. — Lá — explicou para Rohan — é onde você quer estar agora.

O irmão era superprotetor. A irmã não queria ser protegida. Tendo ciência disso ou não, Grayson acabara de fazer um favor a Rohan.

— Esse é o discurso "fique longe da minha irmã"? — Rohan forçou um sorriso na direção de Savannah. — Ele tem razão, gata. Não sou flor que se cheire. A não ser que você seja hedonista. Nesse caso, sou muito bom de se cheirar.

Grayson deu um único passo à frente.

— Não — ordenou Savannah ao irmão. — Sei cuidar de mim mesma.

— Eu tô vendo. — Rohan deixou a frase no ar. — Contudo, em defesa do seu irmão, tem uma chance de ele ainda guardar algum rancor por causa daquela história com as costelas.

— Costelas? — questionou Savannah.

— De Jameson — esclareceu Rohan. O incidente em questão ocorreu no ringue do Mercê do Diabo. — Foi tudo amigável — prosseguiu, frívolo —, o tanto quanto uma fratura de costelas pode ser.

A despeito do tom de sua voz, Rohan não tinha gostado daquilo. Jameson Hawthorne era uma daquelas pessoas que não sabia quando parar.

Grayson Hawthorne parecia ser mais comedido, preferindo focar toda sua atenção em Savannah, em vez de morder a isca jogada por Rohan.

— Você passou por uma cirurgia não faz nem três meses. Seu joelho ainda deve estar só uns oitenta por cento.

Os olhos de Savannah foram tomados por um flash de *alguma coisa,* e por um instante Rohan viu a tensão no corpo dela ir muito além do pescoço.

O corpo nunca mente, pensou Rohan.

— Nós dois sabemos que eu não trabalho com oitenta por cento — respondeu Savannah para Grayson.

— Como quis a sorte — disse Rohan —, nem eu.

O olhar de Savannah mirou o dele por três segundos completos, que pareceram provocantes como um desafio, e então

O GRANDE JOGO 63

ela saiu em disparada pela floresta como uma corredora olímpica no tiro de largada.

Rohan gostou bastante de vê-la partir.

— Seria prudente — avisou Grayson, a voz estava calma, mas a elocução estava afiada como uma lâmina — que você ficasse longe da minha irmã.

Rohan até considerou permitir que Grayson tivesse a última palavra. No fim das contas, ele era o Hawthorne responsável por fazer com que as regras do jogo fossem respeitadas, seja lá quais elas fossem. Recuar seria o inteligente a se fazer aqui. Mas Rohan queria testar uma teoria, e ele não tinha chegado até esse ponto em sua vida sendo *cauteloso*.

— Ficarei longe da sua irmã com o maior prazer — falou Rohan. — De ambas, na verdade. — Então fixou seu olhar no de Grayson e fez um pequeno experimento. — Mas, nesse caso, eu precisaria voltar toda a minha atenção para Lyra Kane.

Capítulo 13

LYRA

Uma parte perversa de Lyra queria chegar bem pertinho dos penhascos na ilha, cada um deles, só para provar que não recebia ordens de Grayson Hawthorne. Em vez disso, correu. Por entre as árvores, queimadas e saudáveis, até o centro da ilha, e então pela costa.

Dê o máximo de si. Vá além. Não deixe escapar nada. Lyra deixou-se preencher pelo ritmo dos pés em contato com a terra, com as pedras e a grama, um estilo único de música. Ela *sentia* a ilha. No espaço entre as ruínas e a casa nova, entre a doca e a casa de barcos e o heliponto, aquele lugar havia sido deixado em seu estado natural: selvagem e livre e real. *Lindo.*

Ela voltou para as ruínas e atravessou a ilha de novo, dessa vez por um caminho diferente, parando em cada estrutura que encontrava, evitando apenas a casa no lado norte. Quando terminou, voltou de novo para as ruínas, só que agora pelo perímetro.

Siga em frente. Seus pulmões começaram a queimar antes dos músculos nas coxas, e quando o corpo inteiro começou a queimar? *Então,* ela escalou, explorando os penhascos e a costa rochosa.

Com o pôr do sol se aproximando, Lyra se viu de novo na parte da floresta devastada pelo incêndio uma última vez. Com a respiração ofegante, apoiou uma das mãos em uma árvore escurecida e fechou os olhos.

Um Hawthorne fez isso. Tudo o que o cérebro de Lyra não era capaz de reproduzir com imagens mentais, compensava com sons. Ela não só pensava naquelas palavras, também as ouvia. O modo como o pai biológico as disse, a intensidade na voz, o sotaque se alterando, impossível de identificar. *Feliz aniversário, Lyra.* Ele pronunciou o nome dela errado, Lai-ra, em vez de Li-ra, um lembrete que ela era sua filha apenas de sangue.

Um Hawthorne fez isso.

O que faz uma aposta começar? Não é isso.

Um som trouxe Lyra de volta para o presente. *Algo se agitando com o vento?* De súbito se virou, os olhos analisando as árvores queimadas. E então ela viu: um papel preso com fita na casca escurecida.

Outra dica? Lyra correu até a árvore em questão. Com cuidado, ela descolou a fita da casca. *Papel branco. Tinta azul-escura.* Uma corrente de adrenalina invadiu seu corpo na mesma hora. Processar a única palavra escrita na página levou tempo.

Não uma palavra, pensou. *Um nome.* No papel, tudo que estava escrito era THOMAS.

Sua respiração congelou na garganta como gelo se partindo, e ela ouviu outro som, e depois outro. Mais papéis ao vento, mais manchas brancas em meio às árvores escurecidas.

Mais páginas.

Ela foi de árvore em árvore como um relâmpago, aplicando menos gentileza para remover as notas, as palavras gravando-se sozinhas em sua mente. THOMAS de novo. TOMMASO. TOMÁS.

— Thomas, Thomas, Tommaso, Tomás. — Lyra só conseguia sussurrar. Seus dedos se fecharam em punho, amassando as páginas, que faiscaram.

Faíscas viraram chamas. *Fogo.* Lyra gritou e largou as notas. Observou enquanto o nome do pai biológico — *todos* eram seus nomes, variações dele — se transformava em cinzas no chão. Lyra não fazia ideia de quanto tempo havia perdido encarando as cinzas. *Thomas, Thomas, Tommaso, Tomás.* Jameson Hawthorne afirmara que na ilha havia dicas do que estava por vir. Será que era isso que aquelas coisas eram? Nada além de parte do jogo?

Você contou para os seus irmãos sobre os nossos telefonemas, Grayson? Você contou para Avery Grambs tudo o que eu contei para você? Lyra não queria falar com Grayson em sua mente, e não queria pensar no óbvio, a única coisa na qual estava evitando pensar desde que abrira o bilhete dourado: é por isso que eu estou aqui. É por isso que me escolheram.

Havia recebido a chance de ganhar uma riqueza incomensurável. *Um presente.* Mas, na verdade, de alguma maneira, ela sempre soube que se tratava de dinheiro manchado com sangue, algo entre controle de danos, compensação e reparação.

Mesmo assim, Lyra juraria que Grayson Hawthorne não sabia quem ela era — *não tinha ideia* de quem ela era — até o momento em que ouviu sua voz. E naqueles telefonemas, Lyra nunca mencionara o nome do pai. Nem o dela.

Eu conheço você. As palavras de Grayson ecoavam em sua mente. *Sua voz. Eu reconheço a sua voz.*

— Você está passando mal?

Piscando, Lyra forçou o olhar para longe das cinzas e da terra e observou a pessoa que acabara de falar. A primeira coisa que notou na garota foi o cabelo. Longo, trançado e de um loiro tão claro que parecia prateado — combinava bem com a pele imaculada e quase luminescente dela. A segunda coisa que notou foi a grossa corrente enrolada no braço da estranha do ombro até o punho.

E a última coisa que notou foram os olhos da garota. *Os olhos de Grayson Hawthorne.*

Ele estava por todo o lado. *Se estava passando mal? Passando mal?* A garota parada à sua frente até mesmo soava como ele.

— Esse jogo é doentio — Lyra deixou escapar. — *Eles* são.

— Por *eles* você quer dizer os Hawthorne e a herdeira Hawthorne? — Uma voz britânica familiar surgiu do nada. — Discutível.

Lyra examinava a floresta procurando por Rohan quando ele apareceu na clareira como num passe de mágica. As pernas longas não tiveram problema algum para atravessar o trecho de floresta queimada que os separava.

— Gente que se autoengrandece, superangustiada e com tendência a mitologizar um velhote que parece ter sido um grande imbecil? — Rohan continuou. — Sim. Mas cruéis? Avery Grambs e os quatro Hawthorne? Acho que não. Mas seja lá o que colocou essa expressão no seu rosto... — Rohan estudou Lyra sem pudores, sua atenção tocando a pele dela como uma luva de seda — ... foi cruel.

Thomas, Thomas, Tommaso, Tomás. Lyra engoliu. Felizmente, pelo jeito sua turbulência maldisfarçada não capturou a atenção de Rohan por muito tempo. Seu olhar viajou sem pressa em direção à garota com *aqueles* olhos.

— Savannah Grayson — falou Rohan —, esta é Lyra Kane.

Grayson. Eles têm que ser parentes. Lyra não se permitiu perder tempo com isso.

— O que, exatamente, te perturbou? — A pergunta de Savannah tinha como único alvo Lyra. — Você encontrou alguma coisa? — Savannah deu um passo à frente. — Uma dica? Ela até *andava* como ele. Lyra não tinha a mínima intenção de respondê-la. E mesmo assim...

— Notas. Com o nome do meu pai escrita nelas. — *Os nomes.* — Ele está morto. — A voz de Lyra soou seca demais até para ela mesma. — Que raio de dica é essa?

—Acho que depende. — Era claro que Savannah não considerou a hipótese da pergunta de Lyra ser retórica. — Quem era seu pai e como ele morreu?

Direto na jugular, pensou Lyra.

— Não é uma dica — disse Rohan, despreocupado.

— Não quero falar sobre meu pai — Lyra falou para Savannah.

— Simpatizo com você. — Savannah não soava muito simpática.

— Não é uma dica. — Rohan tossiu.

— Ignore ele — aconselhou Savannah —, faz bem para a alma.

— Mais fácil falar do que fazer, gata — respondeu Rohan.

— E — ele forçou um sorriso — não é uma dica.

— O nome de uma pessoa morta não se escreve sozinho. — Lyra descontou toda a frustração em Rohan. — Os papéis *pegaram fogo.* Você espera mesmo que eu acredite que isso não é uma tentativa dos criadores do jogo de serem espertinhos? Que não é uma parte podre do jogo?

— Eu nunca disse que não era parte do jogo — respondeu Rohan. — Disse?

O olhar de Savannah girou na direção dele.

— Você disse que não era uma dica.

— Eu também disse que os *criadores* do jogo não são cruéis. Acredito que não disse o mesmo a respeito dos outros jogadores. Apesar de que, Lyra, minha aposta seria que quem quer que seja que contrabandeou os materiais para preparar isso esperava que você encontrasse um pouco mais próximo ao horário do pôr do sol.

Pôr do sol. Lyra entendeu o significado. *O horário limite.*

— Distração — falou Lyra. *Sabotagem.* Rohan sugeria que ela era o alvo de outro jogador.

Um jogador que conhecia, de alguma maneira, o nome do pai dela. *Os nomes, no plural.*

— E assim, de repente — atestou Rohan, seus olhos castanhos impenetráveis mais uma vez mirando Savannah —, o jogo acaba de ficar sério.

Capítulo 14

GIGI

Com talvez vinte e cinco minutos restando para o sol se pôr, Gigi deu a volta pela costa leste da Ilha Hawthorne, onde não havia penhascos nem árvores, apenas a ilha e o oceano — e um matagal denso, cheio de espinhos, separando os dois. Ela trotava — usando uma definição bem generosa de *trotar* — pelo lado interno do matagal, seu cérebro processando tudo o que tinha acontecido nas últimas horas: *A Manga, Ra. Odette com os óculos de ópera. Brady e o outro jogador... e uma garota morta.*

Deduzindo, é claro, que Odette não havia mentido. O alerta de Savannah ainda reverberava na mente de Gigi: *seria um erro confiar em qualquer um nesse jogo.*

Gigi diminuiu o ritmo, e então voltou atrás, seus olhos fixos no chão. Havia algo no matagal. *Um reflexo metálico.* Ela se agachou para ver melhor.

— Uma fivela?

Esticando o braço, alcançou o que parecia ser uma espécie de tira. Mas seja lá o que fosse, estava muito bem preso embaixo do matagal. Gigi puxou com mais força. Ainda sem sucesso, enfiou os braços até os cotovelos dentro dos arbustos.

O GRANDE JOGO 71

Espinhos cutucavam o mapa em sua pele. Gigi ignorou a dor, e sua mente foi, mais uma vez, até os óculos de ópera de Odette. *Talvez eu tenha encontrado. É a minha chance de ter um Objeto com O maiúsculo.* Por fim, a força e persistência de Gigi (mais persistência do que força) prevaleceram. Uma grande mala preta se soltou do matagal. Abrindo o zíper, a primeira coisa que viu lá dentro foi mais metal.

— Um tanque de oxigênio? — E logo embaixo, algo escuro. *E úmido.* — Uma roupa de Neoprene — Gigi falou baixinho. Conseguia imaginar um dos irmãos Hawthorne vestindo-a para esconder uma parte crucial do jogo em algum lugar no mar, e então disfarçando o equipamento de mergulho para que algum jogador sortudo o encontrasse.

Eu, pensou Gigi, ameaçadora. Ela afastou a roupa de Neoprene para o lado e mais dois objetos foram revelados. *Um colar,* surpreendeu-se. *E uma faca.*

Ela pegou o colar primeiro. Uma corrente de ouro muito delicada com uma pedra verde-azulada escura, com o tom exato do oceano. O pingente era do tamanho de uma moeda, fino e curvado. Fios de ouro envolviam a joia, prendendo-a à corrente e dando o aspecto de que estava dividida ao meio.

Abrindo o fecho e passando o colar ao redor do pescoço, Gigi voltou a atenção para a faca. Estava em uma bainha, o que ela prontamente retirou.

A lâmina da faca era prateada e um pouco curvada, o cabo curto. A bainha era feita de couro gasto e marcada com inúmeros arranhões que mais pareciam marcas de garras.

Treze deles, Gigi contou. O cérebro organizava os detalhes do prêmio. Mais cedo ou mais tarde, *haveria* uma recompensa para tudo que tinha encontrado. Os jogos dos Hawthorne funcionavam assim. Tudo importava. *O número treze. A lâmina da faca. O cabo. A bainha. A corrente de ouro. A joia. O equipamento de mergulho. A Manga. Ra.*

Gigi tinha alguma ideia do que tudo aquilo significava ou de como seria o desenrolar do Grande Jogo? Não. Ela não tinha. Mas uma coisa estava clara: aquilo era *o* achado do jogo. O achado dos achados.

Aquilo. Era. *Tudo.*

Dentre os muitos talentos que possuía, Gigi sabia inventar danças da vitória muito criativas — e então ela ouviu passos atrás dela. Com a faca em uma das mãos, usou a outra para fechar a mala.

— O que temos aqui?

A voz que havia feito aquela pergunta-não-pergunta era sem dúvidas masculina e um pouco enfadonha. Gigi jogou a mala no ombro, levantou-se e girou.

— Oi — disse ela. — Meu nome é Gigi. Gosto das suas sobrancelhas.

Em sua defesa, as sobrancelhas eram mesmo incríveis. Escuras, grossas e anguladas, uma parte fundamental de uma igualmente incrível expressão fechada no rosto do estranho.

— Knox. — A apresentação foi breve. Igual a cara fechada. Quase...

Texugueresca, pensou Gigi. Ela se lembrou da avaliação que Odette fez do homem com quem Brady conversava mais cedo: *O da direita gosta de comer pôneis.* Também havia a outra coisa que Odette dissera.

Sobre a garota morta.

— Eu vou ficar com isso. — Knox indicou com a cabeça a mala no ombro de Gigi. Ele parecia alguns anos mais velho do que Brady, bem mais perto dos trinta, tanto que Gigi não sentiu a necessidade de avaliar os traços do seu rosto para ver isso.

Além disso, naquele momento ela tinha problemas maiores. Gigi apertou a alça em seu ombro.

— Só por cima do meu cadáver gelado — falou, toda contente.

E, sim, dado o contexto, talvez não fosse a coisa mais prudente ou apropriada a se dizer, mas aquilo não impediu Gigi de continuar:

— E não só gelado do tipo *eu estou morta há alguns dias, então já não estou mais quente.* Tô falando cadáver gelado tipo *na gaveta do necrotério, estou refrigerada e medidas foram tomadas para que eu não ressuscite.*

Knox não se impressionou.

— Não vejo você com muitas chances aqui, maria-ninguém.

— Ninguém nunca vê — respondeu Gigi. O coração batia como um tambor, mas, por sorte, Gigi era especialista em ignorar tanto os instintos animalescos da parte posterior do cérebro quanto o senso comum do lobo frontal. — Admito, seria mais fácil se eu tivesse um gato. Mas, como você pode ver, estou armada com um rolo de fita e uma faca. — Gigi sorriu, esperançosa. — E você não quer me machucar?

Não tinha a intenção de que soasse como uma pergunta propriamente dita. No fundo, não acreditava que Avery e os Hawthorne deixariam alguém perigoso de verdade participar do Grande Jogo. *Mas eles não escolheram as cartas curinga,* seu bom senso sussurrou. Gigi o ignorou. Além disso, quando Odette mencionou a garota morta, não disse nada que sugerisse que a morte tivesse sido nefasta. Era mais provável que tivesse sido trágica, e Gigi tinha uma quedinha por tragédia.

— Eu não vou te machucar, bestinha. — A voz de Knox ainda soava enfadonha. — Não vou encostar um dedo sequer em você, porque sou esperto o suficiente para saber que o jogo não funciona assim. Mas o que eu vou fazer é ficar no seu caminho. — Knox deixou que Gigi absorvesse a mensagem. — Até que você me entregue a mala... e a faca e a fita, só por garantia. A cada lugar que você for, lá estarei eu, bloqueando seu caminho. *Passo. Atrás de passo. Atrás de passo.*

Por não ter mencionado o colar, Gigi deduziu que Knox não o tinha notado ou que pensou que pertencia a ela, que tinha ido até a ilha com ele. Invocando um impressionante olhar de ódio, Gigi cruzou os braços e falou:

— Retiro o elogio às sobrancelhas.

— Tique-taque, garotinha. — Knox a encarava. — O pôr do sol se aproxima e você está do lado errado da ilha. Consigo correr um quilômetro em três minutos. Aposto que você não, o que significa que tenho tempo a perder agora...

E Gigi não tinha.

Capítulo 15

ROHAN

Nove minutos até o sol se por. Era raro que Rohan entrasse em locais do seu interesse pela porta da frente. Janelas faziam mais seu estilo, e das dezenas e dezenas de janelas do lado norte da casa, havia o grande total de uma pela qual era possível entrar.

Virada para o oceano. Quatro andares acima.

Rohan entrou sem que ninguém o visse. Deslizando pelas sombras, armazenava o layout dos quatro andares na memória. *Sete portas com sete fechaduras.*

Então ouviu passos. *Botas pesadas, solas desgastadas. A passada lânguida.* A pessoa em questão não fez o mínimo esforço em disfarçar que chegava, mas os passos eram mais leves do que precisavam ser.

Muito Hawthorne da parte dele.

— Que surpresa te encontrar aqui. — O sotaque texano carregado do irmão Hawthorne mais velho combinava com as botas e com o chapéu de caubói que ele usava. — Nash Hawthorne. — Se apresentou, e então apoiou-se na parede, cruzando um pé na frente do outro.

— Sujeito bonitão — falou Rohan. Ele deixou que Nash pensasse que fosse um elogio, então explicou: — Nash Hawthorne — disse, apontando com a cabeça para Nash, e então apontou para si. — Sujeito bonitão. Prazer enorme em conhecê-lo.

Nash bufou.

— Você tem um sobrenome? O primeiro eu já sei.

De algum modo, Rohan duvidada que todos os jogadores no Grande Jogo estivessem sendo pessoalmente recepcionados por Nash Hawthorne. Ele suspirou.

— Se isso for sobre as costelas do seu irmão...

— Eu nunca recusei a um homem uma luta justa. — Nash tirou o chapéu e passou o dedão pela borda. — Este sou eu, apenas fazendo uma previsão: não será você.

Nash falava sobre o jogo. Dizia que Rohan iria perder.

— Veja como fiquei devastado. — Rohan segurava a mão contra o peito.

Nash se afastou da parede e foi em direção a Rohan. O fato de o caubói manter contato visual deveria ter parecido um desafio, assim como aquela *previsão*, mas Rohan não conseguiu sentir nem mesmo o menor indício de uma manobra de dominância nas palavras ou ações do homem.

Nash Hawthorne simplesmente *era*.

— Nossos jogos têm coração — falou ele, se agachando para colocar algo no chão bem na frente de Rohan e depois se levantando. — Não vai ser você, garoto.

Dessa vez, as palavras soaram menos como uma previsão e mais como um aviso. Em outras circunstâncias, Rohan talvez até achasse aquela entrega... fraternal. Mas Nash Hawthorne não estava à procura de mais um irmãozinho, e Rohan não procurava nada além dos recursos financeiros que precisava ganhar para reivindicar o Mercê.

Ele olhou para o objeto que Nash colocara no chão: uma chave de bronze, grande e decorada.

— Encontre o cômodo que ela abre — Nash comunicou.

— Você saberá o que fazer quando o encontrar. — E, após dizer isso, Nash se virou para ir embora.

Você acha que sabe do que eu sou capaz, não é, Hawthorne? Rohan adorava fazer com que as pessoas pensassem duas vezes.

— Aliás, parabéns — gritou para Nash — pelos bebês.

Capítulo 16

LYRA

Alguém estava fazendo jogos psicológicos. Ao entrar em uma varanda de pedra ladeada por grandes pilares de madeira em ambos os lados, Lyra olhou para o horizonte a oeste, onde o sol se pondo tingia o oceano com tons tempestuosos de roxo e um laranja escuro quase enferrujado.

O pôr do sol não iria demorar mais do que três minutos para acontecer.

Lyra resistia ao impulso de *correr* para a casa no lado norte. O corpo de dançarina era capaz de se manter focado mesmo quando a mente estava em outro lugar. Ela, de maneira consciente, tinha feito tudo sem pressa, porque, se a pessoa responsável por aquelas notas tinha a intenção de atrapalhá-la, se esperava que ela perdesse o prazo limite ou se precipitasse, ficaria bastante desapontada.

Lyra não era tão facilmente manipulável.

A enorme casa à frente dela era feita de pedra marrom e madeira natural, o que poderia dar uma aparência rústica se o design da estrutura — os ângulos, os pilares, a altura — não lembrasse uma igreja com um campanário lá no alto. A porta da frente parecia feita de prata maciça, sua superfície gravada com um design geométrico.

Lyra deslizou a mão sobre a porta prateada e então a abriu. Ao entrar, se deparou com um enorme hall de entrada, onde havia uma escadaria branca em espiral que se erguia do chão em pedra obsidiana. Indo em direção às escadas, os passos leves, Lyra percebeu: as escadas não iam só para *cima*.

O que do lado de fora da casa parecia ser o térreo era na verdade o *terceiro* andar. As escadas levavam para cima, levavam para baixo. Lyra via agora o que teria sido óbvio se tivesse explorado melhor o lado norte antes: a casa não fora apenas construída sobre um penhasco, na parte mais alta da ilha.

Fora construída *dentro* do penhasco.

Duas portas idênticas se encontravam em cada um dos lados da grande entrada, com uma terceira visível depois da escadaria. Todas as três eram feitas de uma madeira escura e reluzente, tinham três metros de altura e estavam fechadas. No hall de entrada, uma mesa de granito escuro continha sete bandejas de prata, cada uma delas com um cartão no qual um nome havia sido escrito com uma caligrafia extravagante.

Fazia um silêncio assustador na entrada quando Lyra começou a ler os nomes, um por um.

Odette.
Brady.
Knox.
Lyra.
Savannah.
Rohan.
Gigi.

Seis jogadores além de mim, pensou Lyra. *Seis suspeitos.* Até onde Lyra sabia, nem Rohan nem Savannah eram inocentes no que dizia respeito aos jogos psicológicos. Qualquer um deles poderia ter plantado aquelas notas e ido embora. Porém, no fim das contas, Lyra não fora até a Ilha Hawthorne para desvendar um mistério — sobre notas presas em árvores ou sobre um homem com mais nomes do que o necessário e que nem sabia como pronunciar o dela.

Em vez disso, focou no objeto marcado com o nome dela que estava na bandeja. *Uma chave.* Era grande e de bronze. Espirais elaboradas de metal criavam um formato intrincado no topo da chave. No centro da padronagem havia um símbolo.

Um símbolo do infinito. Aquilo pareceu importante para Lyra — mas importante como?

Olhou de volta para as bandejas prateadas. Todas, exceto uma, estavam vazias. A chave restante — na bandeja com o nome *Gigi* — parecia idêntica à de Lyra, a única diferença aparente sendo o padrão dos dentes da chave.

Elas abrem portas diferentes, pensou Lyra. *E eu sou a penúltima jogadora a começar.* Observou de novo a chave e notou algumas palavras gravadas no corpo daquela destinada a ela.

TODA HISTÓRIA TEM SEU COMEÇO... Lyra girou a chave na mão, lendo as palavras no lado oposto: PEGUE APENAS A SUA CHAVE.

Lyra lembrou-se das boas-vindas de Jameson à ilha. *Por um lado, o jogo começa hoje à noite. Mas por outro lado muito real... começa agora mesmo.*

A porta da frente se abriu de repente e um pequeno borrão de cabelos castanhos correu para dentro. Menos de dois segundos depois, a pesada porta prateada fechou-se sozinha, seguida por um som parecido com um tiro. *O trinco.*

A porta da frente havia acabado de fechar e se trancar sozinha.

— Pôr do sol — ofegou a recém-chegada, se inclinando com as mãos nos joelhos.

Lyra a examinou por um momento.

— Você deve ser Gigi, não?

A chave dela era a única restante na mesa.

— Eu mesma — respondeu Gigi, se endireitando. — Uma pergunta. — disse, zangada. — Texugo humano, sobrancelhas *assim*. — Gigi colocou os dedos indicadores em lados opostos da testa, de modo que formassem um V logo acima do nariz.

— Um colete presunçoso, a alma obscura. Viu ele?

A menção do colete indicou a Lyra exatamente quem Gigi procurava.

— Knox Landry?

Um colete presunçoso, a alma obscura. Lyra tinha que admitir, era uma boa descrição.

— Não o vejo há algum tempo, a chave dele não estava mais aqui quando cheguei.

Gigi acompanhou o olhar de Lyra em direção às bandejas na mesa. Em poucos segundos, a outra garota já havia pegado a chave dela.

— *Toda história tem seu começo...* — Gigi absorveu a informação na pequena inscrição mais rápido do que Lyra. Após ler o lado oposto, Gigi parou, pensou por um momento e então pegou o cartão com o seu nome e o virou.

Um poema as aguardava do outro lado. Lyra virou seu cartão e encontrou a mesma coisa. Instruções.

ENCONTRE SEU QUARTO. A CHAVE, PODE USAR.
DEIXE ESSE CARTÃO PARA QUE TODOS POSSAM OLHAR.
PODE COLOCAR A MÁSCARA E FANTASIA.
EM QUINZE MINUTOS, O BAILE SE INICIA.

Capítulo 17

LYRA

No quarto andar da grandiosa casa, Lyra encontrou sete portas, cada uma com uma fechadura de bronze decorada. Na parede, um enorme relógio com números romanos marcava a hora.

Cinco horas, quase que em ponto.

Lyra se aproximou da primeira porta e testou a chave. Entrou, mas não girava. Indo para a próxima, ouviu Gigi atrás dela tentando a própria sorte em uma das outras portas. A segunda tentativa de Lyra também não deu certo, mas na terceira a chave girou na fechadura.

A porta se abriu.

O quarto que se mostrou adiante era assustadoramente simples, uma cama *king-size* sendo o único móvel lá dentro. Disposto na cama arrumada com lençóis brancos impecáveis estava um vestido de gala.

Lyra entrou, a porta do quarto fechando logo atrás — esquecera de tudo, com exceção do vestido na cama. O corpete era azul-marinho, quase preto, como o oceano à meia-noite. A saia era longa e feita de camadas de tule.

Pode colocar a máscara e a fantasia, Lyra pensou. *Em quinze minutos, o baile se inicia.*

Ela ergueu o vestido da cama, revelando uma máscara — delicada e cravejada — abaixo. Era do tipo que cobria o rosto apenas na região em volta dos olhos, do tipo que alguém usaria no carnaval.

Ou em um baile de máscaras, Lyra pensou. Encantada contra a própria vontade, dispôs o vestido em um dos braços e passeou com os dedos levemente sobre as joias na máscara. Sem dúvidas era strass. *Com certeza* não eram diamantes, dispostos em elaboradas e hipnóticas espirais, as joias pequenas, mas impecáveis.

Com certeza.

Lyra se forçou a desviar sua atenção da máscara para o vestido. Resistindo ao desejo de se deixar levar pela empolgação daquele momento mágico, fez como fora instruída e vestiu a fantasia, livrando-se das próprias roupas e colocando o vestido.

É só um vestido, Lyra disse a si mesma... mas não era *qualquer* coisa.

O corpete contornava suas curvas, o caimento esplêndido. *Perfeição.* Na parte mais estreita da cintura, o azul-escuro da saia tule era do mesmo tom do corpete, mas o tecido clareava, centímetro por centímetro, para um azul vibrante, depois para um azul-claro espumoso que se fundia num tom mais pastel. A parte inferior da saia era completamente branca. A cor não mudava de maneira uniforme ao longo da saia, mas sim em ondas.

Lyra tinha a impressão de vestir uma cachoeira.

Apanhou a máscara. Nas laterais havia longas fitas de veludo preto penduradas. Lyra não sabia muito bem o que esperar do Grande Jogo... mas não era isso. Não esperava que fosse assim. Como *mágica.*

Com a máscara brilhante em mãos, Lyra foi em direção ao banheiro do quarto, atraída pelo espelho. Analisou os próprios atributos como se pertencessem a uma estranha: cabelo escuro, olhos cor de âmbar em um rosto com o formato de coração, pele com um bronzeado vivo.

Se afastou e absorveu o visual, a sensação, a maldita *aura* daquele vestido, esforçando-se para lembrar que aquilo não era um conto de fadas.

Era uma competição.

Seu olhar encontrou as gavetas do banheiro — duas delas, no gabinete. Dentro de uma, encontrou um par de sapatilhas de balé. Vestiu-as.

Na outra gaveta encontrou um par de dados.

São feitos de vidro, Lyra notou. Os dados de vidro estavam desalinhados, como se alguém os tivesse jogado. *Um três e um cinco.* Lyra os pegou, e assim que o fez, palavras surgiram no espelho do banheiro, transpondo o reflexo dela.

JOGADORA NÚMERO 4, LYRA KANE. Lyra encarava a si mesma quando as palavras no espelho mudaram. VALENDO.

Lyra colocou a máscara.

Capítulo 18

LYRA

Ao se encaminhar para o corredor, Lyra viu de relance alguém descendo as escadas em espiral. Quando se preparava para fazer o mesmo, ao chegar na escadaria, parou e deu uma olhada no relógio.

17h13.

As escadas levavam para cima. As escadas levavam para baixo.

Eles tiveram horas para explorar a ilha, mas e a casa? Seguindo seu instinto, Lyra começou a subir os degraus, passos leves, surpresa pelo fato de as sapatilhas serem muito confortáveis, de como pareciam firmes sob seus pés, quando se aproximou do último degrau da majestosa escadaria em espiral e…

Lyra parou de repente. A escadaria terminava em uma sala circular, a *única* sala no último andar da casa.

Uma biblioteca. Lyra deu três passos e… rodopiou. Não conseguiu segurar. Prateleiras de quase cinco metros ornavam o recinto, repletas de milhares de livros. O teto era formado por grossos vitrais que, durante o dia, deviam espalhar luzes coloridas por todo o chão de madeira reluzente.

Assim como o vestido e a máscara e todo o resto, aquele recinto era mágico.

— Sou fã de bibliotecas. — A voz vinha de trás dela. — As circulares então, nem se fala.

Lyra virou-se e ficou cara a cara com o interlocutor — ou melhor dizendo, máscara a máscara.

Se tinha achado que sua máscara era de tirar o fôlego, esta era um espetáculo à parte, assim como o vestido que a acompanhava. O tecido era violeta-escuro, de alguma maneira mais intenso que o azul de Lyra, a saia era larga, a costura, que a envolvia por completo, tinha um tom prateado similar ao luar refletido na água. Era deslumbrante.

A máscara correspondente era revestida de delicadas pedras preciosas pretas, com pedras roxa-escuras emoldurando os olhos, mas o mais notável era o trabalho em metal. Existia algo como ouro negro? Se sim, algum artesão a tinha adornado com delicados traços entrelaçados que mais pareciam renda.

Para de encarar, Lyra disse a si mesma. Desviou o olhar para as prateleiras que circundavam a sala.

— É lindo — ela falou, mas o que estava pensando era *só há um jogador que eu ainda não encontrei.*

— E você não confia em coisas lindas? — Algo no tom de voz da garota mascarada, uma faísca audível, dizia que Lyra havia revelado mais sobre si mesma do que pretendia. Com atraso, Lyra reconheceu a voz e soube, de repente, quem era a garota por trás daquele vestido beijado pela lua, por trás daquela máscara escura e brilhante.

Não era uma jogadora.

— Você é Avery Grambs.

A herdeira Hawthorne, ali, bem na frente dela.

— Eu já fui você um dia. — A herdeira sorriu, mas, graças à máscara, Lyra não fazia ideia se o sorriso se estendia até os olhos de Avery. — Confiar nas pessoas também não era o meu forte. Mas, se me permite, posso te dar um conselho sobre o jogo?

Tudo naquela interação parecia surreal. Lyra exalou.

— Você acha que eu vou recusar o conselho da mentora de tudo isso?

A pessoa por trás de todas as decisões. A pessoa no centro desse jogo. A bilionária. A filantropa. A Avery Kylie Grambs.

— Às vezes — Avery falou —, nos jogos que importam mais, o único modo de jogar de verdade é *vivendo*.

A garganta de Lyra se estreitou e ela desviou o olhar. Não sabia muito bem o porquê. Quando se recuperou, quando olhou de volta...

A herdeira Hawthorne havia desaparecido.

Capítulo 19

LYRA

À medida que Lyra descia as escadas em espiral, música instrumental vinha do térreo. Avery Grambs havia simplesmente desaparecido, era como se a herdeira tivesse sumido sem deixar rastros.

Quando Lyra chegou ao hall de entrada, viu que ele tinha sido transformado. Grandes fontes de chocolate, ao leite e branco, tinham sido colocadas em frente às colunas gregas que iam até a sua cintura e uma delas sustentava um prato repleto de carne e a outra, de frutas. As três enormes portas que Lyra vira mais cedo agora estavam abertas, revelando seu interior.

Uma sala de jantar. Uma sala de estudos. A música vinha da terceira sala, do outro lado da escadaria. Lyra seguiu o som até chegar ao que era, sem dúvidas, a sala principal da casa. Um requintado lustre de cristal pendia do teto de pé-direito duplo, mas Lyra mal notou os cristais. Só o que seu cérebro conseguia processar era a *vista*.

Toda a parede oposta à porta da sala era feita de vidro.

Janelas que iam do chão ao teto propiciavam um panorama natural do Oceano Pacífico no crepúsculo. Milhares de pisca-piscas adornavam a costa rochosa. Lyra caminhou, como uma mariposa atraída pela chama, em direção à janela, só sendo capaz de se virar e notar o que acontecia dentro da sala principal após cruzá-la por completo.

O baile.

Lyra ainda não havia visto Avery em lugar nenhum, mas baseado na quantidade de homens mascarados vestidos de smoking ali presentes, pelo menos um dos irmãos Hawthorne *tinha* que estar naquela sala.

Grayson não, Lyra não conseguia se livrar da sensação, bem irritante por sinal, de que o teria reconhecido na mesma hora, independentemente da máscara que estivesse usando.

Esqueça ele. Foque na competição. Era fácil de reconhecer Odette, com seus compridos e grossos cabelos com as pontas escuras. A mulher mais velha usava um vestido longo de veludo preto em conjunto com luvas que a cobriam dos cotovelos até a ponta dos dedos. A máscara era branca. *Com penas.* A borda externa de cada um dos olhos em formato de gatinho era decorada por uma pedra, apenas uma, de um vermelho intenso.

Rubis, pensou Lyra... e não dos pequenos.

Savannah era igualmente fácil de se reconhecer. Seu cabelo loiro platinado estava preso em uma trança ainda mais refinada do que antes. De trás, Lyra não conseguia ver a máscara de Savannah, mas aquilo não diminuía o quão admirável a outra garota estava envolta em seda azul-gelo, um vestido de gala estilo vintage que parecia ter saído diretamente da década de 1930.

A pesada corrente, que antes Savannah tinha enrolada em seu braço, agora circundava os quadris.

— Você está encarando, querida.

Lyra não tinha ouvido Rohan se aproximar, nem mesmo o tinha visto pelo canto dos olhos. A máscara que vestia era leve e de uma cor prata reluzente, o metal mais adequado a uma coroa. Cobria todo o lado esquerdo do rosto de Rohan com exceção do olho. Do lado direito, se estendia desde acima da sobrancelha até a têmpora. A assimetria inquietante da máscara fazia com que Rohan parecesse, se não abalado, pelo menos um pouco perturbado.

De um jeito bom.

— Eu não estava encarando — replicou Lyra.

— Deixe-me adivinhar — murmurou Rohan —, você estava olhando para as paredes.

As paredes? Pela primeira vez, Lyra olhou para o perímetro da sala principal. As paredes revestidas com painéis de madeira tinham um design em alto relevo que lembrava Art Déco — mas quanto mais Lyra as observava, mais o design evocava um labirinto.

Esse é O Grande Jogo. Quais as chances de serem mesmo um labirinto?

— Estamos falando sobre paredes? Eu *amo* paredes. — Outro cavalheiro mascarado se colocou entre Lyra e Rohan com impressionante destreza. O recém-chegado era alto e usava uma máscara dourada. Então disse enquanto estendia a mão na direção de Lyra: — Esta é a parte em que eu humildemente admito ser o Hawthorne mais corajoso e mais estiloso ou, no mínimo, o menos cauteloso com explosões e rejeição social... e pergunto se me daria o prazer dessa dança.

Este, notou Lyra, era o mais jovem dentre os irmãos Hawthorne. *Xander Hawthorne.*

Dança? O olhar de Lyra mirou para além do braço estendido de Xander, para o centro da sala principal, onde de fato duas pessoas haviam começado a dançar. Avery Grambs era uma delas, portanto seu parceiro mascarado era Jameson Hawthorne.

Cada um tinha uma das mãos erguida, as palmas se tocando enquanto andavam lentamente em círculo um ao redor do outro de maneira sedutora. A dança parecia pertencer a outra era, onde homens e mulheres mal podiam se tocar e, mesmo assim, ao observar ambos girarem um em torno do outro, Lyra ficou sem ar.

Recomponha-se, disse a si mesma, afastando o olhar dos dois enquanto segurava a mão estendida de Xander. Ela estava ali com um propósito: *fazer o que fosse preciso para vencer.*

— Presumo que você não tenha nenhuma dica para me dar? — perguntou Lyra a Xander. Ela e os outros jogadores ainda não haviam recebido nenhuma informação concreta sobre o que estava por vir, para além do fato de que, *por um lado,* o jogo começaria naquela noite.

Xander a girou para um lado, depois para o outro, então, cheio de pompa, ergueu a mão direita e esperou que ela erguesse a dela antes de responder ao pedido por uma dica.

— A cegonha voa às dez e meia. — disse, em um tom dramático. — O beija-flor come um cookie. Meu cachorro se chama Tiramisù.

Lyra bufou.

— Por mais bizarro que seja, acho que a sua última frase é verdade.

Após o terceiro giro no sentido horário, Xander abaixou a mão direita e levantou a esquerda. Lyra o imitou, e logo começaram a girar um em torno do outro no sentido anti-horário.

— Muffin ou rosquinha? — perguntou Xander, sério.

— Perdão?

De algum modo, o Hawthorne à frente dela conseguira erguer uma sobrancelha tão alto que dava para vê-la por cima da máscara.

— Se você tivesse que escolher: muffin ou rosquinha?

Lyra avaliou as opções.

— Chocolate.

— Eles podem ser de chocolate. — Xander era, sem dúvidas, o Hawthorne mais agradável.

— Não — Lyra falou enquanto dançavam —, escolho chocolate. Só chocolate.

— Entendo. — Xander sorriu. — Um pedaço pequenino que derrete na língua ou um coelhinho do tamanho do seu punho?

— Ambos.

Lyra notou, logo após responder, que não havia dirigido aquela palavra à *Xander*, que não estava mais onde estava até um segundo atrás.

Grayson o havia expulsado.

— Posso interromper?

Ela sabia que o reconheceria, mesmo com a máscara. A dele era preta. Sem adereços. Apenas... preta.

— Você já interrompeu.

Circundavam um ao outro agora, as mãos mal se tocavam. Lyra nunca esteve tão atenta a cada centímetro de pele em seus dedos e palmas da mão. Não parecia que dançavam, mas que eram atraídos para a órbita um do outro. A *gravidade* não era nada quando comparada à força que a impedia de sair de perto dele, não importava o quanto ela quisesse, não importava o quanto ela lembrasse a si mesma, de forma veemente, de que ele era um Hawthorne.

Aquele Hawthorne.

A música mudou e, com ela, a dança. Sem esforço, Grayson pegou uma das mãos de Lyra e passou o outro braço, da forma mais eficiente possível, pelas costas dela. Ainda havia espaço entre os dois, um espaço respeitável.

Demais, e nem perto do suficiente.

— Ano passado, quando você me ligou — falou Grayson, com a máscara que nada fazia para proteger Lyra *daqueles olhos* —, você tinha algumas perguntas sobre o suposto papel do meu avô na morte do seu pai.

Um Hawthorne fez isso. Lyra se protegeu mentalmente do toque da mão de Grayson e do contato dos seus dedos em suas costas.

— Eu não *supus* nada, exceto que seu avô era o Hawthorne com a maior probabilidade de arruinar alguém. — Lyra levantou o queixo. — E não vim até aqui, até essa ilha, até esse jogo, para conversar sobre o meu pai com você.

Por trás da máscara, Grayson a encarou.

— Antes, você queria saber a verdade.

Lyra queria muitas coisas antes.

— Se você descobrisse que tinha passado a vida inteira vivendo uma mentira, também iria atrás de respostas. — O tom da voz dela não se alterou, permanecendo sob controle. — Mas não preciso delas agora do mesmo modo que precisava antes quando liguei para você.

Apesar de todo o esforço que fez para que acontecesse o contrário, a ênfase arrastou-se até a última palavra da frase: *você.*

— Meu avô tinha uma lista — Grayson falou após um instante. — A Lista, com L maiúsculo. Inimigos. Pessoas de quem ele tinha se aproveitado ou tinha enganado. Havia um Thomas Thomas nela, o sobrenome igual ao nome.

Thomas, Thomas. O pensamento de Lyra voltou até as notas nas árvores. Rohan tivera tanta certeza de que não havia sido obra dos Hawthorne ou da herdeira dos Hawthorne, mas e se ele estivesse errado?

— Já entendi — falou Grayson, sem especificar *o que* viu na expressão dela.

— O sobrenome do meu pai não era Thomas. — Lyra não conseguiu deixar de contestar.

— O arquivo em questão era insuficiente — Grayson disse a ela —, mas os detalhes, como estavam lá, encaixavam na descrição da morte do seu pai.

Lyra sentiu a sala começar a girar. O som de um tiro ecoou em sua mente. Seu olhar fixou-se no de Grayson, como uma bailarina focalizando em um ponto fixo pirueta após pirueta.

— Por que você está me contando isso? — Lyra exigiu saber. *Agora,* incluiu de forma silenciosa. *Por que você está me contando isso* agora? Quando tinha dezessete anos, ela fora pedir ajuda para ele, em um momento em que sentia estar completamente sozinha. Ela se iludiu, forçando-se a acreditar que Grayson Hawthorne tinha algum resquício de honra dentro de si, que ele podia de fato ajudá-la, que ela não estava sozinha.

E o que ela recebeu em troca foi: *pare de me ligar.*

— Estou contando isso a você porque — Grayson afirmou, em um tom amigável demais para o gosto dela — aquele arquivo não valia nada. Todos os detalhes nele, exceto a descrição da morte do seu pai, eram artificiais. Mentiras.

Ele fez uma breve pausa.

— Eu não tinha como te encontrar para te contar isso.

O calor da mão dele em suas costas ficava cada vez mais difícil de ignorar.

— Mas você tentou — falou, incisiva. — Me encontrar.

— O tom voraz na voz escancarou seu ceticismo, porque se Grayson tivesse *mesmo* tentado encontrá-la, teria conseguido, assim como Avery Grambs parecia ter feito para O Grande Jogo.

Você contou alguma coisa para a herdeira, e ela me encontrou, ou seus irmãos o fizeram. Ou talvez eles tenham escolhido jogadores na Lista, com L maiúsculo, de Tobias Hawthorne. De qualquer modo, eles não tiveram problema algum em me encontrar. Lyra não pensou, nem por um segundo, que Avery ou o resto da família Hawthorne fossem, de algum modo, mais capazes de mover montanhas do que Grayson.

Grayson Hawthorne precisaria apenas de um estalar de dedos para mover montanhas. *Se você quisesse mesmo me achar, teria conseguido.*

Grayson ficou em silêncio por um bom tempo, então sua expressão mudou, os ângulos no rosto ficando mais destacados.

— Se você está aqui como parte de alguma vingança contra a minha família...

— Estou aqui pelo dinheiro. — Lyra o interrompeu. Se pudesse, teria acabado com ele, mas aquele era Grayson Hawthorne, difícil de se abater. — E você não tem o direito de me tratar como se eu fosse uma ameaça por causa de uma *lista* que seu avô bilionário, desalmado e destruidor de vidas criou. Eu estou aqui porque... — Lyra quase falou *porque eu fui convidada,* mas se lembrou do que o convite dizia, e as palavras lhe pareceram genuínas. — ... porque eu *mereço* estar aqui.

Aquela não era a hora de gaguejar.

— Não tenho vingança nenhuma planejada contra a sua família. — Ela continuou, a voz baixa. — Eu não sou uma ameaça, e não estou pedindo nada a *você.*

— Exceto — falou Grayson, um tom estranho em sua voz — que eu fique fora do seu caminho.

Tudo o que Lyra queria era desviar o olhar dele. Sua raiva contida passou a arder.

— Essa é a única coisa que eu poderia querer de você, garoto Hawthorne.

Grayson soltou a mão dela e recuou, encerrando a dança.

— Considere-a feita.

A música parou, e quando Lyra deu por si, Avery e Jameson se dirigiam para a frente da sala.

Foque neles. Não nele. Nunca nele.

— Olá a todos. — A herdeira Hawthorne tirou a máscara e, por um momento, seu olhar focou em Lyra. — Bem-vindos à segunda edição anual do Grande Jogo.

Capítulo 20

GIGI

Aqui vamos nós. Gigi tentou esvaziar a cabeça. Ela estava com uma faca presa com fita adesiva de estampa de oncinha embaixo do vestido de baile, onde ninguém conseguia ver? Sim. Sim, estava. Alguém naquela sala sabia disso? Não. Eles não sabiam. Ela estava com um rancor do tamanho da Pangeia por causa do que teve que sacrificar para ficar com a tal faca e a tal fita? Também sim.

Mas, naquele momento, *nada* daquilo importava. A única coisa que importava era que Avery estava falando com todos na sala.

— Vocês sete estão aqui hoje porque, há três anos, eu fui de viver em meu carro para ter o mundo. De maneira extremamente inesperada, me tornei uma herdeira.

Na frente da sala, o restante dos irmãos Hawthorne assumiu seus lugares ao lado de Jameson e Avery, de tal maneira que Gigi não conseguia ver os cinco de nenhum outro modo a não ser como uma unidade: Nash-e-Xander-e-Grayson-e-Jameson-e-Avery contra o mundo.

Todos os quatro Hawthorne removeram as máscaras.

— Tudo o que eu podia imaginar — Avery continuou — de repente estava ao meu alcance, e fui lançada em meio a um jogo que não sou capaz de descrever.

Ao seu lado, Jameson a observava como se ela fosse o sol e a lua e as estrelas e a eternidade, tudo junto. Ninguém nunca havia olhado para Gigi *daquela* maneira em toda sua vida.

— Eu recebi uma oportunidade única — disse Avery, a voz ecoando pela sala principal. — E, agora, eu a ofereço a vocês. Não a fortuna, ou, ao menos, não toda. Mas a experiência? A charada derradeira, o jogo mais incrível, o tipo de desafio que irá mostrar quem vocês realmente são e do que são capazes, tudo isso com uma riqueza que irá transformar a vida de vocês? Isso, eu posso oferecer. — Ela fez uma pausa. — O prêmio desse ano é de vinte e seis milhões de dólares.

Vinte e seis milhões. E ao contrário dos fundos de Gigi, aquele dinheiro viria sem restrições.

— Apesar de só um de vocês sair vencedor do jogo deste ano — Avery olhou para Jameson —, nenhum de vocês sairá desta ilha de mãos abanando.

— As máscaras que vocês estão usando esta noite — anunciou Jameson — são de vocês.

Gigi levou as mãos até a máscara. As beiradas eram contornadas por pequenas e perfeitas pérolas. Fragmentos de diamante circundavam os olhos e, prendendo três penas de pavão na lateral da máscara havia uma água-marinha do tamanho do nó de seus dedos mindinhos. Quanto dinheiro será que conseguiria com aquilo, se perguntava — e quantos roubos ao contrário conseguiria realizar com os ganhos.

— Além disso, também temos *estes.*

O GRANDE JOGO 99

Jameson pareceu materializar do nada uma grande caixa de veludo e Avery a abriu. Para conseguir ver melhor, Gigi se aproximou um pouco... Ao redor, os outros jogadores faziam o mesmo.

Dentro da caixa havia sete broches. *Pequenas chaves douradas.*

Avery tirou uma da caixa.

— Não importa como isso irá terminar, quero que vocês se lembrem: as pessoas com você aqui hoje nesta sala sempre serão as únicas a saber como foi participar do jogo deste ano. De agora até o fim de suas vidas, isto será algo que vocês sempre terão em comum.

— Quando estávamos crescendo — explicou Jameson, olhando para cada um dos irmãos —, receber um broche como este era uma espécie de ritual de passagem na Casa Hawthorne. Considerem eles como um símbolo. Ganhando ou perdendo, todos fazem parte de algo agora.

Avery sorriu.

— Vocês não estão sozinhos.

Não estão sozinhos. O coração de Gigi, de alguma maneira, deu um salto e uma cambalhota ao mesmo tempo. Seu instinto a levou a olhar direto para Savannah, mas a gêmea olhava fixamente para Avery — e apenas ela —, enquanto a herdeira e os irmãos Hawthorne começavam a distribuir os broches.

— Só para constar — Jameson anunciou enquanto colocava o broche de Savannah —, saibam que nosso querido, embora um pouco constipado emocionalmente, irmão Grayson não participou da criação do jogo desse ano. Mesmo que ele seja o responsável por garantir que tudo corra bem, ele sabe tanto sobre o jogo quanto vocês.

Nash apareceu na frente de Gigi. Com gentileza, colocou o broche no vestido de baile dela.

— Pronto, jovenzinha — falou, dando uma piscadela. — Belo colar, a cor combina com você.

— Já basta — Knox interrompeu. — Basta com as máscaras, a roupa formal e os discursos. — Sua fala, mesmo quase sem interrupções entre as palavras, era precisa, como se considerasse o ritmo de um discurso uma perda de tempo. *Aquele ladrãozinho mequetrefe escória da humanidade.*

— Qual é o jogo? — exigiu Knox.

Você não perde por esperar, Sobrancelhas do Apocalipse, pensou Gigi. *Não. Perde. Por. Esperar.*

— Toda história tem seu começo, Knox.

A voz de Avery assumiu uma cadência quase musical à medida que ela falava aquelas palavras que soavam familiar.

— A sua história, a de todos vocês, começa quando as areias do tempo terminarem seu percurso.

Sem economizar na dramaticidade, Xander se ajoelhou e deu uma batidinha no chão de madeira. Um painel subiu. *Um compartimento secreto.* De dentro, Xander retirou um objeto.

— Uma ampulheta.

Gigi não tivera a intenção de dizer aquilo em voz alta.

A ampulheta media cerca de quarenta e cinco centímetros de altura e estava preenchida com uma areia preta brilhante. Xander a levou em direção a duas mesas de centro idênticas feitas de mármore e a colocou em uma delas.

Gigi observou, fascinada, quando a areia preta começou a cair.

— Até lá… — disse Avery, dando o braço para Jameson, que o pegou. — Sigam-nos.

Capítulo 21

GIGI

Atravessando o hall de entrada, *depois a porta da frente, pela lateral da casa.* Gigi monitorou o caminho à medida que ela e os outros jogadores seguiam Jameson e Avery. *Descendo o penhasco.* Quando chegaram nas pedras lá embaixo, de repente Gigi se tocou: *eles estão nos levando mar adentro.*

Estava mais escuro agora do que há apenas dez minutos, mas centenas de fios com luzinhas iluminavam o caminho por entre as rochas até a beira do mar.

— Você conseguiu chegar antes do pôr do sol. — Mesmo com um vestido de seda à noite, Savannah se movia com extrema desenvoltura. Gigi interpretou como um gesto de amor o fato de a gêmea diminuir o ritmo, mesmo que só um pouco.

— Vou fingir que você não está surpresa com isso — provocou Gigi.

— Deixa eu adivinhar, alguma coisa aconteceu enquanto você explorava a ilha? — Savannah ergueu uma sobrancelha. — Algum dos outros jogadores ganhou sua antipatia?

— Eu não me deixo irritar pelos outros — respondeu Gigi de forma petulante. — Acredito que todos possam se reabilitar.

— Eu sinceramente espero que seja tão assustador quanto soa — falou uma voz atrás delas. *Masculina. Britânica.* E, Gigi percebeu quando ele se aproximou, *alto. Muito alto.*

— Você me acha assustadora? — Gigi estava encantada.

— Não começa — ordenou Savannah.

Para quem aquela frase era destinada, cabia ao recipiente ver se a carapuça serviria.

— É a sua vez de dar o discurso *fique longe da minha irmã?* — disse, sarcástico, o estranho mascarado. — Funcionou muito bem para seu irmão quando ele me disse para ficar longe de você.

Gigi arregalou os olhos quando girou a cabeça na direção da irmã. *Me conte.*

Sob o luar, a máscara azul-platinada que Savannah usava a deixava linda, como em um conto de fadas, como uma Rainha das Neves que veio do longínquo e gelado Norte para deixar todo o mundo branquinho. Pendurados em cada lado da máscara havia três diamantes em forma de lágrimas, apoiados suavemente em suas proeminentes maças do rosto como lágrimas de verdade.

Gigi não conseguiu evitar pensar que não via a irmã chorar fazia anos. *Nosso pai não está nas Maldivas!* O temido coro mental voltou com tudo. *Ele está morto! Morreu tentando matar...*

— Chegamos. — A voz de Jameson Hawthorne atravessou o ar noturno.

Ao dar o último passo em direção ao mar, Gigi notou que não pisava mais em pedras, mas em areia. *Areia preta.*

— Tirem os sapatos — Jameson disse em voz alta. Era visível que ele estava se divertindo.

Gigi não hesitou, tirou as sapatilhas e enfiou os dedos na areia. Por mais que o ar aquela noite estivesse fresco, os grãos de areia que envolviam seus pés estavam quentinhos.

Não havia areia preta naquela praia antes.

— Todos deveriam dançar descalços na praia à noite pelo menos uma vez na vida — disse Avery, soando como um Hawthorne, magnética e segura. — Mas primeiro...

— Tirem as máscaras — Jameson terminou a frase, recolhendo-as, uma a uma. — Não se preocupem. Nós as guardaremos em segurança para vocês. E as chaves dos seus quartos, por favor.

Em segurança de quê? Gigi se perguntou, o olhar atraído para a água escura aveludada. As ondas batiam na costa.

— Alguns de vocês já encontraram uma espécie de tesouro escondido — disse Avery. — Objetos que estavam escondidos na ilha e que serão úteis em algum momento nos próximos três dias. — A herdeira Hawthorne olhou primeiro para Savannah, depois para Odette.

Gigi levou a mão ao colar e se lembrou da faca presa com fita na sua coxa. *Três dias.* Fora a primeira vez que a duração do jogo havia sido mencionada.

— Só resta uma peça do tesouro — declarou Jameson. — Mais um Objeto que pode dar uma vantagem a vocês no jogo que iniciará em breve. Vocês terão um pouco menos de uma hora para encontrar esse Objeto. Não vamos roubar muito do tempo de vocês, mas permita-me compartilhar um conselho que alguém me deu uma vez: *não deixem pedra sobre pedra.*

O olhar de Jameson voltou-se em direção às pedras. Bastaram poucos segundos para que Gigi fosse a única competidora ainda na praia de areia preta — todos os outros haviam corrido para as pedras.

Não deixem pedra sobre pedra. Gigi olhou de volta para Jameson, mas ele e Avery estavam dançando. *Pés descalços na praia*, pensou Gigi. E então ela pensou em informação falsa. Em distrações. Em *tesouros escondidos* e no fato de que a areia preta da praia combinava com a areia da ampulheta dentro da casa.

De joelhos, Gigi usava os dedos como uma rastelo na areia. Talvez estivesse errada. Talvez todos os outros estivessem certos. Mas ela continuou. E continuou. E continuou. Por vinte minutos. Trinta. Até...

— *Afaste-se.*

Gigi virou a cabeça na direção daquela voz — que dessa vez não era serena e muito menos calma, mas ainda assim reconhecível. *Brady Daniels.* Gigi procurava em meio às pedras, mas as luzinhas só iluminavam até certo ponto. Então viu algo se mover. *Com certeza era Brady.* E a pessoa para quem disse que se afastasse, a pessoa de quem ele se afastava, era sem dúvidas Knox.

Eles falavam de uma garota. A voz de Odette ecoava na mente de Gigi. *E, pelo que pude entender, ela está morta.*

Ela monitorava os movimentos de Brady o melhor que conseguia em meio à escuridão.

Quem era ela... e como morreu? A mão de Gigi se fechou, capturando a areia que a envolvia, e de repente ela se viu, como acontecia com frequência, atingida por uma ideia maluca, tal qual outra pessoa poderia ser atingida por um ônibus.

E se, em vez de desperdiçar mais tempo à procura do último Objeto, ela aproveitasse que Knox estava por perto para roubar de volta aqueles que ele havia pegado dela?

A mala. O tanque de oxigênio. A roupa de Neoprene.

Gigi se levantou e limpou a areia preta das mãos. *Eu não estou,* disse a si mesma com firmeza, *procurando por uma desculpa para voltar para a casa e ir atrás de Brady Daniels.*

Capítulo 22

GIGI

Um pequeno arrombamento e uma invasãozinha não machucavam ninguém. Gigi precisou de três tentativas até encontrar o quarto de Knox, mas assim que viu o colete, sabia que havia acertado em cheio. Uma busca minuciosa no cômodo não revelou nada além das roupas dele.

Uma busca menos minuciosa também não revelou nada.

Ou Knox escondera a mala e o conteúdo em algum lugar na ilha após ela finalmente ceder ou...

Na verdade, Gigi não conseguiu pensar em um *ou*. Quando Knox mostrou que estava falando sério ao ameaçar bloquear o caminho dela — e bloquear, bloquear, bloquear —, a resposta de Gigi foi arremessar a mala no oceano como uma espécie de lançadora de discos olímpica doida. Após xingá-la, Knox foi atrás da mala, o que deu a Gigi a chance de escapar com a faca e a fita.

Ela chegou à casa antes do pôr do sol por muito pouco, mas o sr. Três-minutos-por-Quilômetro com certeza teria tempo de sobra para esconder a mala após achá-la.

Aquilo não a impediu de procurar no quarto e no banheiro uma terceira vez. Pela parede do banheiro, ouviu alguém no quarto ao lado ligar o chuveiro.

Brady? Por que ele estaria tomando banho agora? Gigi disse a si mesma com muita firmeza que (1) aquilo não era de sua conta, e (2) ela não tinha nenhum motivo *real* para invadir o quarto dele. Não tinha por que ela pensar que Brady e Knox estavam de conluio. *Nenhuma razão.* Mas Brady chegara na casa vários minutos antes de Gigi.

E se ele tivesse ido antes dela até o quarto de Knox? E se ele estivesse, nesse exato momento, lavando seus pecados, especificamente o pecado do *roubo*?

Aquela era uma péssima ideia. A voz mental de Gigi era animada. *Mas vou fazer isso mesmo assim?*

Sim, ela ia sim.

Sem perder tempo, ela se certificou de que a mala também não estava no quarto de Brady. Gigi olhou para a porta do banheiro, mas mesmo ela tinha mais bom senso do que isso. Então, olhou para o chão, onde o smoking de Brady estava jogado ao lado da roupa que usara antes.

Perdido por um, perdido por mil. Gigi checou os bolsos nas roupas de Brady. Tudo o que achou foi uma fotografia antiga de uma adolescente com olhos de cores diferentes — um azul, o outro castanho — encaixando uma flecha em um arco que era grande demais.

Na hora, Gigi soube, sua intuição dizia, que a foto não fazia parte do Grande Jogo. Não era um Objeto.

E, pelo que pude entender, ela está morta.

O chuveiro desligou. Gigi colocou a fotografia de volta e saiu dali tão silenciosamente e furtiva como tinha entrado. Não parou quando chegou ao corredor, à escadaria em espiral nem no térreo. Ela continuou descendo até chegar ao segundo andar.

Fazendo uma pausa para respirar pelo que parecia a primeira vez desde que o chuveiro havia desligado, Gigi piscou quando registrou o que via. *O segundo andar.* À sua direita, a parede era longa e sem porta alguma, mal havia espaço entre a parede e as escadas. Movendo-se no sentido anti-horário, ela encontrou outra parede sem nada, e então outra.

A quarta e última parede tinha duas portas, ambas fechadas. A primeira estava inteiramente coberta com engrenagens. Gigi nunca tinha visto algo do tipo. Primeiro ela tocou de forma sutil uma engrenagem de ouro, depois uma de bronze. *Sem maçaneta,* pensou. Agarrou a maior engrenagem que encontrou. Não girava, então ela puxou e depois empurrou.

A porta não se mexeu. Ela tentou as outras engrenagens, uma por uma, mas o resultado foi o mesmo.

A segunda porta também não tinha maçaneta. Era feita de um mármore dourado e espiralado. No centro havia um complicado mostrador com múltiplas camadas, algo que você esperaria ver em um caixa-forte de banco.

Nada do que Gigi tentou funcionou, o que deixou tudo muito óbvio: elas eram parte do jogo que estava por iniciar.

Voltou então sua atenção para as três paredes vazias, lembrando-se do formato da casa vista da costa. Havia cinco andares, e os dois de baixo eram os maiores. *Salas secretas?*

De repente, Gigi sentiu a *necessidade* de ver o que havia no andar restante — o mais baixo e também o maior. Se dirigiu para a escadaria em espiral e começou a descer. Chegando lá, onde deveria haver portas, onde deveria haver *alguma coisa,* tudo o que Gigi viu foram quatro paredes.

— Você pode pelo menos olhar para mim? — Aquela pergunta, exigente e direta, viajou até lá embaixo vinda das escadas acima. *Knox.*

— Você não desiste nunca, não é? — *Brady.* — Este sou eu olhando para você e sabendo *exatamente* para o que estou vendo.

De onde estava, tudo o que conseguia enxergar era os pés deles, o que significava que eles não podiam vê-la.

— Você quer me culpar pelo modo como correu o jogo do ano passado, Daniels? Tudo bem.

O jogo do ano passado? A mente de Gigi ficou a mil. Nunca havia lhe ocorrido que qualquer um dos adversários poderia estar jogando O Grande Jogo mais uma vez.

— Eu culpo você, sim, pelo ano passado, Knox. Assim como te culpo por Calla.

Alguma coisa no jeito como Brady disse *Calla* deixou claro que se tratava de um nome.

— Calla *foi embora* — respondeu, ríspido.

— Ela não foi apenas embora, e você sabe muito bem disso. Ela desapareceu. Alguém *levou* ela.

Nenhum deles falava como se Calla estivesse morta. Falavam como se ela estivesse *desaparecida.* Gigi se perguntou: será que Odette se enganou ou mentiu? *Ou talvez Calla esteja desaparecida... e morta.*

— Como diabos você saberia o que Calla iria ou não iria fazer, Brady? Ela estava *comigo.* Você era apenas uma criança.

Uma criança? A mente de Gigi lutava para acompanhar a conversa. Não parecia que eles falavam do jogo do ano passado, e, na foto, Calla era claramente uma adolescente. *Dezesseis? Dezessete?* E se ela estava com Knox... Ele tinha pelo menos vinte e quatro ou vinte e cinco anos agora.

— Eu não era apenas uma *criança* para Calla. — A voz de Brady ficou ainda mais grave. — E pelo menos eu não a esqueci. Como um covarde. Como se ela fosse um nada.

— Vai se foder, Daniels. Você não vai durar nem dois segundos nesse jogo sem mim ao seu lado. Você é muito bonzinho. Fraco. Não tem o estômago necessário para fazer o que é preciso para vencer.

O próximo som que Gigi ouviu foram passos furiosos indo para cima. Antes de conseguir respirar aliviada por causa da direção daqueles passos, ouviu um segundo som. Mais silencioso. *Vindo para baixo.*

Tudo o que Gigi podia fazer era torcer desesperadamente para que quando Brady chegasse lá embaixo, não fizesse a menor ideia de que ela invadira seu quarto e que estivesse misericordioso naquele dia por ela ter bisbilhotado de forma meio acidental a conversa deles.

Brady, mais uma vez vestindo o smoking que ela viu pela última vez no chão, a encarou. Gigi se preparou para receber uma bronca. Mas, em vez disso, por um momento Brady a estudou, então fez um aceno com a cabeça em direção aos desenhos no braço dela.

— Isso é um mapa?

Capítulo 23

ROHAN

Não deixem pedra sobre pedra. Não passou despercebido para Rohan que Jameson Hawthorne pegara uma fala sua, de um jogo que Rohan havia planejado, emprestada: um jogo que Jameson vencera. *Que cara de pau.*

Enquanto procurava nas pedras, Rohan monitorava seus adversários que faziam o mesmo. Soube na mesma hora quando Odette Morales encontrou algo. Quando a idosa conseguiu soltar aquilo, seja lá o *que* fosse, das pedras, Rohan já estava indo na direção dela. De maneira mecânica, analisou a posição dos outros jogadores. Gigi, Brady e Knox já tinham ido para a casa — que *interessante*, não? —, e agora sobravam apenas Lyra e Savannah, sendo que Savannah...

Acabara de ver Rohan indo em direção a Odette.

— Não acho que suas chances com aquela ali sejam boas, meu jovem — disse Odette enquanto Rohan se aproximava.

— Mas se eu fosse sessenta anos mais nova, talvez você tivesse uma chance comigo.

A idosa queria que Rohan soubesse: ele não era o único capaz de ler as pessoas.

— Me sinto lisonjeado, sra. Mora. — Rohan se aproximou, não deixando mais nenhum espaço entre eles.

Odette notou o fato de Rohan usar *Mora* em vez de *Morales* e bufou.

— Se eu estivesse te lisonjeando, você saberia.

Rohan observou as luvas nas mãos da mulher. Em uma delas, Odette segurava o binóculo de ópera que ele havia notado quando a vira pela primeira vez naquela noite. Na outra, o que parecia ser uma caixa de vidro com um botão luminescente dentro.

Odette abriu a caixa e apertou o botão.

Por um segundo, talvez até dois, pareceu que nada havia acontecido, então Rohan notou: *a casa*. Uma enorme persiana começou a descer, cobrindo as enormes janelas da sala principal no terceiro andar. Feixes de luz vindos do chão iluminaram a persiana.

Apenas por um momento.

Apenas por tempo suficiente para que Rohan lesse as palavras escritas nela: EM CASO DE EMERGÊNCIA, QUEBRE OS VIDROS.

A persiana começou a subir. Os feixes se apagaram. Ao lado de Rohan, Odette lançou a caixa de vidro no chão. Se espatifou, fazendo com que cacos chovessem nas fendas entre as pedras. No mesmo instante, lá estava Savannah, no chão ao lado de Odette, fazendo uma triagem em meio à carnificina.

Rohan não tinha intenção alguma de se juntar a elas. *Quebre o vidro*. Se ele tivesse planejado o jogo, aquela não seria uma referência à caixa de vidro — era óbvio demais. *E o que é vidro, se concentrou, se não areia derretida?*

Gigi já tinha passado um bom tempo vasculhando a praia de areia preta. Agora Lyra tinha ido naquela direção. Rohan relembrou em sua cabeça o momento que Jameson revelara a dica para eles. *Não vamos roubar muito do tempo de vocês...*

E então ele entendeu.

Rohan partiu em direção à casa. Ele saiu de fininho, sem ser notado — por algum tempo. Soube o preciso momento que Savannah percebeu aonde ele estava indo e saiu em disparada atrás dele. Rohan aumentou o ritmo, trocando furtividade por velocidade. Permitiu-se olhar por sobre os ombros apenas uma vez, quando começou a escalar o penhasco. Havia quase um quê amazônico no modo como as grossas argolas de metal da corrente envolviam os ossos da cintura de Savannah, criando um forte contraste com a seda azul-gelo que ela vestia.

Nem o vestido nem a corrente pareciam diminuir sua velocidade. Deveriam. Deveriam *muito*. Sobretudo no penhasco. *Você é rápida, gata. Tenho que admitir.*

Mas Rohan era mais rápido. Chegou na casa primeiro, na sala principal primeiro, na *ampulheta* primeiro. O tempo estava quase esgotado. Havia pouca areia restante na metade de cima, tão pouca que Rohan podia ver claramente o objeto lá dentro, o que estivera encoberto por toda aquela areia preta de antes.

Um disco de metal medindo cerca de dois terços da palma de sua mão.

Rohan nem se preocupou em pegar o objeto ou em tentar quebrá-lo. Savannah estava chegando, então com uma das mãos ele segurou a ampulheta e com a outra atravessou o vidro com toda a força e agarrou o disco.

Venci.

— Você está sangrando. — Savannah pronunciou aquelas palavras como uma pessoa diria *você está com lama nos sapatos*.

Ah, ele gostava mesmo dela. Rohan arrancou um caco de vidro de um dos nós de seus dedos.

— É o preço da vitória.

Savannah deu um passo em sua direção, o olhar fixado no disco. *Pobre daquele,* sua expressão parecia dizer, *que ficar no caminho de Savannah Grayson.*

Num piscar de olhos, Rohan fez o disco desaparecer e então permitiu-se um momento para lê-la. *O subir e descer do peito. O leve aperto na garganta. Ira em seus olhos cinza-prateados.* Então algo se encaixou na cabeça de Rohan, algo que tinha a ver com o ritmo brutal de sua escalada, assim como os incontáveis modos como seu corpo a denunciava naquele momento.

— Você quer isso — murmurou.

— Você tem o hábito de dizer o que as mulheres querem?

— O jogo — esclareceu Rohan. — Você quer vencer. Quer muito.

Savannah se endireitou, ficando mais alta do que os seus quase um metro e oitenta.

— Eu não faço nada querendo muito, sequer tenho o hábito de *querer* coisas. Estabeleço metas. Eu as conquisto. *Fim da história.*

Rohan tirou um lenço de um dos bolsos do smoking, limpou o sangue dos dedos e fixou seu olhar no de Savannah.

— Só um aviso, gata: eu quero mais ainda.

Capítulo 24

ROHAN

Um a um, os outros jogadores voltaram para a sala principal. Rohan suspeitava que eles tivessem sido chamados. Mesmo sem a ampulheta marcando os minutos finais, estava claro: *a hora tinha chegado.*

Grayson Hawthorne entrou no recinto sozinho. *Sem Avery Grambs. Sem Jameson, Nash ou Xander.*

Um som, alto e claro, cortou o ar. *Um badalar.* E então outro — vindo do hall de entrada. Rohan, sem perder tempo, foi naquela direção. No instante em que pisou fora da sala principal, houve uma cacofonia de notas vindas de todos os lados. Badalares... e sinos.

Rohan rastreou cada um dos sons até o local de origem. *A sala de jantar. A sala de estudos. Esse outro... vinha da sala principal.* Rohan não era o único jogador presente no hall de entrada. Nem de longe.

Ele ignorou os badalos e prestou atenção apenas nos sinos. *Não pergunte por quem o sino dobra...* Virou-se na mesma hora para a sala de jantar. *Lá.*

Um borrão loiro e alto tentou passar à frente, mas Rohan não deixou. Atravessou a porta, entrando na sala de jantar, meio segundo antes de Savannah fazer o mesmo.

No instante seguinte, a porta bateu atrás deles.

Savannah tentou a maçaneta. Não girou. Através do espesso chão de madeira, Rohan ouviu uma movimentação lá no hall, e então outra batida. E mais uma. *Três no total... Correspondentes a três portas.*

Sala de jantar. Sala de estudos. Sala principal.

— Trancados. — Rohan se apoiou na parede próxima à porta. — Que bela maneira de começar o jogo.

Uma tela desceu do teto, uma imagem a preencheu: *Avery Grambs. Três Hawthorne.* Rohan se perguntou se os quatro haviam usado câmeras estrategicamente instaladas e gatilhos remotos para as portas, ou se usaram sensores de movimento para rastrear a posição dos jogadores e/ou o número de pessoas em cada sala.

Se o jogo tivesse sido desenvolvido por Rohan, teria optado pelas câmeras.

— Boa noite, jogadores. — Xander Hawthorne parecia ter canalizado seu James Bond interior, com sotaque britânico e tudo. — E observem: *a Grande Sala de Escape.* Sua missão: sair da casa antes do nascer do sol.

Doze horas, pensou Rohan. *Mais ou menos.*

— A boa notícia é — anunciou Avery na tela — que vocês não irão trabalhar sozinhos. Olhem ao redor da sala, seja ela qual for. As pessoas com você? De agora até o nascer do sol, serão seus companheiros de equipe.

No ano anterior, O Grande Jogo fora individual. Houve alianças, é claro, jogadores que escolheram trabalhar juntos — até quando não quiseram mais. Mas times oficiais? Isso era novo.

— *Nenhum homem é uma ilha, isolado em si mesmo* — murmurou Rohan —, em outras palavras, ninguém fará isso sozinho. Esperto.

As mãos de Savannah deslizaram pela corrente na cintura, mas seu rosto não revelou a surpresa que ela sentiu por ele já ter lido as palavras no cadeado. Rohan se perguntou o que teria que fazer para derrubar as defesas de Savannah.

Ou superá-las.

— Ou a equipe inteira sai da casa e chega na doca norte até o nascer do sol — declarou Jameson Hawthorne na tela. — Ou nenhum de vocês irá para a próxima etapa da competição.

— *Vincit simul, amittere simul.* — Xander tinha tomado a palavra mais uma vez. Em latim.

— Vencemos juntos — Savannah traduziu em voz alta. — Perdemos juntos.

— Quase. — O olhar de Rohan a alcançou. — A segunda parte está mais para *desistimos juntos,* tecnicamente. — Ele a provocou, talvez *até* demais. Mas Rohan adorava provocar.

E sentir raiva caía muito bem nela.

— Se, a qualquer momento, sua equipe estiver empacada — anunciou Avery na tela —, vocês poderão solicitar uma dica. Em cada sala, vocês irão encontrar dois botões: um vermelho, um preto.

Naquela hora exata, a mesa de jantar se abriu, revelando um painel secreto com os botões prometidos.

— Aperte o vermelho para solicitar a dica, a única de sua equipe — explicou Jameson. — Mas saibam que a dica não será de graça. Tudo tem um preço. — Agora sim Jameson Hawthorne estava falando a mesma língua de Rohan.

— Neste jogo, dicas... — Jameson prosseguiu — precisam ser conquistadas.

O GRANDE JOGO 117

Uma dica. Doze horas. O cérebro de Rohan catalogou a situação com uma certa indiferença, e então: *ninguém nesta sala, exceto Savannah Grayson e eu.*

De uma maneira totalmente objetiva, Rohan conseguia enxergar os pontos positivos daquilo.

— E agora as regras. — Xander estava gostando daquilo até demais. — Não quebrem as janelas, não quebrem as portas, paredes ou móveis. Não quebrem os outros jogadores.

— Exceto se houver consentimento mútuo. — Jameson deu um sorrisinho perverso para a câmera.

Por causa disso, Jameson recebeu um olhar de advertência de Nash.

— Sua equipe não pode usar a força bruta nem arrombar coisas para sair dessa — o Hawthorne mais velho resumiu com sua maneira tranquila de falar característica. — Resolvam a charada, abram a porta. Mais charadas, mais portas.

Rohan lembrou-se da previsão de Nash: *não será você.*

— Não conseguiremos ver nem ouvir nenhum de vocês enquanto estiverem trancados. — Avery reassumiu o controle. — O que acontece na Grande Sala de Escape, fica na Grande Sala de Escape. Em caso de emergência, podem nos contactar apertando o botão preto.

Botão vermelho, dica. Botão preto, emergência.

E assim, sem mais nem menos, a tela ficou escura. Três cursores brancos apareceram piscando, cada um em uma linha.

— Para resolver a primeira charada, coloquem as respostas de vocês aqui. — A voz incorpórea de Jameson ressoou pela sala, e então ele repetiu as mesmas palavras que acabara de dizer, só que dessa vez em inglês: — *To solve the first puzzle, insert your answers here.* E não, não iremos dizer qual é a pergunta. E também, estejam cientes…

Uma imagem apareceu na tela. Rohan a reconheceu como sendo o símbolo no topo da chave.

— Que há três equipes — falou com um tom de satisfação na voz.

Na tela, as espirais no topo das chaves se desfizeram em três direções, dividindo-se em formas distintas, os padrões antes ocultos de repente estavam claros: copas, ouros e paus. *Três símbolos. Três equipes.* Rohan voltou sua atenção para a imagem que restava na tela: um símbolo do infinito. Enquanto o observava, ele rodou noventa graus no sentido horário.

— Não é o infinito — falou Savannah, de repente. — *É um oito.*

Naquele mesmo instante, Rohan soube o que os arquitetos do jogo quiseram insinuar quando colocaram aquela imagem na chave. *Droga, que vá tudo para o inferno.*

— Há três equipes — Avery reforçou, sua voz vindo de todos os lados — e oito jogadores.

Capítulo 25

LYRA

Na sala principal, Lyra encarava o número 8 na tela, que então ficou escura e os cursores, três deles, reapareceram e começaram a piscar.

Oito jogadores. Lyra sentia o coração na garganta.

— Você sabe quem é o oitavo jogador deste jogo? — A pergunta de Odette era direcionada unicamente ao último ocupante da sala principal.

Você-sabe-quem.

Por que Lyra voltou para a sala principal? Fora até o hall e então voltara. Por que ela não seguiu os badalos até *qualquer outra sala?*

— Seu irmão Jameson fez questão de dizer que você sabia tanto quanto a gente a respeito do jogo. — Odette continuou. — Procure no smoking, sr. Hawthorne. Aposto que irá encontrar algo parecido com isto.

Lyra se virou bem a tempo de ver Odette levar a mão enluvada até a gola alta do seu vestido preto — e ao broche de jogadora. A três metros de Lyra, Grayson fez uma busca bastante eficiente no smoking e encontrou o broche, assim como Odette havia previsto.

Ele não está gerenciando o jogo. Ele é um jogador. Somos uma equipe. Algo dentro de Lyra se rebelou contra aquele pensamento. Com força. *Odette. Eu. Ele.*

Ela ainda podia ouvir Grayson dizendo *considere isto feito* no exato mesmo tom com o qual uma vez mandou que ela *parasse de ligar.*

— Não tenho o hábito — Grayson informou Odette — de me deixar manipular. Meus irmãos e Avery sabem disso.

— Você tem que admitir, sua inclusão no jogo faz aumentar o desafio — disse Odette. — Talvez sejamos uma equipe agora, mas no fim, para vencer, a pessoa precisará superar um Hawthorne.

Algo no modo como Odette falou sobre *vencer* e *superar* lembrou a Lyra que o jogo havia começado para valer. *Jogos psicológicos. Aquelas notas.* Lyra analisou Odette Morales com mais atenção. A idosa segurava algo na mão esquerda, um objeto decorado com joias que refletia a luz do lustre, evitando que Lyra identificasse com precisão do que se tratava.

— Está dentro do meu alcance — falou Grayson, dirigindo as palavras para Odette e apenas ela — me recusar a jogar.

Me recusar a jogar. Lyra sentiu aquilo como um tapa no rosto. Indo na direção dele, disse:

— Você não pode recusar sem prejudicar a todos nós. — Ela deu um passo na direção dele, cada um dos músculos em seu corpo tensos. — Ou toda a equipe consegue sair antes do nascer do sol ou todos nós estamos fora do jogo.

Ela não sabia por que esperava que ele se importasse. Lyra sabia o que acontecia quando se esperava algo de Grayson Hawthorne. Mas aquilo não mudava o fato de que, naquele exato momento, ela precisava dele. Independentemente do quanto sua máscara de baile valesse, Lyra sabia que seus pais, sobretudo o pai, não aceitaria um centavo sequer do seu dinheiro.

Para salvar o Recanto Sereno — a longo prazo, com alguma garantia —, ela precisava ganhar tudo.

— Você vai jogar — falou Lyra em um tom ameaçador para Grayson — e vai dar tudo de si.

Ele devia isso a ela. Pela influência, seja ela qual fosse, que seu avô teve no suicídio do pai dela; por dar esperança e tomá-la de volta; por falar com ela e então *não* falar com ela; por aquela dança e como ela ainda podia sentir a mão dele em suas costas — Grayson Hawthorne devia a ela.

— Você não vai arruinar minhas chances. — Seu tom de voz passou de baixo para rouco. — *Eu preciso disso.* — Ela não tinha a intenção de transparecer nenhuma fraqueza para ele.

— Se é de dinheiro que você precisa — afirmou Grayson —, existem outras maneiras.

— Você fala como um Hawthorne — retrucou Lyra.

— É engraçado — falou Odette enquanto andava lentamente na direção da parede envidraçada e observava a noite lá fora. — Até agora, eu não havia notado a semelhança. — Ela virou a cabeça de lado, seu perfil era marcante. — Com Tobias.

— Você conhecia meu avô. — O tom que Grayson usou não foi o de uma pergunta, mas, na frase seguinte, questionou: — Como?

Lyra lembrou-se de novo das notas — e dos nomes do pai. Como Odette Morales tinha conhecido Tobias Hawthorne?

— Nos ajude a chegar na doca até o nascer do sol, meu jovem — respondeu Odette —, e talvez eu te conte.

Houve um momento de silêncio, e então...

— Tem uma alavanca — afirmou Grayson — do lado de baixo da tela.

Lyra virou-se e a viu, então atravessou a sala. *Eu deveria puxar a alavanca.* Não o fez. Ainda não.

— Isso é um *sim?* — exigiu, voltando a encarar a última pessoa no planeta com quem ela gostaria de ficar trancada em uma sala. — Você vai jogar?

Grayson encarou Lyra de volta, suas pupilas dilatando, pretas como a noite em contraste com as íris que caminhavam sobre uma linha tênue que oscilava entre o azul e o cinza.

— Parece que eu não tenho muita escolha — falou. — Tenho apreço pela minha vida e você, um temperamento forte.

Músculos se moveram sob sua mandíbula de granito, como se tivesse considerado a ideia de sorrir... e depois mudado de ideia.

Trancada. Com Grayson Hawthorne. A mente de Lyra voltou até a citação nas ruínas — uma dica sobre a natureza do jogo. *Escape.* Tudo o que precisava fazer era sobreviver as próximas doze horas e sair do que era, provavelmente, a sala de escape mais complicada do mundo. Com *ele.*

É só uma noite, Lyra disse a si mesma. Ela puxou a alavanca, o que produziu o som de um zunido mecânico. A parede atrás da tela se abriu e revelou um compartimento secreto. Dentro havia um baú feito de mogno com detalhes em ouro.

Lyra foi em direção a ele. Havia uma frase gravada em uma placa de ouro na frente do baú, e ela tinha fortes suspeitas de que estava em latim. *Et sic incipit.*

Grayson caminhou até parar bem atrás dela e traduziu:

— E assim tem início o jogo.

Capítulo 26

LYRA

Dentro do baú havia o total de seis objetos:

Um copo de isopor do Sonic.
Uma caixa com um kit de ímãs de poesia.
Um rolo de moedas de vinte e cinco centavos.
Um prato de jantar espelhado.
Um saquinho preto de veludo com peças do jogo de tabuleiro de palavras-cruzadas.
Uma única pétala de rosa vermelha.

E era isso. Sem instruções. Nem uma mísera sugestão de dica do que deveriam *fazer* com aqueles itens.

— Meu avô gostava de jogos e gostava ainda mais de propiciar aos netos modos de nos testarmos e nos colocarmos à prova. — A voz de Grayson não estava nem baixa nem alta. Não enfatizou nenhuma palavra específica, mas a intensidade *dele* não podia ser ignorada. — Todos os sábados de manhã, o velhote nos chamava em sua sala de estudos assim como esta e colocava à nossa frente uma variedade de objetos. Na melhor das hipóteses, recebíamos instruções mínimas ou alguma mensagem enigmática. Parte do jogo era desvendar o que era o jogo em si. Quando chegava ao fim, cada um dos objetos tinha se mostrado útil. Seus propósitos permaneciam incertos até o momento exato em que uma parte do grande plano do jogo se revelava. Uma dica levava a outra, e a outra, charada depois de charada, enigma depois de enigma, sempre competindo.

Lyra teve um flashback de como Grayson falara sobre o avô bilionário nos telefonemas. *O que quer que Tobias Hawthorne tenha feito ou deixado de fazer, não é da minha conta.* Isso foi na primeira ligação. Na segunda: *o mais provável é que, seja o que for que Tobias Hawthorne fazia ou não fazia, deve ter arruinado seu pai financeiramente.*

Mais tarde, quando ela narrou as últimas palavras enigmáticas do pai (*O que faz uma aposta começar? Não é isso.*), Grayson as interpretou como sendo um enigma e se despediu com uma última informação quase humanizadora: *Meu avô gostava muito de enigmas.*

Por um momento, ela se permitiu pensar que eles poderiam resolver aquele enigma juntos.

Lyra fechou a porta na cara das memórias.

— Temos a mensagem enigmática — falou, equilibrada.

— *Para resolver a primeira charada, coloquem as respostas de vocês aqui. E não, não iremos dizer qual é a pergunta.* Jameson disse estas exatas palavras. Há três cursores, sugerindo que a resposta está dividida em três partes.

Três respostas, nenhuma pergunta. Apenas os objetos e a sala onde estamos trancados. Lyra observou a sala principal por um momento: a parede com as janelas voltada para as pedras iluminadas com os pisca-piscas e o oceano escuro lá fora; a padronagem estilo labirinto da madeira cerejeira nas paredes; a lareira de granito; uma área adjacente com um enorme sofá de couro e outros dois menores — porém idênticos — de cada lado. *Três lugares, dois lugares, um lugar.* A assimetria daquela disposição deveria passar a sensação de desiquilíbrio, mas não o fazia. O único outro móvel na sala era um par de mesinhas de centro, sendo que uma delas estava coberta com os restos da ampulheta. *Cacos.*

Pendurado no teto havia um lustre de cristal.

— Dentre os objetos que acabamos de receber, há um que vai desencadear tudo. — Grayson parecia pronto para a ação.

— Um objeto é a dica inicial que irá nos guiar para o próximo passo do enigma. O truque é identificar qual objeto é e decodificar seu significado.

— Você parece estar muito seguro disso — afirmou Lyra, discreta.

— Me pergunte com qual frequência eu ganhava os jogos do meu avô — sugeriu Grayson, todo delicado.

Lyra não o fez. Em vez disso, alinhou os objetos no chão, deixando sua mente trabalhar em cada um deles enquanto o fazia. *Um copo de isopor. Uma caixa com um kit de ímãs de poesia. Um rolo de moedas de vinte e cinco centavos. Um prato de jantar espelhado. Um saquinho preto de veludo com peças do jogo de palavras-cruzadas. Uma única pétala de rosa vermelha.*

— Seis objetos — Lyra falou em voz alta.

— Oito. — A correção vinha de Odette. — O saquinho e a caixa. — A idosa se agachou no chão ao lado dos objetos com surpreendente facilidade. Tirou as peças de palavras-cruzadas do saco de veludo e jogou os ímãs de poesia para fora da caixa.

— Tenho um bom olho para detalhes técnicos e brechas no sistema. Permitam-me.

— Oito objetos — disse Lyra, se ajoelhando ao lado de Odette.

Grayson alcançou o rolo de moedas de vinte e cinco centavos e as desembalou, colocando o papel de um lado e as moedas do outro.

— Nove, e isso contando que as moedas, os ímãs e as letras sejam considerados como unidades.

Nove objetos, Lyra pensou. *Um pedaço de papel. Uma caixinha. Um saquinho de veludo preto. Moedas de vinte e cinco centavos. Letras para palavras-cruzadas. Ímãs de poesia. Um prato espelhado. Um copo descartável. Uma única pétala de uma rosa vermelha.*

Lyra pegou os ímãs. Grayson fez o mesmo. Os dedos dela rasparam na parte de trás da mão dele, e isso levou o corpo de Lyra de volta para o penhasco, para a dança. Havia pontos negativos em ter o tipo de memória na qual não se enxerga nada mentalmente, mas sente-se *tudo*.

Com um movimento brusco, Lyra tirou a mão dali e voltou sua atenção para as peças de palavras-cruzadas. Ele podia ficar com a droga da poesia.

— Pelas minhas contas, há vinte e duas peças de palavras-cruzadas — Grayson falou bruscamente. — A não ser que tenham menos de cinco vogais no total, comece procurando um modo de eliminar algumas das letras. Procure por um padrão, uma repetição, qualquer coisa que te permita selecionar um grupo menor de letras, senão a possibilidade de combinações tornará as peças basicamente inúteis para nós na parte do enigma, até... ou a não ser que... descubramos uma pista que nos indique quais usar.

— Não me lembro de ela ter pedido sua ajuda, sr. Hawthorne. — comentou Odette, rígida, mas sorrindo como um gato que comeu o canário.

— Você fica com as peças de palavras-cruzadas então — Lyra falou para Grayson, concisa.

— Não. — O olhar de Grayson se fixou no de Lyra, como um laser que encontrara o alvo. Ele ergueu uma sobrancelha. — Isso vai ser um problema, Lyra? — Pronunciou o nome dela igual o pai fazia no sonho: *Lai-ra*.

— É Lira — ela corrigiu. — *Li-ra*.

— Fica tranquila, Lyra. — Grayson falava com a voz baixa e calma. — Durante o jogo, vou manter minhas mãos bem longe de você.

Capítulo 27

GIGI

Reabilitar-se levava tempo. Assim como examinar os itens do baú que a equipe de Gigi havia tirado de um compartimento que estava dentro da escrivaninha na sala de estudos na qual agora estavam trancados — *eles* sendo Gigi, Brady e o imbecil antes conhecido como *Sobrancelhas do Apocalipse,* a quem Gigi agora se referia mentalmente como *Rabugento Saradão,* porque, né, o cara tinha um belo porte.

Ele ainda iria se arrepender do dia em que roubou a mala dela, mas tudo ao seu tempo.

Pegando o prato espelhado da escrivaninha, Gigi se posicionou bem no centro da sala de estudos e, bem devagar, girou trezentos e sessenta graus, apontando o espelho improvisado para cima e para baixo, assimilando o reflexo do recinto, absorvendo até o último detalhe.

Em se tratando de enigmas, os pormenores importavam.

A sala de estudos era retangular, sua largura tinha a metade do comprimento e o teto era bem alto. Prateleiras embutidas circundavam o alto da sala, fora de alcance. Gigi apontou o espelho de modo a dar atenção especial à moldura das prate-

O GRANDE JOGO 129

leiras — tinham sido feitas a mão e pareciam ter saído direto de uma catedral.

As prateleiras em si, pelo que parecia, estavam vazias.

Gigi continuou girando e apontou o espelho na direção da escrivaninha. Atrás dela, Knox sentava-se em uma cadeira estilo trono desmontando o baú de madeira, pedaço por pedaço. *Com as próprias mãos.* Gigi o ignorou em favor do físico em recuperação que estava de pé em cima da escrivaninha, olhando para baixo para os itens espalhados na superfície.

Brady estava tão imóvel que Gigi conseguia ver o subir e descer do seu peito por baixo do paletó do smoking. *Respiração profunda e prolongada.*

— Não fique aí parado, Daniels — Knox falou nervoso enquanto arrancava outro pedaço do baú. — Faça alguma coisa.

Só por isso, Rabugento, Gigi pensou, *vou te rebaixar para Ranheta.*

— Eu estou fazendo alguma coisa — falou Brady em um tom meditativo. — Tenha um pouco de fé, Knox.

O modo como Brady dissera aquelas palavras fez Gigi pensar que *tenha fé* era uma crítica que Knox Landry já tinha ouvido antes. Era tentador remoer aquele pensamento, mergulhar de cabeça em tudo que tinha ouvido escondido. Sobre a fotografia. Sobre *Calla.*

Mas Gigi estava em uma missão.

— Estou sentindo uma certa tensão no ar — disse ao abaixar o prato espelhado. Já que ficariam presos enquanto equipe até o nascer do sol, Gigi pensou que era melhor falar sobre os assuntos desconfortáveis do que ignorá-los. — Por sorte — prosseguiu —, sou especialista em mediação e uma aluna nota dez.

Desarmar as pessoas com bom humor e animação era uma forma de arte, e Gigi era uma artista.

— *Você* é um problema — falou Knox.

— Ei. — O tom de Brady não foi muito amigável. — Deixa disso. Ela é só uma criança.

Aquilo machucou mais do que Gigi queria admitir. *Só uma criança. Um problema.*

— Acontece que essa criança é a meia-irmã de Grayson Hawthorne — Knox disse a Brady com um tom que era em partes um tanto intenso e meio presunçoso e, em outras partes, *muito* presunçoso. — A riquinha felizinha-e-despreocupada com a vida aqui ganhou o bilhete para este jogo de mão--beijada, assim como provavelmente todo o resto em sua vida.

Havia um tipo de pessoa — vários tipos, na verdade — que consideravam a alegria, energia positiva e otimismo decidido de Gigi defeitos, uma combinação de vazio e ingenuidade, quando, na verdade, felicidade era uma escolha que Gigi fazia todos os dias.

Ela não *podia* escolher desmoronar.

— Acontece que — retrucou, de forma atrevida — eu consegui um dos quatro bilhetes curinga por conta própria. E, se não fosse por mim — ela sorriu um sorriso de mil watts —, você nem teria encontrado aquela mala, *seu ranheta zombeteiro.* — Gigi deu de ombros, de leve, feliz. — Eu te perdoo, aliás, e você deveria achar isso muito aterrorizante.

— Que mala? — perguntou Brady.

Knox respondeu com duas palavras:

— Minha, agora.

— Sua? — replicou Brady. — Ou do seu patrocinador? Você não é mais dono de si mesmo.

— Patrocinador? — Gigi franziu a testa.

— Existe um grupo de famílias ricas que se interessaram pelo Grande Jogo — Brady a informou. — Elas contratam jogadores, manipulam o que podem e apostam no resultado. Até onde sei, o Knox fazia parte da folha de pagamento da família Thorp.

Bem, aquilo era... um mal sinal. *Manipular como?*

— Eu jogo para vencer. — Knox, sem mostrar nenhuma culpa, arrancou outro pedaço do baú. — E o Brady aqui sempre teve uma queda por garotinhas mimadas.

Garotinhas. Mimadas. Claramente, pelo bem da reabilitação de Knox e da sua alma, uma pequena demonstração seria necessária. *Vou te mostrar quem é a garotinha, seu convencido misógino presunçoso.*

Gigi lançou um sorriso angelical.

— Este recinto tem dois metros e meio por cinco — ela começou. — O quadro na parede do fundo mostra quatro caminhos convergindo, e o artista assinou no canto superior direito em vez de um dos cantos inferiores, como é costume. As prateleiras, que circundam o recinto todo no seu terço mais alto, contêm nove molduras entalhadas, dentre elas uma lira, um pergaminho, uma coroa de louros e uma bússola.

Brady girou sua cabeça lentamente na direção de Gigi.

— Musas — disse ele. — A simbologia faz sentido, e na mitologia grega existem nove musas.

— Talvez tudo isso tenha um significado — concluiu Gigi. — Ou talvez sejam apenas os idealizadores do jogo sugerindo que, para responder esse enigma, teremos que ser um pouco criativos.

Gigi voltou-se para Knox.

— Quantos usos você consegue dar para isto? — perguntou Gigi, indicando o prato. — Porque assim, sem pensar muito, consigo pensar em pelo menos nove. Quer ouvir alguns? Pode funcionar como um espelho, é claro, o que significa que pode servir, sobretudo, para decodificar qualquer coisa escrita ou desenhada ao contrário. Espelhos também servem para redirecionar a luz, o que pode ajudar a revelar certos tipos de tintas invisíveis. E falando de tintas invisíveis... — Ela soltou o ar na superfície, fazendo com que o vidro ficasse embaçado. — Certos tipos de óleo deixam traços na superfície de espelhos. — E então virou a superfície do espelho na direção dos dois. — Esse aqui só tem algumas manchas, mas valeu a tentativa.

Ela poderia ter parado por ali. Mas, puxa vida, ser moderada não era um dos fortes de Gigi; ver também: *cafeína*.

— O diâmetro ou circunferência do prato pode ser uma unidade de medida. Quebre-o e os cacos poderiam ser usados para cortar coisas, mas, pessoalmente, se *eu* precisasse fazer picadinho de alguma coisa, apenas usaria a faca presa na minha coxa. — A voz mais inocente de Gigi era bastante inocente. — Por outro lado, eu também poderia usar a faca para arrombar as fechaduras das três óbvias gavetas na escrivaninha e também a da secreta deste lado, que tenho certeza de que vocês dois já viram, certo? Poxa vida, disseram que não podemos arrombar nada aqui, e não sou nada além de Gigi, seguidora-de-regras, então talvez eu vá deixar *minha* faca guardadinha.

A faca, Gigi tentou telegrafar, *que você não conseguiu roubar, Knox.*

Brady encarava Gigi.

— Ponto pra você — falou, com um leve sorriso se formando nos lábios. — Não é uma criança.

— Não sou uma criança — concordou Gigi. Ela foi até a escrivaninha e observou os itens espalhados. — A maioria das pessoas quando olha para essas peças de palavras-cruzadas — ela disse a Brady — vê letras. Eu vejo os pontos que cada peça vale. E quando eu olho para os ímãs de poesia, me pergunto se todas as palavras *são* mesmo ímãs ou se há algumas especiais que parecem ímãs, mas não são. Alguém deveria testá-las na cadeira de metal na qual Knox está sentado. E, falando nisso, eu fui a única que notou que a cadeira é feita de espadas?

Gigi *viu* o esforço que Knox fez para não olhar para baixo.

— Em sua defesa — ela disse a ele —, o acabamento disfarça bem a espadaria da cadeira.

Brady meneou a cabeça — a ironia era clara —, os dreadlocks balançando devagar.

— Você é uma força da natureza.

— Ouço muito isso — respondeu Gigi. — Muitas metáforas envolvendo furacões, algumas com tornados. — Ela deu de ombros. — Já que estamos compartilhando coisas, minhas outras especialidades incluem computadores e programação, arrombar e invadir, cortar meu próprio cabelo, caixas-enigma, memorização visual, comer doces em telhados, caligrafia, fazer nós, desfazer nós, memes de gato, girar coisas na minha cabeça, distrair os outros, reparar em detalhes aparentemente insignificantes e fazer as pessoas gostarem de mim, mesmo quando o maior traço de personalidade delas é não gostar de nada nem ninguém.

Ela voltou-se para Knox.

— E você? — perguntou. — Quais são as suas especialidades?

Ele franziu a testa, mas respondeu, ainda que a contragosto:

— Enigmas de lógica, identificar fraquezas, encontrar atalhos, tenho uma boa tolerância à dor, não durmo muito e sempre faço o que precisa ser feito.

Knox lançou um olhar para Brady, as sobrancelhas bem arqueadas.

— Nem sempre sou o mais popular por isso.

Olá, tensão. Você por aqui de novo?

— Brady? — perguntou Gigi. — Especialidades?

— Símbolos e significados. — Brady falava devagar, não tinha pressa com as palavras. — Civilizações antigas. Cultura material, especialmente as que envolvem rituais e ferramentas.

Muito bem, Gigi pensou. *Fale de nerdices comigo.*

— Eu falo nove línguas — Brady seguiu, com bastante calma — e posso ler outras sete. Tenho memória eidética e tendo a ser muito bom em identificar padrões.

— Você se esqueceu das constelações — Knox falou, de repente, e foi como se aquela única palavra, *constelações,* tivesse sugado o oxigênio da sala. — Ele conhece todas elas. — A mandíbula de Knox estava cerrada, mas algo em seus olhos com certeza não estava. — Enigmas musicais também são o forte dele, e o Brady aqui consegue se virar bem em uma briga. — Houve uma pausa bem carregada. — *Nós* dois conseguimos.

Se Gigi não fosse uma gêmea, talvez não tivesse notado o modo como Knox disse *nós,* mas ela passara a maior parte de sua vida sendo parte de uma unidade. Ela sabia como era ser parte daquele tipo de *nós.*

E, de repente, não ser mais.

Seja lá como Brady e Knox se conheceram, Gigi tinha certeza de que ia além da garota desaparecida — e provavelmente morta — que ambos conheciam. Mas naquele momento? Os colegas de equipe nem se olhavam na cara.

Vá com calma, Gigi lembrou a si mesma. Ela respirou fundo.

— Vou comparar as peças de palavras-cruzadas com aquela assinatura malfeita no quadro e ver o que descubro — disse ela. — De verdade, alguém devia testar os ímãs de poesia na cadeira de espada.

Brady pegou a caixa de ímãs e jogou — com mais força do que precisava — para Knox, que a segurou com uma das mãos. Enquanto se dirigia para o quadro, Gigi usou todas as suas forças para não se virar quando Brady disse algo tão baixinho que ela precisou se esforçar para ouvir:

— Se você quer tanto assim relembrar antigas memórias, Knox, que tal isso? Severin mandou um oi.

Capítulo 28

ROHAN

Rohan chutava que as chances de Grayson Hawthorne ter sido incluído no jogo recentemente, no último minuto, eram de 59%. Afinal de contas, havia apenas *sete* quartos para os jogadores. Para os irmãos de Grayson teria sido difícil, mas não impossível, mandar fazer chaves para aqueles quartos com o número oito incorporado — uma vez que vissem o que Rohan tinha visto. *Grayson Hawthorne e Lyra Kane.* Nash não dissera a Rohan que o jogo tinha *coração?*

— O oitavo jogador é seu irmão — falou Rohan para Savannah, que examinava friamente os conjuntos de objetos que eles tinham acabado de encontrar. — Ele tem a vantagem.

Este era um jogo dos Hawthorne.

— Meio-irmão. — Savannah era a personificação da calma e o retrato da impassividade. — E ele só tem a vantagem até nós a tomarmos dele. — Ela acenou com a cabeça de maneira imperiosa na direção dos objetos. — Faz alguma coisa, britânico.

Uma sala trancada. Uma parceira que não acreditava em *querer* coisas, os objetivos de ambos alinhados até o amanhecer. Rohan podia fazer aquilo funcionar.

Ele permitiu que seu olhar viajasse até a corrente em volta da cintura de Savannah e o cadeado pendurado nela.

— Você acha que isto serviu ao seu único objetivo? — perguntou Rohan. — Uma dica de que nós jogaríamos em equipes?

— Quer que eu acredite que não serve mais de nada? — Savannah arqueou muito sutilmente uma das sobrancelhas, — Tentando fazer com que eu a tire?

Tirar? Rohan apreciava aquele modo de dizer, e não duvidava que seu uso de palavras tivesse sido intencional. Apesar de todo o controle rígido dela, pelo jeito Savannah Grayson ainda estava disposta a mexer com *ele*.

— Nem nos meus melhores sonhos, gata — respondeu Rohan.

Ele olhou na direção dos objetos que lhes foram dados para resolverem o primeiro enigma, então pegou um objeto no paletó do smoking. *O disco de metal.*

Savannah esticou a mão na mesma hora em direção ao objeto, mas Rohan deu um passo para o lado.

Sob a luz, as marcações no metal eram claras: linhas irregulares nas bordas do disco, tanto na frente quanto atrás.

— Valeu a pena? — perguntou Savannah. — Me vencer nisso, agora que somos uma *equipe*? — A pequena pitada de sarcasmo no modo como ela disse a palavra *equipe* não passou despercebida.

— Sempre vale a pena — respondeu, olhando para o sangue seco nos dedos. — Se eu hesitar em fazer um sacrifício, significa que existem linhas que não estou disposto a cruzar.

Rohan nem deu chance para ela responder. Encaminhou-se para a mesa de jantar e se abaixou, os olhos alinhados com a superfície. Colocou o disco em cima da mesa na vertical.

Ele segurava o pedaço circular de metal entre o dedo do meio e o dedão.

— O que você está fazendo? — O tom de Savannah era mais o de uma exigência do que uma pergunta.

Rohan estalou os dedos, girando o disco. Savannah apoiou as mãos na mesa e inclinou o tronco, ficando no mesmo nível de Rohan e observando o disco girar rapidamente bem de frente. As marcas aos redor do disco se misturaram. Linhas irregulares se tornaram legíveis. Símbolos incompreensíveis se tornaram letras.

— *Use a sala.* — Savannah leu em voz alta.

Rohan esperou que o disco caísse de lado, chacoalhando contra a mesa de jantar.

— Use a sala — repetiu. — Diga-me, Savannah Grayson... — Ele afinou a voz de modo que a envolvesse, um truque que aprendera como Factótum do Mercê do Diabo, um cargo no qual era útil passar a ideia de que você estivesse *em todos os lugares.* — O que você vê?

Savannah levou algum tempo para responder, e Rohan voltou o olhar criterioso para os arredores. O que *ele* tinha visto era: uma mesa de jantar redonda com seis cadeiras; o tecido que forrava os assentos das cadeiras era de veludo, igual ao de duas cortinas na parede ao fundo. As cortinas estavam fechadas. Entre elas, havia um carrinho de bar próximo à parede. *Antiguidade.* Na parede do lado direito havia um armário de louças prateado — é provável que também uma antiguidade. Era alto e largo, mas a profundidade não passava de trinta centímetros. As portas estavam escancaradas e as prateleiras, vazias.

Os detalhes nas portas daquele armário combinavam com o design no tampo da mesa, um intrincado emaranhado de flores e vinhas. O centro da mesa circular elevava-se, de modo que formasse um outro círculo menor. O design na superfície desse círculo elevado era notável.

— Uma bússola. — Savannah foi em direção à mesa.

Ele perguntara "o que você vê?", e ela lhe oferecera apenas uma resposta. A resposta, na opinião dela. Savannah colocou uma das mãos na parte elevada da mesa, fechou os dedos ao redor da borda da roda e a girou.

O centro da mesa se moveu e deu uma volta completa antes que Rohan muito gentilmente segurasse o punho de Savannah.

— Cuidado, gata. E se tivermos que colocar alguma espécie de combinação usando essa "bússola"?

Com o olhar alinhado com o dele, os *lábios* alinhados com os dele, Savannah girou a cabeça bem devagar em sua direção.

— Você não tem apreço pelos seus membros?

— Perdão. — Em um piscar de olhos, soltou o braço dela e foi em direção às cortinas. Quando abriu a primeira, não encontrou nenhuma janela, só um quadro no lugar do que deveria ser uma.

— Um mural. — Savannah atravessou a sala para abrir a outra. — E mais um aqui.

Um do pôr do sol e outro do alvorecer. Rohan seguiu em frente. Ignorou o resto do mundo ao seu redor enquanto realizava uma busca visual pelo quarto, sem deixar um único centímetro de fora, procurando por...

Isso. Rohan avistou o carrinho de bar entre as janelas. Nele estavam três decantadores, cada um com um líquido de cor diferente. Mas Rohan tinha olhos apenas para a quarta garrafa. Era a mais simples de todas, tinha o formato quadrado e o vidro era transparente. O líquido dentro tinha um tom muito particular.

Laranja-alvorecer. Rohan a pegou, e, dessa vez, Savannah segurou o punho *dele*.

— Acredito que você também tenha apreço pelos seus membros — falou Rohan, sarcástico. O dedão dela estava em seu pulso. Ele podia sentir que ela o sentia.

O corpo não mente nunca.

Savannah o largou, permitindo que Rohan erguesse a garrafa bem à frente do rosto. O líquido colorido funcionava como uma lente, filtrando ondas de luz da mesma frequência — e iluminando escritos secretos no mural do alvorecer.

Rohan sorriu. Não era um sorriso falso, era vivo, voraz. Seu sorriso *verdadeiro*.

Ele entregou a garrafa para Savannah, que leu a mensagem por si mesma. Uma frase aparecia duas vezes — a primeira era em inglês:

TO SOLVE THE PUZZLE, FOCUS ON THE WORDS.

PARA DECIFRAR O ENIGMA, FOQUE NAS PALAVRAS.

Capítulo 29

ROHAN

Rohan espalhou os ímãs de poesia na mesa. Savannah se posicionou à sua direita. Sem dar uma olhada sequer na direção dele, ela começou, de maneira precisa e eficiente, a dispor as palavras, uma separada da outra por um centímetro. Quando Savannah terminou de organizar as palavras do kit em três linhas igualmente afastadas, Rohan já havia terminado sua avaliação preliminar do conjunto.

— Vinte e cinco palavras no total — ele comentou.

— Apenas três verbos.

Os cabelos claros de Savannah estavam entrelaçados em uma complexa trança que lembravam a Rohan uma tiara, mas não havia nada de princesa no modo como ela avaliava as palavras espalhadas à frente deles: as palmas das mãos apoiadas na mesa, os músculos fortes e protuberantes nos braços. Ela parecia um general se preparando para a batalha.

— *Queimar, é* e *irá*.

Puxando duas das três palavras e pegando outra do resto, Rohan as reorganizou.

— Não me parece uma boa estratégia colocar a maioria dos verbos juntos — afirmou Savannah, concentrada.

— Você está sugerindo racionar nossos verbos? — Rohan forçou um sorriso.

Ela o ignorou, analisou o banco de palavras e pegou outras três.

— Estas são as únicas que se encaixam com a combinaçãozinha que você fez aí.

Não havia o menor sinal de hesitação em Savannah Grayson. Era como se ela fosse incapaz disso.

Ela pegou a palavra *a* e dois substantivos.

— Pele. — Rohan se concentrou naquela palavra por uns instantes. Havia benefícios em se permitir desejar alguém se a estratégia requeresse fazer com que esse alguém te desejasse também. — E *rosa*.

Rohan deslizou o dedo sobre a palavra e então encaixou ela e *a* em seus respectivos lugares na frase.

— A pétala de rosa. — Savannah não perdeu tempo.

Na mesma hora, Rohan já estava a seu lado.

— Que tal uma fogueira, garota invernal?

O título combinava com Savannah. *Os cabelos. Os olhos.* Mas Rohan precisava admitir: ela era muito mais uma *mulher* do que uma *garota*.

— Queimar qualquer coisa agora seria prematuro e precipitado.

Savannah olhou de novo o banco de palavras magnéticas. Rohan se perguntava quais saltariam aos olhos dela. *Perigo? Cruel? Rápido? Toque? Justo?*

— E além disso — ela continuou, de forma categórica —, para queimar alguma coisa, precisaríamos de fósforos ou de um isqueiro, e nós não temos nem um nem outro.

— Fósforos, isqueiro ou… — Rohan esperou que os olhos de Savannah o encontrassem. — Um feixe de luz e um espelho côncavo.

Capítulo 30

LYRA

Com uma das mãos, Grayson abriu um dos botões do paletó do smoking; com a outra, organizava as moedas de vinte e cinco centavos na mesinha de centro de mármore, fazendo um som perceptível: *click, click, click.* Lyra não deixou de notar que ele havia escolhido fazer aquilo na mesinha coberta com cacos de vidro.

A que estava mais afastada dela.

Foque nas letras, Lyra disse a si mesma. *E apenas nas letras.* Ela havia disposto as peças de palavras-cruzadas no chão — como teria feito se estivesse jogando para valer: primeiro as vogais e depois as consoantes em ordem alfabética.

A, A, A, A, E, E, E, E, E, I, I, O, O, O, O, O, U, B, C, D, D, G, G, L, P, P, Q, R, R, R, T, Z.

A *sugestão* de Grayson ecoou na mente de Lyra: *procure por padrões, repetição, qualquer coisa que te leve a um conjunto de palavras mais restrito.*

Eu poderia *fazer isso.* Lyra observou uma única madeixa de cabelos loiros cair sobre a expressão impassiva dele. *Ou eu poderia jogar.*

O GRANDE JOGO 145

A lógica de Grayson era de que era possível criar palavras demais com uma quantidade tão grande de letras. Mas e se o objetivo não fosse apenas criar palavras ou frases? E se o objetivo fosse dispor um tabuleiro perfeito de palavras-cruzadas para focarmos nas jogadas certas de modo a maximizar a pontuação? Aquilo mudou o jogo — e Lyra nunca perdera uma partida de palavras-cruzadas.

Ela escolheu PODERIO como a palavra inicial. *Sete pontos.* A partir do D fez ADÁGIO — mais dez pontos — e então dobrou, fazendo PÓ e BAQUE, usando o primeiro A em ADÁGIO. *Mais quinze pontos.*

Menos de um minuto depois e Lyra já havia terminado. Ela passou o dedo lentamente sobre cada uma das peças, sentindo as palavras, absorvendo-as na memória — então desmanchou tudo e começou outro tabuleiro do zero. E outro. E outro. Algumas palavras continuavam reaparecendo de novo e de novo.

— Poder, coroa, adágio — murmurou Lyra.

— Se pelo menos existisse um adágio sobre poder.

Lyra tomou um susto ao ver que Odette estava parada bem ao seu lado.

— Um com uma referência explícita — a idosa continuou — a uma coroa.

Adágio. Poder. Coroa. Lyra precisou de um instante, mas ela conseguiu.

— *Pesada é a cabeça que usa a coroa.*

— Eu, pessoalmente, prefiro a versão original. — Odette foi em direção à parede com as janelas, e sua presença forte invadiu toda a sala, como se estivesse em um palco e a plateia ali embaixo, no escuro. — *Inquieta é a cabeça que carrega uma coroa.*

— Shakespeare — Grayson se levantou. — *Henrique IV, Parte Dois*. — Ele atravessou a sala e observou o tabuleiro de Lyra. — Você não está nem tentando eliminar algumas letras.

Lyra não deixaria que Grayson se engrandecesse para cima dela, então ela também se levantou.

— Talvez eu não tenha que eliminar nada. — Ela passou por ele com vigor em direção à tela e aos três cursores que piscavam. Ao clicar em um deles, um teclado apareceu. — Shakespeare.

— Lyra digitou a palavra e apertou *enter*. A tela piscou vermelha.

— Henrique. Henrique4. Henrique4P2. Henrique4Parte2.

Todas as combinações que tentou tiveram o mesmo resultado: a tela piscando em vermelho, uma resposta errada.

— Tente números romanos em vez de números arábicos — sugeriu Odette, parando atrás de Lyra.

Fazendo como lhe tinha sido proposto, tentou cada uma das combinações mais uma vez.

— Sem sucesso.

— *Príncipe. Cavaleiro. Sucessão. Rei* — Odette sugeriu palavra depois de palavra.

— Não vai ser assim tão fácil. — Grayson foi em direção a Lyra. Parou a um metro de distância dela, mas Grayson Hawthorne tinha o tipo de presença que se estendia muito além do seu corpo.

O próprio corpo de Lyra sempre registrava a posição dele, não importava onde estivesse.

— Se você encontrou mesmo alguma coisa, e não estou convencido que você tenha, srta. Kane, então é quase certeza de que o que encontramos é uma dica, não uma resposta.

Havia algo no jeito exageradamente formal e arrogante que Grayson disse *srta. Kane* que fez Lyra considerar, por um breve momento, a ideia de jogar algo nele.

O GRANDE JOGO   147

— E *você*, achou alguma coisa, sr. Hawthorne? — perguntou Odette, mordaz.

— Há quarenta moedas de vinte e cinco centavos no rolo. — Grayson arqueou uma sobrancelha. — Todas foram cunhadas no mesmo ano, exceto duas.

— Suponho que você queira que nós perguntemos sobre o ano — alfinetou Odette, seca.

— Trinta e oito moedas foram cunhadas em 1991. — Grayson olhou para Lyra, que não conseguiu evitar a sensação de que ele a estava testando.

Ela *adorava* ser testada.

— Essa é a parte que você nos conta sobre as outras duas moedas ou precisamos fazer por merecer essa informação, vossa alteza?

— Estou me sentindo generoso hoje. — Os lábios de Grayson se contraíram um pouco. *Bem* pouco. — Uma das moedas restantes foi cunhada em 2020 e a outra em 2002.

— Os mesmos dígitos em ambas — Lyra notou —, apenas reordenados.

— E 1991 — Grayson replicou, dando um passo à frente dela — é um palíndromo.

A parte do cérebro de Lyra que amava um código agarrou-se naquele padrão, enquanto aquela mesma irritante mecha loira caía de novo sobre o rosto de Grayson. Ele a colocou para atrás.

— E por que os anos nas moedas importam? — perguntou Lyra, ácida.

— Nos jogos dos Hawthorne, tudo importa. A questão é *quando*, não *por quê*.

Grayson observava Lyra como se a resposta para a pergunta estivesse escondida em algum lugar atrás daqueles olhos.

— Vamos presumir nesse momento que as palavras *adágio* e *coroa* são de fato as dicas iniciais. — Grayson se virou e caminhou na direção da lareira do outro lado da sala. — Nesse caso, o padrão nas moedas vai importar depois, e o que importa agora — falou apoiando a mão no granito preto da lareira — é encontrar uma coroa.

Lyra observava Grayson deslizar as mãos no granito, da esquerda para a direita, então para baixo, os movimentos automáticos, como se sentir de modo sistemático cada centímetro quadrado de uma enorme lareira fosse algo que ele já fizera dez mil vezes antes.

— Por que uma coroa? — insistiu Lyra. — Por que não algo pesado? *Pesada é a cabeça que carrega a coroa.*

— *Pesada* é vago, e a incerteza torna enigmas imprecisos.

Grayson Hawthorne disse *impreciso* como se fosse uma palavra belicosa.

Lyra reparou que Odette estava estranhamente quieta, e viu que a idosa deslizava os dedos pelos painéis de madeira estilo labirinto da parede. Em vez de se juntar a ela, Lyra voltou sua atenção para os maiores móveis da sala.

Imprecisos uma ova. As mesinhas de centro pareciam feitas de mármore branco maciço. Pequenas rachaduras, da espessura de fios de cabelos, marcavam a superfície da pedra — cada uma delas preenchida com ouro.

— Como uma coroa — murmurou Lyra. Dessa vez, era ela quem corria a mão sobre a primeira mesinha, de algum modo ciente de que havia adotado os mesmos trejeitos de Grayson ao fazer a busca. Em menos de um minuto, sua atenção se voltou para a outra mesinha, a que estava coberta de cacos de vidro.

— Olha, em uma situação ideal, srta. Kane, prefiro que não faça picadinho da própria mão nesta noite. — O tom na voz de Grayson transportou Lyra de volta para o penhasco, para a mão dele em seu braço.

— Minha visão é perfeita e meu senso comum acima da média. — Lyra apanhou um caco da mesinha. — Consigo lidar com um pouco de vidro.

Os olhos de Grayson se estreitaram levemente.

— Meus irmãos ganharam inúmeras cicatrizes logo após pronunciarem a sentença *consigo lidar com um pouco de vidro*, portanto perdoe meu ceticismo.

Eu não tenho que perdoar nada, Lyra pensou. Em voz alta, ela optou por uma mensagem diferente.

— Você não precisa se preocupar comigo, garoto Hawthorne.

— Eu não me preocupo, só calculo as probabilidades de riscos.

— Por mais divertido que fosse deixar vocês discutirem — Odette enunciou —, na minha idade o tempo é precioso, então sugiro que vocês dois me perguntem o que encontrei.

Lyra abaixou o caco de vidro.

— O que você achou?

— Nada ainda — falou Odette, se fazendo de difícil —, mas nas décadas em que fiz faxina para os outros para ganhar o meu sustento, aprendi a lê-las: as pessoas *e* as casas. — A idosa pressionou a mão contra a madeira. — Tem um compartimento *secreto* aqui. — Deslizou a mão cerca de um metro e meio para baixo e deu uma pancada com o punho. — E algo maior *aqui*.

— Não acho que isso seja *nada* — respondeu Grayson, sarcástico.

— Até que a gente descubra como acionar os compartimentos, não passa de um nada — respondeu Odette, se agachando ainda mais. — *Isto*, por outro lado...

Lyra se juntou à idosa próximo à parede.

— Observe os veios da madeira — murmurou Odette. — Consegue ver a diferença? Consegue ver alguma marca... o trabalho é *muito* bom, mas sinta a madeira.

Lyra levou os dedos até a área onde Odette havia indicado. A madeira cedeu. Não muito, era quase imperceptível.

De repente, as mãos de Grayson estavam logo ao lado das delas. Contudo, verdade seja dita, suas mãos apenas rasparam as das mulheres enquanto ele pressionava a madeira. *Com força.* Uma parte inteira da parede afundou.

Em algum lugar, foi possível ouvir engrenagens girando e o lustre começar a abaixar do teto. Descia centímetro a centímetro, os cristais vibrando com o movimento, batendo uns contra os outros em uma frágil melodia que fez com que Lyra prendesse a respiração.

Quando o lustre parou de se mexer, ainda não dava para alcançá-lo.

Odette gesticulou com autoridade para Grayson:

— E então? Não fique aí parado, sr. Hawthorne. — O gesto da idosa se expandiu de modo que também envolvesse Lyra. — Você vai ter que erguer ela.

Capítulo 31

LYRA

O coração de Lyra gelou. *Me erguer?* Ela sabia bem que a sensação do toque de Grayson podia permanecer por muito tempo, que seu fantasma se recusava a ser exorcizado. Isso não poderia acontecer.

Tinha que ter outra maneira.

Lyra olhou para o lustre, ainda uns bons quatro metros fora de alcance.

— Os móveis… — começou a falar.

— Os móveis estão presos no chão. — Odette parecia estar gostando da situação — E eu já não sou leve nem ágil como costumava ser, então acho que isso é trabalho para vocês.

Tinham cerca de trezentos cristais no lustre. *Qualquer um poderia conter uma pista.*

— Talvez não seja nada — falou Lyra, tensa. — Só uma distração.

— Não é — retrucou Grayson — uma distração. Esses jogos têm padrões que se repetem se você os joga vezes o suficiente. O último jogo do meu avô, o que ele programou para que começasse após sua morte, começou com adágios e uma garota.

O jeito como ele disse *garota* fez Lyra se lembrar de uma entrevista que vira anos antes. *Grayson Hawthorne e Avery Grambs*. Com dezesseis anos, Lyra assistira e reassistira aquela entrevista mais vezes do que queria admitir. *Aquele beijo*. Para dizer a verdade, aquela entrevista foi o motivo de Grayson ser o Hawthorne que ela escolhera contactar, o motivo que a fez passar mais de um ano tentando encontrar o número dele.

Parte de Lyra odiava Grayson e toda a sua família superprivilegiada. Outra parte pensava, de alguma forma, que alguém que beijava uma garota daquele modo não poderia ser tão mau assim.

— Esse mesmo jogo — Grayson seguiu, inalterado — terminou quase um ano depois com um lustre de cristal. E agora, *neste* jogo, que foi concebido pelas mesmas pessoas que jogaram o último do meu avô, há, mais uma vez, um adágio e um lustre de cristal.

— E há, mais uma vez — acrescentou Odette —, uma garota.

Eu. A boca de Lyra estava seca. *Dane-se*. Grayson Hawthorne não teria o prazer de fazê-la se sentir assim. Não teria o prazer de fazê-la sentir droga nenhuma.

— Vai logo — disse a ele, curta e grossa. — Me levanta. Vamos acabar logo com isso.

— Acabar logo com isso? — repetiu Grayson.

Lyra não sentiu necessidade de se explicar.

— Suas mãos — Odette comandou a Grayson —, a cintura dela.

Preparando-se, Lyra caminhou até ficar alinhada embaixo do lustre. Ela *sentiu* Grayson segui-la.

— Não vou fazer nada a não ser que você peça, Lyra. — Ele pronunciou o nome dela certo dessa vez, *exatamente* certo.

Lyra engoliu em seco.

— Pode começar.

O toque de Grayson era gentil, mas não era leve. Os dedões se apoiaram na cintura dela pouco acima de onde os quadris encontravam a lombar. As mãos envolveram a frente do corpo de Lyra, ao redor do osso do quadril até quase se encontrarem.

As camadas de tecido em seu vestido de repente pareceram finas demais.

— No três. — Grayson não entoou a frase como uma pergunta.

— Três. — Lyra foi direto ao ponto, sem delongas.

Grayson a ergueu acima da cabeça. Esticando os braços, os olhos no prêmio, Lyra sentia um impulso elétrico atravessar seu corpo. As pontas dos dedos rasparam a parte de baixo do lustre, mas aquilo não bastava.

Grayson levou uma das mãos até as costas dela, que, como resposta, arquearam. *Um reflexo,* Lyra disse a si mesma. Nada mais do que isso.

Com uma das mãos na parte inferior das costas, escorregou a outra para baixo, agarrando a coxa de Lyra por cima do vestido, o tule pressionado por baixo de sua mão. O corpo de Lyra respondeu: a outra perna se estendeu para trás e a mão, para cima, à medida que Grayson a erguia por completo.

Estar naquela posição deveria ter sido muito desconfortável. Não deveria parecer um dueto. *O lago dos cisnes.* Ela não deveria ter sentido como se o toque de Grayson Hawthorne fosse um convite, um aceno.

Para ele, sem dúvidas, aquilo não significava nada.

Cada vez mais determinada, Lyra se esticou e sua mão alcançou a fileira de cristais mais abaixo.

— Tenta achar algum solto. — Ele não conseguia parar de dar ordens a ela.

Lyra se forçou a respirar, concentrando-se na própria mão e no toque frio dos cristais. *Não nele. No vestido, na mão dele, minha coxa...*

Ela encostou em um cristal, depois em outro, e, embaixo dela, Grayson começou a girar. Bem devagar, bem delicado. Cristal depois de cristal depois de cristal.

Lyra respirou, e cada vez que respirava ela o *sentia*. E então ela sentiu *aquilo*: um cristal solto.

— Achei alguma coisa.

Ela tentou segurar, formando uma pinça com um dedo e o dedão, e quando aquilo não deu certo, com dois dedos.

— Não consigo...

Quando percebeu, as duas mãos de Grayson a seguravam nas coxas. Suas pernas se abriram em um V, suas costas retas à medida que ele a erguia por cima da cabeça. A mão dela envolveu o cristal.

— Consegui — disse de forma gutural.

Grayson a soltou e Lyra juntou as pernas com o corpo ainda no ar. Ele a apanhou pela cintura um segundo antes de ela colocar os pés no chão. E, assim, Lyra estava de pé novamente.

E, assim, seu toque tinha desaparecido.

O corpo dela estava dolorido — como se tivesse corrido uma maratona — e por um instante um tremor ameaçou atravessá-lo. Rangendo os dentes, olhou para o cristal que segurava. Na superfície havia uma imagem gravada e a palavra equivalente a ela em inglês: SWORD.

— Uma espada. — A voz de Lyra saiu baixa, em um tom grave, como um sussurro de mel e uísque que soou áspero até mesmo para ela.

— Você, srta. Kane — falou Odette, parada em frente a Lyra —, é uma bailarina. — A idosa voltou sua atenção para Grayson. — E você é um Hawthorne sem sombra de dúvidas. *Hawthorne sem sombra de dúvidas.* Era claro que a intenção de Odette era que aquilo soasse como um elogio, mas Lyra interpretou aquilo como um lembrete de com quem estava lidando e o que estava fazendo ali.

Grayson não mordeu a isca da idosa. Também não disse uma única palavra a Lyra, apenas girou e afastou-se.

— Uma espada — repetiu Lyra. Ela mentiu para si mesma, dizendo que sua voz estava mais normal dessa vez. — Precisamos...

— Preciso de um momento.

Os músculos em torno das escápulas de Grayson visivelmente estiravam o tecido do paletó do smoking. *Tensos,* assim como sua voz.

Lyra se recusou a tentar entender o que aquilo, *toda aquela situação*, significava. Em vez disso, foi em direção à tela e clicou no cursor com o dedo indicador direito.

— O que você está fazendo? — O *momento* de Grayson parecia ter terminado. Ou isso ou ele era uma pessoa multitarefa.

— Tentando a palavra *espada*. — Lyra fez o melhor que pode para soar calma, o que ela definitivamente não estava.

— Não vai ser assim tão fácil — falou Grayson, ríspido.

Lyra digitou com mais agressividade do que o necessário. E-S-P-A-D-A. Quando aquilo não funcionou, logo em seguida tentou a versão em inglês, exatamente como estava no cristal: S-W-O-R-D. Apertou Enter e a tela piscou verde. Um som familiar de sinos ecoou pelo ar e uma imagem apareceu na tela.

Um placar.

Havia três formatos no topo: um símbolo do naipe de copas, um de ouros e um de paus. Abaixo do de copas, apareceu uma pontuação: *1*.

— O que você dizia mesmo? — Lyra se segurou para não virar. Não estava tripudiando. Não tanto.

— Que *espada* não é só uma resposta — disse Grayson sem titubear. — Ela também é, quase com certeza, nossa próxima dica.

Capítulo 32

GIGI

Gigi encarou o placar. Uma das outras equipes tinha acabado de acertar uma resposta.

— Provavelmente a equipe da minha irmã — disse Gigi, porque Savannah era a *Savannah*.

— Ou a do seu meio-irmão, considerando que eles estejam em equipes diferentes. — Knox, nervoso, golpeou as palavras com as quais estava obcecado e se levantou, finalmente liberando o trono de espadas. — O Grande Jogo é assunto de família este ano, não é? — disse com um certo rancor na voz.

Gigi sentiu que mais uma onda de reclamações sobre nepotismo estava a caminho.

— Claro que sim — ela concordou. — De várias maneiras.

Agora era uma boa hora, como qualquer outra hora, para cutucar as onças com vara curta.

— Vocês *são* irmãos, não são? Ou algo que se aproxima disso. — Gigi fazia uma referência, quase total, ao modo como Knox dissera *nós*. — Ou isso ou então...

Knox nem mesmo a deixou terminar.

— Fica quieta e me dá a faca, bestinha.

— *Minha* faca? — perguntou Gigi, toda meiga. — Aquela que você já tentou roubar de mim uma vez? Não, obrigada.

— Ambos sabemos que não é *apenas uma faca.* — Knox foi em sua direção. — Objetos no Grande Jogo têm utilidade. Onde ela está?

Ele olhou de cima a baixo, de forma impassível, o traje de duas peças que Gigi vestia — que tinha uma silhueta de Cinderela com uma faixa da barriga surgindo entre a saia e o corpete.

A mão de Gigi se acomodou sobre a cinta de delicadas joias que demarcava o topo da saia. Exatamente abaixo do cinto estavam as palavras que ela havia escrito no estômago: A MANGA. RA.

A faca estava, óbvio, muito bem presa em sua coxa.

— Deixa ela em paz, Knox — protestou Brady baixinho.

Nisso Knox parou.

— Um verdadeiro herói — comentou.

Gigi reparou que nenhum deles havia negado a afirmação que ela fizera antes. *Irmãos, ou o que mais se aproxima disso.*

— Tá tudo bem — Gigi garantiu a Brady. — O Knox está rabugento agora, mas devagarzinho ele vai começar a gostar de mim. — Ela sorriu para o rabugento em questão. — Tenha paciência — ela prometeu — e logo eu serei como aquela irmã mais nova irritantemente sempre feliz, brilhante, criativa e superior em tudo que você nunca teve.

Dito isso, Gigi deu alguns passinhos em direção à escrivaninha e subiu em cima dela.

Knox franziu o cenho.

— O que você está fazendo?

— O alto da sala está todo contornado com prateleiras. — Gigi olhou para cima. — Mas sem livros. Isto parece suspeito para mais alguém?

Então ela dobrou os joelhos e saltou. Para cima! A mão direita encostou de leve a parte inferior da prateleira. Ela não conseguiu, mas olhando pelo lado bom, em vez de cair pelo menos ela conseguiu se equilibrar.

Se na primeira tentativa você falhar... Dessa vez Gigi subiu nos braços da cadeira de espadas e então observou seu encosto. *Se eu conseguir me lançar para cima da parte mais alta dela...*

— Gigi, você vai cair — resmungou Knox.

Ela deu de ombros.

— Sou razoável em parkour. — *Braço, braço, encosto, para cima, saltar e...*

Gigi caiu. Knox a segurou. Sua reabilitação havia oficialmente começado.

— Eu quase consegui dessa vez — falou enquanto se soltava dele. — Segura a cadeira.

— Você vai quebrar as pernas — Knox estava perdendo a paciência. — As duas. Talvez até um braço.

Gigi não desanimou.

— Meus ossos são flexíveis, vai ficar tudo bem.

Knox pegou Gigi da cadeira e a colocou sem cerimônia no chão.

— *Você* — ele praticamente rosnou enquanto tirava o paletó do smoking. — *Fique aqui.* — E então ele subiu na escrivaninha e pulou, suas mãos agarrando com firmeza a prateleira de baixo.

Gigi observou enquanto o velho Ranheta escalava, os músculos tensos sob a fina camisa social. Knox segurou a prateleira seguinte e pouco depois seus pés já estavam apoiados na prateleira mais baixa e seu olhar focado na mais alta.

— Excelente em parkour — Gigi afirmou.

— Seus ossos não são flexíveis — falou Brady, sua voz grossa tinha um tom ameno.

Gigi se virou, ficando de frente para ele.

— Metaforicamente.

— Acho que você precisa explicar essa metáfora para mim — observou Brady.

— Claro — respondeu Gigi, animada. — Mas, antes, estava pensando que podíamos raspar o prato espelhado com as moedas e também comparar as letras das palavras-cruzadas com as palavras nos ímãs de poesia. E também-também... — Gigi se interrompeu. — Desculpe.

— Por que você está pedindo desculpas? — perguntou Brady.

Lá em cima, Knox contornava as prateleiras, apoiando os pés na parede e mantendo o corpo no alto como se não fosse nada de mais.

— Força do hábito? — replicou Gigi. — Eu sou, usando o termo médico, *Além da conta*. E na boa, como é que os músculos dele não estão queimando?

— Treinamento — murmurou Brady. Por trás dos óculos, seus olhos castanhos estavam perdidos em pensamentos. Ele piscou e voltou. — Já tentei raspar o espelho com as moedas — Brady explicou para Gigi e deu um leve sorriso. — E sabe do que mais? Eu me especializei em três áreas diferentes na graduação. Meu cérebro gosta de *Além da conta*.

Gigi sorriu — e não de leve.

De lá de cima vinha o som de algo sendo raspado. Knox havia encontrado alguma coisa nas prateleiras. Muitas coisas, parecia, o que fez Gigi se lembrar de que talvez fosse mais útil focar na primeira coisa que Brady dissera em vez de na afirmação do que o cérebro dele gostava.

Treinamento. Gigi ouviu Knox descer das prateleiras logo atrás dela, então sussurrou:

— Que tipo de treinamento?

— De todos os tipos. Mas, Gigi? — Brady se inclinou. — Você não vai ser a irmã mais nova que ele nunca teve. Knox não deixa as pessoas se aproximarem.

Exceto você?, pensou Gigi. *E Calla*. Queria perguntar sobre a garota, mas mesmo ela tinha um certo filtro, então optou por outra pergunta.

— Quem é Severin?

Brady nem sequer piscou, e também não respondeu.

— Pronto. — Knox esticou uma das mãos entre os dois. Segurava três moedas de dez centavos manchadas. — Isso basta para algum de vocês, gênios?

Dez centavos. Gigi pensou no enigma, na sala trancada, no resto dos objetos, sobretudo nas moedas de vinte e cinco centavos — mas não sabia por onde começar.

— Achei que não. — O olhar de Knox fixou-se em Gigi. — Se a sua ideia de comparar as peças de palavras-cruzadas com os ímãs de poesia não der certo, você vai mostrar a faca.

Capítulo 33

ROHAN

A pétala de rosa não queimava — talvez fosse o tipo errado de espelho ou o tipo errado de luz. *Mas*, pensou Rohan, *não foi totalmente uma perda de tempo*. Houve um momento no processo em que ele e Savannah seguraram o prato, um momento em que a respiração dela entrou em sincronia com a dele.

Só por um momento. Mas todo plano era uma coleção de momentos, e Rohan tinha familiaridade com jogos longos. Ele também estava cada vez mais certo, a cada movimento que ela fazia, de que Savannah Grayson era uma rainha.

Ela devolveu as palavras *a, rosa, irá, se* e *queimar* às suas fileiras de ímãs.

— Tentamos do seu jeito, britânico. Agora vamos fazer do meu.

Ela olhou para as palavras, e Rohan obedeceu, fazendo o mesmo.

 Rohan tinha um talento especial para identificar possibilidades. *Beleza. Perigo. Pele. Toque. Cruel. Rápido. Justo. Queimar. Acabar.* Essas eram as palavras com ressonância emocional. O resto era ruído.

 — E qual — ele perguntou — seria o seu caminho?

 Savannah estendeu a mão para ele — para as peças das palavras-cruzadas. Quando Rohan se deu conta, ela havia retirado uma palavra da terceira fileira de ímãs.

BELEZA.

Rohan observou enquanto ela alinhava seis peças abaixo da palavra.

B-E-L-E-Z-A.

 — Um pouco de comparação e contraste? — Rohan tirou uma palavra, depois outra. — Vou me juntar a você, gata. — Ele manteve o ritmo de sua fala, mas suas mãos, as mãos de um negociante, as mãos de um ladrão, moviam-se cada vez mais rápido, alinhando as peças das palavras-cruzadas sob a placa magnética.

 O resultado foram duas palavras, somadas àquela que ela havia criado.

BELEZA. PERIGO. TOQUE.

 Apenas cinco letras das que restaram eram capazes de formar uma palavra que fazia sentido no jogo.

Savannah pegou as peças depressa, num movimento poderoso.

— Minhas — disse para ele.

Rohan olhou da mão dela para o ombro, do ombro para o pescoço, para a boca, para os olhos.

— Por favor — retrucou ele —, fique à vontade.

Levantando o queixo, ela colocou as letras no chão, uma após a outra. P-O-D-E-R. Savannah Grayson realmente não hesitava. *Poder.* Rohan tomou a palavra como um lembrete. Era por causa do poder que ele estava ali. O Mercê do Diabo era poder, era propriedade. *Poder* era vencer O Grande Jogo e ganhar a coroa. E, para isso, ele tinha que lembrar: *Savannah Grayson, por mais gloriosa que fosse, era um recurso, uma rainha, talvez, mas uma peça do jogo mesmo assim.*

Na vida, todos eram peças a serem movidas no tabuleiro.

Rohan era um jogador e, em um empreendimento como aquele, o único oponente verdadeiro era o próprio jogo — e as pessoas que moviam os pauzinhos nos bastidores.

Assim, Rohan afastou sua mente de Savannah e se concentrou por um momento neles. *Avery. Os Hawthorne.*

— Estamos complicando as coisas. — Rohan tinha certeza disso. Para clarear a mente, ele fechou a mão direita e observou os nós dos dedos repuxarem a pele.

— Você vai arrebentar esse corte — disse Savannah secamente.

— Não seria a primeira vez — disse-lhe Rohan. Ele não tinha medo da dor. Não tinha, nem mesmo quando era criança. Quando chegou ao Mercê do Diabo, aos cinco anos de idade, não havia mais medo nele.

Uma única gota de sangue brotou em sua junta, e Rohan baixou a mão, com a mente afiada.

— Os melhores quebra-cabeças não são complicados. — Ele tinha certeza de que os criadores desse jogo sabiam disso. — Vamos recuar um passo. Nos disseram para focarmos nas palavras.

— E foi o que fizemos — respondeu Savannah.

— Foi mesmo? — desafiou Rohan. *Para decifrar o enigma, foque nas palavras. To solve the puzzle, focus on the words.* A respiração dela voltou a acompanhar a dele e, de repente, tudo se encaixou.

Ele percebeu. A simplicidade do quebra-cabeça. A beleza dele. Um arquiteto inteligente construía jogos desafiadores, sim, mas tinha que haver respostas objetivas, um caminho claro, um caminho que, uma vez reconhecido, era obviamente correto.

Rohan moveu o copo de isopor do Sonic para perto das moedas.

Em seguida, ele emparelhou outros dois objetos: a pétala de rosa e o prato espelhado.

Restavam apenas as peças de palavras-cruzadas e os ímãs de poesia.

— Esqueça tudo o que fizemos — disse Rohan a Savannah, com a voz carregada. — Esqueça as letras das peças, esqueça as palavras do kit de poesia de ímãs, esqueça qualquer ideia que você possa ter tido sobre procurar mais pistas nesta sala. Todos os caminhos levam a Roma.

Quem sabia quantas pistas havia nesta sala — ou em qualquer uma das outras? Quem sabia quantas maneiras os criadores do quebra-cabeça haviam lhes dado para perceber que *era assim simples?*

— Você entendeu? — Havia um zumbido baixo de expectativa na voz de Rohan. Ele queria que ela resolvesse isso, queria que ela visse o que ele viu. *O copo, as moedas, a pétala, o prato.*

— Foque nas palavras — murmurou Rohan.

Ele soube o exato momento em que Savannah entendeu.

Capítulo 34

LYRA

Os sinos soaram. O placar voltou a aparecer na tela. Sob o símbolo da equipe de Lyra, Copas, a pontuação permaneceu a mesma. Sob o símbolo de Ouros, apareceu o número 2.

— Duas respostas de uma só vez — observou Lyra. — Uma das outras equipes descobriu o truque. — Sempre havia um truque, e Lyra e sua equipe deixaram passar. Eles *estavam deixando* passar.

Lyra olhou para os ímãs de palavras espalhados no chão à sua frente. Ela tinha se divertido com isso, as mãos montando um poema que não levava exatamente a lugar nenhum, um poema que ela não podia permitir que ninguém mais visse.

Ela passou a mão pelas palavras.

— A única maneira de outra equipe acertar duas respostas ao mesmo tempo — continuou Lyra com obstinação, levantando-se — é se houver um padrão. — Ela fechou os olhos. — Então, qual é o padrão?

Silêncio, e depois:

— Ela é persuasiva, não é? — disse Odette.

Cinco segundos se passaram antes que Grayson respondesse:
— Inesperadamente, sim.
Sua voz partira do chão. Os olhos de Lyra se abriram.
Grayson estava ajoelhado, com um joelho abaixado e outro levantado, sobre os ímãs de poesia e o poema que ele havia, aparentemente sem esforço, juntado de novo.

Lyra amaldiçoou a si mesma. E o quarto em que estavam trancados. E a ele. Principalmente ele.
Grayson se levantou. Lyra pensou por um momento horrível que fosse olhar para ela, mas em vez disso ele voltou sua atenção para o placar.
— Nos últimos um ou dois anos — disse Grayson, sua cadência lenta e deliberada —, há algo em que venho trabalhando. Praticando.
— E o que é? — perguntou Lyra, fazendo o que ela achava ser uma boa imitação de alguém que *não* estava ardendo de vontade de se lançar de cabeça no sol.
— Estar errado — explicou Grayson.
— Você precisa *praticar* estar errado? — Lyra pensou seriamente em *jogá-lo* ao sol em vez disso.
— Algumas pessoas podem cometer erros, corrigir e seguir em frente. — Grayson continuou olhando para o placar.

— E alguns de nós vivem com cada um dos erros que cometemos gravados em nós, em lugares vazios que não sabemos como preencher.

Lyra não esperava por isso. Não dele. Ela conhecia muito bem os lugares vazios.

— Enquanto crescia — continuou Grayson — não me era permitido cometer erros como meus irmãos faziam. Eu deveria ser o herdeiro dele. O meu padrão era mais elevado que os demais.

Dele. Era muito claro o que Grayson queria dizer. *Tobias Hawthorne.* Lyra conseguiu recuperar a voz.

— Seu avô deixou tudo para uma desconhecida.

— E agora — respondeu Grayson com firmeza — eu pratico estar errado. — Ele deu um passo em direção a ela. — Eu *estava* errado, Lyra.

Ela nunca havia se permitido imaginá-lo dizendo aquelas palavras, nem uma única vez no ano e meio desde que ouvira o frio ártico em sua voz. *Pare de ligar.*

— Eu estava errado — Grayson repetiu. Ele finalmente desviou o olhar do placar. Seu pomo de adão balançou. — Sobre a natureza desse enigma.

O enigma. Ele estava falando do *enigma.*

— Presumi que esse desafio se desenrolaria sequencialmente, uma pista levando à próxima, cada objeto com seu próprio uso. *Mas.* — Grayson deu a essa única palavra o peso de uma frase inteira. — Sua lógica é sólida, srta. Kane.

Essa era a versão dele de um elogio? *Sua lógica é sólida?* Ele havia lido o poema e isso havia inspirado a súbita percepção de que *a lógica dela era sólida?* Que se dane o sol. Lyra poderia pensar em maneiras melhores de acabar com Grayson Hawthorne.

— Duas respostas corretas em rápida sucessão — continuou ele, sem saber que ela planejava a sua morte. — De fato, sugere que as respostas estão conectadas. *Há um padrão... ou um código.*

Odette olhou de Lyra para Grayson e depois de volta.

— Como eu disse antes — disse a velha a Lyra —, um Hawthorne sem sombra de dúvidas.

Isso soou muito menos como um elogio do que antes.

Lyra estreitou os olhos.

— Como você disse que conheceu Tobias Hawthorne mesmo?

— Eu não respondi. E minhas condições anteriores continuam válidas. — Odette ergueu o objeto de joalheria em suas mãos, *binóculos de ópera*, até o rosto. — Não responderei a essa pergunta a menos, e até que, nós três consigamos chegar ao cais ao nascer do sol. — Odette olhou através dos binóculos de ópera para o conjunto de objetos, depois baixou os óculos. — Nada. Mas valia a pena tentar. — A mulher desviou o olhar para Lyra. — Suponho que você não tenha encontrado nada de útil na ilha?

Se fora Odette quem havia colocado aquelas anotações, então ela ainda fazia jogos psicológicos. Se não fora ela, então estava jogando verde.

— Encontrei uma citação de Abraham Lincoln com a palavra *escapar* nela. — Lyra observou cada aspecto da expressão de Odette, preparando-se para rastrear até mesmo a mudança mais sutil. — E depois havia anotações. *Thomas. Thomas, Tommaso, Tomás.*

Odette tinha poucas rugas para uma mulher de sua idade. Ela também era ótima em fazer cara de paisagem.

— E o significado desses nomes...

— Seu pai? — O tom de Grayson fazia pensar em mandíbulas cerradas e o tremular de um músculo bastante agourento perto da boca, mas Lyra manteve os olhos focados em Odette.

— Meu pai biológico era um homem de muitos nomes. — Lyra manteve a voz perfeitamente uniforme, perfeitamente controlada. — Minha mãe o conheceu primeiro como Tomás.

Odette observou as feições de Lyra.

— Porto-riquenho? Cubano?

— Não sei — disse Lyra. — Na época em que minha mãe estava grávida de mim, ela já o tinha ouvido contar aos colegas de trabalho uma dúzia de histórias diferentes sobre sua origem. Ele dizia ser grego ou italiano num dia, e brasileiro no seguinte. Estava sempre trabalhando em algo novo. *Grandes ideias*. Era assim que minha mãe o descrevia. — Lyra suspirou. — Ele não era muito bom em dizer a verdade ou cumprir promessas. Ela o deixou quando eu tinha três dias de vida.

Lyra não tinha nenhuma lembrança do homem, a não ser *a* lembrança.

— Devo entender que alguém nesta ilha deixou bilhetes para você com vários pseudônimos de seu pai escritos neles? — A voz de Grayson era afiada, cada palavra precisa e cortante como a ponta de uma faca.

— Rohan parece pensar que não foram seus irmãos ou Avery — Lyra por fim parou de fitar Odette, mas evitou olhar diretamente para Grayson.

— Posso garantir a você — respondeu Grayson — que não foi.

— E garanto a vocês dois — interrompeu Odette — que não sou uma pessoa que precisa recorrer a truques ou dramatizações para vencer. — Ela sorriu como uma avó que acabara de assar biscoitos. — Agora, em vez de presumir fatos que não estão em evidência sobre minhas intenções e meu caráter, talvez os dois possam se juntar a mim na busca por esse padrão misterioso?

Empurrando os longos cabelos grisalhos para trás do ombro, Odette alinhou os objetos um a um. Lyra gostou da distração — e então teve de lembrar a si mesma que o jogo *não* era a distração.

O jogo era o objetivo. Era por isso que ela estava ali.

Lyra pegou uma das moedas e a estudou. 1991. Ela se lembrou da conversa que tivera com Grayson sobre os anos. Os números, pelo menos, eram seguros. Os números eram previsíveis. E esses números tinham um padrão.

1991. 2002. 2020.

Lyra olhou para as peças de palavras-cruzadas, os ímãs de poesia e todo o resto. Dando mais um grande passo mental para se afastar da Grande Sala e de seus ocupantes, ela pensou em testes de múltipla escolha e em perguntas capciosas, em trabalhar de trás para a frente, procurando por pistas nas respostas.

Ou, nesse caso, a resposta, no singular, que lhes havia sido dada. SWORD. A palavra em inglês para espada.

Se *houvesse* um padrão nas três respostas, então talvez Grayson não estivesse *totalmente* errado sobre o enigma. Talvez a espada fosse de fato uma pista, mas não do tipo linear com o qual ele estava acostumado. Lyra pensou a respeito. *E se, tendo recebido uma das respostas, o que de fato recebemos foi uma forma de decodificar as outras duas?*

— Sword — Lyra disse em voz alta. Era uma palavra em inglês. Tinha que ter algum significado. Ela desenhou as letras no ar, uma por uma. S, W, O, R e D. Moveu o S em sua mente. E foi quando se deu conta...

SWORD. Quando se movia o S do começo para o fim, SWORD virava WORDS, que significava "palavras" em inglês.

— Um anagrama. — De repente, Grayson estava bem ali, ao lado dela. — Como as datas nas moedas.

O GRANDE JOGO 173

— Os ímãs, as palavras-cruzadas... — disse Lyra, pensando nos ímãs em voz alta. — São *palavras*.

Aquilo ela conseguia fazer. Era muito mais fácil do que qualquer outra coisa que tivesse a ver com Grayson Hawthorne.

— Nossa única resposta correta — continuou Lyra — é um anagrama de uma palavra em inglês que descreve dois dos objetos do nosso conjunto.

Grayson deixou de lado as peças das palavras-cruzadas e o ímã de poesias e se concentrou total e completamente nos objetos restantes.

— O prato — disse ele com urgência —, em inglês, é *plate*.

Um raio atravessou o cérebro de Lyra.

— E a pétala, que é *petal*.

— Dois objetos. — A intensidade que irradiava do corpo de Grayson transpareceu em seu tom de voz. — Cada um deles é um anagrama do outro.

— Existe outro anagrama? — Lyra igualou essa intensidade. — As mesmas cinco letras, outra palavra em inglês. *Plate*. *Petal*.

Odette se movia com uma velocidade impressionante para uma mulher de sua idade. Ela chegou até a tela e começou a digitar.

— P-L-E-A-T.

Pleat. A palavra em inglês para dobra. A tela ficou verde e um sinal soou, outra resposta correta.

Lyra e Grayson voltaram a olhar para os objetos que restavam. O saquinho preto de veludo, em inglês, *pouch*. A caixa de poesia, em inglês, *box*. As moedas de vinte e cinco centavos, em inglês, *quarters*, e o papel em que estiveram enroladas, em inglês, *paper*. O copo do Sonic, em inglês, *cup*.

Lyra se deu conta de novo.

— *Sonic* — sussurrou ela.

— E *coins,* que são as moedas — concluiu Grayson.

Sonic e *coins* e...

— *Scion* — arquejou Lyra. Descendente, em inglês. Grayson falou a palavra ao mesmo tempo, a voz dele baixa e clara, a dela rouca, os tons se misturando em um momento tão intenso que Lyra pôde *sentir,* como um fogo queimando dentro dela, como um lugar vazio subitamente preenchido.

Odette escreveu a resposta. Houve um lampejo de verde, um badalo e depois sinos, uma melodia inteira.

Eles tinham encontrado as três respostas. Tinham resolvido o enigma. E por mais que Lyra tentasse se manter firme no chão, ela se sentia como se estivesse no pico de uma montanha. Sentia-se intocável, como se nada pudesse atingi-la.

Uma seção da parede em forma de labirinto caiu, revelando um compartimento escondido exatamente onde Odette havia dito que haveria um. Dentro desse compartimento, encontraram um objeto. Lyra o pegou antes mesmo de perceber o que era.

Uma *espada.* O cabo era simples, mas muito bem-feito, dourado nas pontas e prateado na empunhadura. Lyra fechou a mão em torno do cabo e tirou a espada do compartimento. Ao fazer isso, algo foi acionado e uma seção maior da parede começou a se abrir, revelando...

Uma porta.

— Você sabe manejar uma espada. — Grayson olhava para ela de uma forma estranha, como se Lyra o tivesse surpreendido, e ele, em sua majestade, não soubesse como lidar com surpresas.

— Minha mãe é escritora — respondeu Lyra. — Os livros dela podem ser um tanto lancinantes. Às vezes, ela precisa de ajuda para planejar as cenas de luta.

— Você é próxima dela. — Havia algo... não exatamente *suave*, mas terno e profundo na maneira como Grayson falou. — Da sua mãe.

Mais um segundo se passou, e ele se virou e gesticulou, de forma galante, como era de se esperar, em direção à passagem agora aberta. Pela primeira vez, Lyra notou como o smoking que ele vestia era antiquado, como se tivesse sido tirado diretamente de outra época, como *ele*.

— Depois de você — disse Grayson.

— Não. — Lyra balançou a espada, testando. — Depois de você.

Capítulo 35

GIGI

— **Os Copas acabaram de resolver** todo o maldito quebra-cabeça. — Um pseudossotaque sulista se infiltrou na voz de Knox, o que fez acender um sinal de alerta na cabeça de Gigi de que o apelido *Ranheta* estava se provando leve demais. Ela se preparou para mudá-lo para *Resmungão*.

— E só o que temos — seguiu Knox, estreitando os olhos para Gigi — é essa faca.

— Que eu, superboazinha, mostrei pra você — ressaltou Gigi. — E uma observação: não precisa ficar todo nervoso quando aponto a faca na sua direção, senhor pessimista.

— Também temos a bainha. — Brady a virou. Ele tinha pedido para vê-la e Gigi havia lhe dado, tanto para irritar Knox quanto porque parecia certo confiar em Brady, não importava o que a Savannah dentro da cabeça de Gigi dissesse a respeito disso.

Brady passou o dedão sobre a superfície da bainha.

— Treze.

— O número de entalhes no couro — disse Gigi, estendendo a mão. Brady entregou a bainha para ela sem hesitar nem reclamar.

Viu só, Gigi contou para Savannah em sua mente.

— Tão confiável — disse baixinho Knox. Ele voltou-se para Gigi. — Você quer saber mesmo qual é a verdadeira diferença entre Brady e eu, baixinha?

— *Baixinha?* — Gigi repetiu. — Sério? Você precisa muito de um tutorial sobre apelidos.

— A diferença — retrucou Brady, com a voz baixa e tranquila, para Knox — é que eu a amava.

Calla. Os instintos de Gigi diziam que a situação estava prestes a ficar muito feia.

— As moedas de dez centavos! — Gigi optou pela primeira distração que lhe veio à mente. — Três delas! Qual é o significado disso?

Era uma boa pergunta, mas a distração não colou.

— Já se passaram seis anos, Brady. — A voz de Knox lembrava uma lixa para Gigi, e todos os traços do sotaque que ela ouvira antes haviam desaparecido.

— Sei exatamente quanto tempo se passou. — Brady tirou os óculos e os limpou com a camisa social. — E eu já te dei uma segunda chance. — Os óculos voltaram ao rosto. — No ano passado.

— Se você apenas…

— As moedas. — Brady interrompeu Knox e se voltou para Gigi. — Três moedas.

Gigi tomou a decisão crítica de se colocar entre os dois e tentar outra medida profilática de distração:

— O que te deixa feliz?

— O quê? — Knox tinha cara de quem acabou de expelir leite pelo nariz e tentava se recuperar sem que ninguém notasse. Suas narinas se dilataram. Seus olhos se arregalaram, mas não de um jeito bom.

— Qual é a coisa — perguntou Gigi — que te deixa mais feliz? Talvez você lembre que uma das minhas especialidades é criar distrações. O cérebro não foi feito para ser neutro. Quando você fica preso em um ciclo de vieses de confirmação e de ideias obsoletas, é preciso encarar o problema de frente e tirar o hamster da roda.

— Sem metáforas de hamster — Knox praticamente rosnou.

Gigi guardou a faca na bainha, levantou a saia, apoiou o pé na lateral da mesa e usou a fita adesiva para prender a lâmina de volta à coxa.

— O quê. Te. Deixa. Feliz?

Knox ainda não sabia, mas não ia ganhar essa. Brady respondeu:

— O cachorro da minha mãe. O nome dele é *Aquele Cachorro*. Não dá para dizer que Aquele Cachorro seja de porte pequeno ou que cheire a leite de rosas, mas ele dorme na cama da mamãe todas as noites.

— Eu já o amo — falou Gigi. — Knox? O que te deixa...

— Dinheiro — disse Knox, sem rodeios. — O dinheiro me faz feliz. — Gigi o encarou, esperando alegremente, e, por fim, Knox cedeu. — Frango frito — resmungou ele. — Tá bom assim? Coxas de frango depois de uma noite inteira na geladeira. Carros antigos. Uísque caro. — Knox desviou o olhar, o corpo tenso. — E constelações.

Brady ficou muito, muito quieto.

Já distraída o suficiente, Gigi buscou mudar de assunto. Seu cérebro se agarrou a um novo plano e ela não questionou. Pegou então a cinta com as joias da saia e a dobrou para baixo, deixando à mostra o resto de sua barriga — e as palavras que ela havia escrito ali.

O GRANDE JOGO   179

A MANGA. RA. A faca não fora a única coisa que ela havia encontrado na ilha.

Brady se agachou no mesmo instante, os olhos na altura da barriga dela, estudando a pele exposta por trás dos óculos de aro grosso, o que fez Gigi se lembrar da maneira como Jameson Hawthorne havia olhado para Avery Grambs, no fato de que ninguém jamais havia olhado para *ela* daquele jeito — ou com o tipo de fascinação nua e crua que agora estava estampada no rosto de Brady.

— A Manga. — Brady pairou a mão por cima da barriga de Gigi. — Ra.

— O deus egípcio do sol — falou Gigi, e se ela precisasse de um lembrete para respirar um pouco, estava tudo bem, e talvez, com sorte, não desse *tão* na cara assim.

— Knox? — A mão de Brady dessa vez tocou a pele de Gigi, seguindo levemente o traçado da palavra RA. — Você está vendo isso?

O calor se espalhou pela pele de Gigi, irradiava de cada ponto de contato.

— Ela tem dezoito anos — esbravejou Knox. — Eu tenho vinte e cinco. Não vou ver porcaria nenhuma.

— As letras. — O toque de Brady era suave, seguro. — Reorganize-as.

Tão nerd, pensou Gigi. *Que mandíbula! E ele soa tão… tão…*

Gigi interrompeu a própria imaginação antes que ela gerasse uma descrição vívida de como seria tocar a barriga de Brady da mesma forma que ele tocava a dela.

As letras, Brady dissera. *Reorganize-as.*

O cérebro de Gigi explodiu — mas de um jeito bom.

— É um anagrama. — Ela por fim respirou. — Para… — Gigi analisou as possibilidades em uma velocidade vertiginosa.

—Anagrama! *A manga ra* é um anagrama para a palavra *anagrama*. É metalinguagem demais para o meu gosto, mas funciona.

Brady deixou a mão cair ao lado do corpo. Com o corpo fervilhando — por mais de um motivo —, Gigi foi em direção à coleção de objetos.

—Anagramas. Procuramos por *anagramas*. — Ela encarou os objetos. — Não há anagrama nenhum.

— Talvez a gente devesse tentar em outro idioma — falou Brady —, talvez inglês.

Anagramas, Gigi pensou. Observou as moedas na mesa e lembrou-se de que em inglês, a palavra para elas era *coins*. Olhou para o copo do Sonic e algo coçou em seu cérebro.

E assim, sem mais nem menos, Gigi Grayson, a portadora de dicas e resolvedora de enigmas, enxergou as respostas, todas as três, de uma só vez.

E assim, de repente, ela sentiu-se capaz de voar.

Capítulo 36

ROHAN

— *Words.* Palavras. — O olhar metálico de Savannah se fixou nas peças de palavras-cruzadas e depois nos ímãs de poesia. — São só palavras.

A mente de Rohan solucionou rápido o último anagrama, mas demorou-se *nela* um pouco mais.

— Você diz isso como se fosse uma frase que já tivesse dito a si mesma antes. — O olhar Rohan encontrou o dela. — *São só palavras.*

Ele se perguntou quais as *palavras* as pessoas usavam como arma contra alguém como ela.

— Nem todo mundo partilha do meu apreço por mulheres que não escondem o quanto são poderosas — observou Rohan. — Quantas vezes já te disseram *você se acha muito melhor do que nós?*

Quantas vezes alguém já a havia chamado de *vadia* — ou coisa pior? E quantas vezes ela tinha acreditado?

— Você está na minha frente. — Savannah agarrou-se o máximo que podia ao seu autocontrole, que era admirável.

Rohan estava acostumado a recusar a empatia dos outros, então não poderia culpá-la por fazer o mesmo.

— Não seja por isso, gata, pode dar a volta.

— Não me chame de gata.

— Alguém te chama de *Savvy*?

— Não.

Savannah passou por ele em direção à tela. Rohan não perdeu tempo em dizer a resposta final. Ela sabia que era *sword*. Logo a tela piscou verde, depois veio o badalar dos sinos. A melodia não era familiar, mas algo nela levou Rohan de volta a outro tempo e lugar. Para uma mulher sem um nome e sem um rosto. Para um lugar pequeno e acolhedor, para uma melodia cantarolada com carinho.

Para a escuridão.

Para o afogamento.

Rohan não ficou distraído por muito tempo. Logo voltou a si e viu a parede da sala de jantar se dividir em duas, revelando um compartimento secreto no outro lado da sala — e uma espada.

Savannah foi direto na direção dela. Rohan nem sequer pensou: passou *por cima* da mesa da sala de jantar, deslizando pela superfície e chegando antes dela ao prêmio. Ele girou o punho, com as duas mãos no cabo da espada, balançando a lâmina em um semicírculo — o que fez com que ela ficasse na vertical.

— Há algo terapêutico em vencer. — Rohan fez com que a afirmação soasse mais arrogante do que era, para que ela não percebesse que acabara de lhe dizer algo verdadeiro.

Do outro lado da sala, uma parte do chão cedeu. *Um alçapão.* Savannah caminhou em direção a ele, depois parou, virou-se e caminhou de volta na direção de Rohan. *A passos largos. Irritadiços.*

Ele a havia irritado, e nem sequer estava tentando... muito.

O GRANDE JOGO 183

Ela se deteve com o rosto a poucos centímetros da lâmina da espada.

— Pode parar com esse sorrisinho malicioso. Pode parar com as gracinhas, com o charme, e aproveita e pare também com todo o resto.

— O resto? — Rohan roubou uma das expressões faciais habituais dela e arqueou uma sobrancelha.

— O modo como você sempre inclina o corpo em direção ao meu — falou Savannah. — A maneira como você entoa a voz para me envolver. Como me chama de *gata*. Inventa apelidos. Como finge estar *me* vendo, como se eu fosse uma pessoa desesperada para ser vista.

Savannah mediu a espada de cima a baixo.

— Não estou desesperada. Eu conheço o seu tipo: Rohan, o charmoso, Rohan, o jogador, Rohan, o grande manipulador que acha saber tudo sobre mim e do que sou capaz. — Ela sorriu, um sorriso cortante de socialite sustentado por toda a compostura do mundo. — A propósito, há uma mensagem gravada na lâmina.

Com essa última alfinetada, ela voltou a andar em direção ao alçapão.

— Ah, sim? — Rohan girou a espada nas mãos. As palavras na lâmina o encaravam. — *De qualquer armadilha, liberte-se* — leu. — *Para cada fechadura, uma chave.*

— Só para constar — falou Savannah, ficando de costas para ele na beira do alçapão —, esta foi a última vez que você me derrotou em alguma coisa.

As palavras soaram como uma promessa e uma ameaça ao mesmo tempo… e que promessa e ameaça.

— E só para que você saiba… — Savannah começou a se abaixar na escuridão. — Eu não me importo quais *palavras* as pessoas usam para me descrever, porque eu sou melhor do que elas. — Ele sabia o que estava por vir. — E do que você também.

Rohan deveria ter considerado o fato de ela o estar atacando como um sinal de que ele a havia lido um pouco bem demais, de que havia se aproximado demais de alguma ferida, mas, por alguma razão, a declaração de Savannah o levou de volta à mulher, a ser pequeno.

À *escuridão*.

Ao *afogamento*.

— Considere este como o meu aviso a *você*, britânico. — A voz de Savannah atravessou a escuridão. — Não tenho nenhum sentimento de ternura por você para que possa fazer joguinhos comigo. Não tenho nenhum ponto fraco para você explorar. E, em se tratando de ganhar este jogo, prometo: *eu* quero mais.

Capítulo 37

LYRA

Lyra desceu uma escada secreta em direção à escuridão, Grayson à frente dela e Odette atrás. Com a espada em uma das mãos, Lyra usava a outra para guiar-se ao longo da parede, ouvindo as passadas de Grayson, contando seus passos.

A escada fez uma curva e a voz de Grayson atravessou a escuridão.

— Segure a minha mão.

Só pelo som da voz dele, Lyra podia dizer que ele tinha se virado de frente para ela. O corpo dela era tão sensível ao dele que Lyra sabia exatamente onde encontrar a mão de Grayson em meio à escuridão.

Segure a minha mão. Fazer isso seria um erro, então não o fez. Mas ela *queria* fazê-lo e, de alguma forma, isso era pior.

— Bom equilíbrio, lembra? — Ela deu um passo à frente, passando por ele e se deparando com algo... de metal?

Atrás dela, Grayson falava com Odette na escuridão:

— Só mais dois passos, sra. Morales. Eu estou te segurando.

— É o que você acha. — O tom na voz da idosa era seco.

— Onde estamos?

Assim que a pergunta saiu da boca de Odette, luzes embutidas no piso da sala em que haviam acabado de entrar se acenderam. Lyra piscou, observando o ambiente ao redor. A escada, ainda escura, os tinha levado para uma pequena sala com paredes de metal arredondadas. *Mais uma câmara do que uma sala,* Lyra pensou. Tinha o formato de um cilindro, com cerca de dois metros de diâmetro e três de altura. *Paredes de metal, piso de metal, teto espelhado.*

Havia apenas dois objetos na câmara: um monitor curvo preso na parede e, ao lado, um telefone retrô que parecia ter saído diretamente da década de 1990. Era transparente com um fio azul-petróleo, e suas partes internas eram bem coloridas: rosa-néon, azul-néon, verde-néon.

Lyra foi em direção ao telefone. Odette a seguiu. De repente, ouviram um zumbido. O chão permaneceu firme, mas as paredes de metal se deslocaram, girando e fechando a escada.

Estavam presos agora, só os três, o telefone retrô e a tela, que se iluminou. Palavras douradas apareceram em uma escrita elaborada.

DESTE PONTO EM DIANTE,
TRÊS CAMINHOS DIVERGEM

Três caminhos? Lyra se perguntou. As palavras desapareceram e outras surgiram.

RESTA UMA DICA
MAS DEVE SER MERECIDA

Lyra não conseguia desviar o olhar, nem sequer piscava enquanto novas linhas continuavam a substituir as antigas.

O GRANDE JOGO 187

UM ENIGMA

UMA CHARADA

UM JOGO HAWTHORNE A MAIS

MAIS UMA VEZ COM SENTIMENTO:

ELES SÃO TODOS IGUAIS

O DESAFIO DE CADA EQUIPE É ÚNICO

UMA COROA, UM CETRO, UM TRONO VAZIO

De todas as palavras que apareceram na tela, essas foram as que mais chamaram a atenção de Lyra. *Uma coroa. Um cetro. Um trono vazio.* Aquilo era algum tipo de pista. Tinha que ser. Lyra avançou um pouco.

TODOS POR UM

E UM POR TODOS

Grayson chegou mais perto da tela — e mais perto de Lyra.

QUANDO VOCÊ ESTIVER PRONTO

FAÇA A CHAMADA

A tela ficou escura. O olhar de Lyra fixou-se no telefone retrô e, antes que ela, Grayson ou Odette pudessem dizer uma palavra, as paredes de metal começaram a girar e a se deslocar novamente.

Capítulo 38

GIGI

Gigi rodopiou com as palavras do poema ecoando na mente enquanto as paredes da câmara, que era digna de ficção científica, se agitavam ao redor deles. *Quando você estiver pronto, faça a chamada.* Uma cabine telefônica vermelha retrô, que parecia saída diretamente das ruas de Londres, ocupava uma parte significativa da sala, tornando o restante da câmara de metal agradável e aconchegante — talvez aconchegante *demais*, dada a tensão do tamanho de um rinoceronte entre Brady e Knox. Na superfície da nova seção da parede, havia palavras.

As paredes silenciaram, e o efeito era como se uma mão invisível tivesse substituído uma camada da parede por outra. Na superfície da nova porção de parede havia palavras. Gigi as absorveu:

I COME BEFORE FALL
AFTER THE CENTER
AND NOT BAD AT ALL
IN FRONT OF A HORSE

NAMED LILY OR ROSE

OR COOLNESS IN SHADOW

I'M ALL OF THOSE

WHAT AM I?

ANTES DO OUTONO DEVO APARECER

DEPOIS DO CENTRO

E TÃO RUIM NÃO PODE SER

EM FRENTE A UM CAVALO

DE LÍRIO OU ROSA PODE CHAMAR

OU NO FRESCOR DA SOMBRA

DESSAS FORMAS POSSO ESTAR

O QUE SOU EU?

— Um enigma. — A voz de Knox estava mais séria, mais ainda do que de costume. — É óbvio que temos que resolvê-lo.

— E depois fazer a chamada — Gigi acrescentou toda feliz —, de acordo com a instruções rimadas e com aquela cabine telefônica gigante.

Brady considerou a espada que ele havia pegado na sala anterior, depois olhou para o teto espelhado acima.

— Espaço pequeno — comentou, a voz ecoando nas paredes de metal, seu olhar mirando Knox.

Um músculo na mandíbula de Knox tremeu.

— O verão vem antes do outono.

Gigi tentou ler nas entrelinhas daquele diálogo intenso. *No enigma, outono pode ter significados além da palavra em si. E Knox não gosta mesmo de espaços pequenos.*

Ele também ainda não gostava dela. Ainda.

— Muito bem, então o verão vem antes do outono — resumiu Gigi, seguindo para a próxima linha do enigma. — E depois do centro, você tem o quê? A borda? O fim? Um lírio e uma rosa são ambas flores. — Ela fez uma pausa. — Flores de verão?

— A rosa sim — disse Knox, a voz tensa. — Os lírios florescem na primavera.

Brady desviou o olhar da parede curvada para Knox.

— Então você se lembra.

Gigi precisou de um momento de silêncio extremamente tenso para perceber: uma *calla* era um tipo de lírio. Mais especificamente, o lírio-do-nilo.

— *Sombra* sugere o bloqueio do sol. — Knox manteve o foco no enigma. Todos os músculos do seu pescoço pareciam tensos. — Um eclipse? E o centro... a Linha do Equador?

Brady não disse nada. Gigi era uma tagarela por natureza, nem um pouco propensa a ficar quieta, mas em alguns momentos era preciso dar espaço às pessoas — metaforicamente, nesse caso. Ficou em silêncio enquanto voltava ao início do enigma. *I come before fall...*

Outono. Cair. Caindo. A mente de Gigi não conseguia se organizar. *Gravidade. Humpty Dumpty. Todos os cavalos do rei.* Leu a quarta linha do poema mais uma vez: *na frente de um cavalo...*

— Colocando a carroça na frente do cavalo? — Gigi não queria ter falado em voz alta. — Desculpem.

Brady transferiu, de forma bem sutil, o peso de uma perna para outra.

— Não precisa se desculpar.

Gigi lembrou como ele havia tocado a barriga dela — e então lembrou-se de algo que Brady dissera a Knox: *a diferença é que eu a amava.*

Ele falou no passado, mas era claro que os sentimentos em sua voz não estavam lá. Brady *ainda* amava Calla, fosse ela quem fosse. E por mais que Gigi gostasse de um *drama* e não se esquivasse nem mesmo das piores ideias, ela também queria vencer O Grande Jogo. Queria mostrar que era capaz. Queria *voar* de novo.

Então, fechou os olhos, se livrou da lembrança do toque de Brady para sempre e respirou fundo. *Eu e esta câmara de metal, seu teto espelhado e sua parede que se mexe somos uma coisa só.* Ela se forçou a esquecer Brady. E Knox. E Brady-e-Knox. E Calla, que estava desaparecida ou morta ou desaparecida-e-morta.

Antes do outono devo aparecer. Gigi respirou mais uma vez com firmeza.

Depois do centro e tão ruim não pode ser. Em frente a um cavalo de Lírio ou Rosa pode chamar. Ou no frescor da sombra. Dessas formas posso estar...

Capítulo 39

ROHAN

Rohan às vezes via a própria mente como um labirinto e ele como a criatura que vivia em seu centro. Ao longo dos diferentes caminhos, havia, dentre outras coisas, repositórios onde ele guardava informações. Havia um para detalhes que pareciam insignificantes, mas que ele guardava na memória mesmo assim; outro para maneiras óbvias de exercer influência sobre alguém, esperando apenas uma oportunidade; e um terceiro para informações que Rohan havia assinalado como significativas, mas cujo significado ainda não havia se revelado.

Era este último corredor que Rohan visitava com mais frequência. Ver o padrão sob a superfície, sentir o oculto, fazer conexões — essa era a sua força vital. E Savannah Grayson acabara de lhe dar algo com o qual trabalhar: ela *precisava* disso.

Foi o que Rohan tinha ouvido na voz dela: uma necessidade igual à sua de ter o Mercê do Diabo para si. E aquilo tornava Savannah um enigma tanto quanto as palavras na nova camada de parede de metal que agora os encaravam.

Por que uma jovem de dezoito anos com um fundo fiduciário de milhões de dólares *precisaria* vencer O Grande Jogo?

— *Oitenta e oito cadeados.* — Savannah leu as palavras na parede em voz alta. — *Espere, isso não está certo. Pelo menos a resposta está em preto e branco.*

— Este é um jogo de enigmas agora. — Rohan passou a espada da mão direita para a esquerda. *O enigma na parede. E você.* — Enigmas te levam de propósito por caminhos cada vez mais longe da resposta certa. Eles enganam as pessoas usando a verdade e se baseiam na tendência da mente humana em buscar a confirmação daquilo no que já acreditamos.

Qual é a sua Mercê, Savvy? O que o motiva?

— Tem um porém — resumiu Savannah.

— Mais de um, imagino. — Rohan descobriu que podia *imaginar* muito sobre Savannah Grayson, mas deixou o desejo de fazer isso no labirinto, junto com as perguntas sobre o que a motivava, e voltou sua atenção para o assunto mais urgente.

— *Um enigma, uma charada, um jogo Hawthorne a mais* — ele citou. — *Mais uma vez, com sentimento: eles são todos iguais.* Rohan deu a Savannah uma chance, ainda que mínima, de dizer algo, em seguida, continuou: — Eu interpretaria a parte sobre três caminhos divergentes como significando que, embora este jogo tenha começado apresentando às três equipes charadas idênticas, a partir deste ponto, seguiremos por caminhos diferentes. Desafios diferentes. *Uma coroa. Um cetro. Um trono vazio.*

— Três pistas — falou Savannah —, para sabe-se lá o quê. E esse enigma?

— O tempo dirá. — O olhar de Rohan foi dela para as palavras na parede. — O tempo sempre diz, Savvy.

Ela havia deixado claro que não queria a empatia dele, o que era bom, considerando que com frequência era muito escassa. Mas agora, em vez disso, Savannah tinha atraído a *curiosidade* dele, e a maioria dos membros do Mercê do Diabo concordaria: isso era muito, muito pior.

— Podemos nos concentrar no enigma? — Savannah falou.

O sorriso de Rohan ficou mais malicioso do que nunca.

— Ah, eu estou concentrado. — *Você é o enigma, Savannah Grayson.* O fato de que resolvê-lo lhe diria a melhor forma de usá-la era um bônus. Sua curiosidade tinha de ser saciada de qualquer maneira. Mas, por enquanto...

Havia um telefone retrô de disco na parede de frente para o enigma que não havia se movido quando as camadas subjacentes se deslocaram. Rohan teve de admirar a genialidade mecânica da câmara — e a brevidade de seu mais recente desafio.

88 CADEADOS

ESPERE, ISSO NÃO ESTÁ CERTO

AO MENOS A RESPOSTA ESTÁ EM PRETO E BRANCO

Rohan começou a dar lentas voltas na câmara, concentrando-se na linha do meio do enigma — *espere, isso não está certo.*

Não estar certo poderia significar, é claro, *errado.* Estar *certo* era estar correto em um sentido factual, mas *certo* também poderia significar justo ou honrado, como uma pessoa que sabe a diferença entre o certo e o errado. Só que, de novo, *não estar certo* poderia facilmente significar *mentira.*

Acertar alguma coisa significava tanto resolver quanto atingir...

Se algo fosse *certeiro,* significava que era preciso.

Quando Rohan começou a dar a segunda volta na câmara, Savannah falou:

— Qual é o antecedente exato da palavra *isso* na segunda linha?

Espere, isso *não está certo.* Rohan remoeu essas palavras e a pergunta de Savannah em sua mente, com uma série de perguntas vindo à tona.

O que não estava certo?

Como assim?

E por que uma pessoa como Savannah Grayson precisava de 26 milhões de dólares?

Capítulo 40

LYRA

As palavras na parede encaravam Lyra, as letras igualmente espaçadas, as ranhuras profundas da escrita. Havia seis linhas, vinte e seis palavras no total.

EM UMA CAVERNA VOCÊ PODE ME ACHAR

POR VEZES, EU NÃO SEI ME COMPORTAR

LAVE-ME

DÊ-ME UM BEIJO

NÃO DIGA UMA PALAVRA

MAS FAÇA UM PEDIDO

— Mais vezes do que eu gostaria de admitir — falou Grayson logo atrás dela —, quando os jogos do meu avô envolviam enigmas, eu perdia.

Lyra sentiu a mão espremer o punho da espada e disse a si mesma que não tinha nada a ver com a maneira como Grayson havia dito as palavras *eu perdia*. Era claro que o avô bilionário havia causado um impacto negativo nele. Lyra se lembrou da avaliação que Rohan fizera dos Hawthorne: *gente que se autoengrandece, superangustiada e com tendência a mitologizar um velhote que parece ter sido um grande imbecil.*

— Enigmas são para pessoas que gostam de brincar — comentou Odette para Grayson. — Você se considera um brincalhão, sr. Hawthorne?

— Pareço alguém que se consideraria um brincalhão? — respondeu Grayson.

— Não. — Lyra encarava as palavras na parede. — Mas Tobias Hawthorne também não parecia ser do tipo que gostava muito de enigmas.

O enigma ecoou em sua mente — não as palavras na parede, mas aquelas que ela havia remoído sem parar no último ano e meio desde que Grayson Hawthorne enfiara na cabeça dela que as últimas palavras de seu pai talvez fossem um enigma. *O que faz uma aposta começar? Não é isso.*

Uma aposta era um jogo, um risco. Um acordo, uma competição, uma partida com diversas probabilidades, um desafio. Ou ainda um *ante*, como no pôquer. Lyra havia passado horas e horas perdida nos emaranhados dessa última definição, porque poderia significar *preço* ou *custo*, assim como *antes* ou *precedente*, e ela não conseguia se livrar da sensação de que poderia haver algo ali.

Algo que ela não conseguia compreender.

Algo para sempre fora de seu alcance.

— Sua mente não está ocupada com *este* enigma. — A voz de Grayson não interrompeu os pensamentos de Lyra, mas os envolveu. Mesmo quando estava calmo e chegava quase a ser gentil, Grayson Hawthorne não era nem um pouco discreto.

Uma parte perversa de Lyra queria fingir que ele não a compreendera tão bem quanto de fato o fizera.

— O que pode ser encontrado em uma caverna? — Lyra forçou a tensão de seu corpo. Seu olhar percorreu as palavras na parede e se fixou em uma em particular. *Beijo.*

O perigo do toque, algo sussurrou dentro dela, *é a cruel beleza de um momento acabar tão rápido e queimar na pele.*

Lyra engoliu em seco.

— Um sapo? — Combinava com a caverna, e com a menção de um beijo. Não era assim que acontecia nos contos de fadas? *Beijar o sapo e transformá-lo em um príncipe.*

— Quando você decifra um enigma de maneira correta — disse Grayson —, tudo faz sentido. Se a resposta não revelar o truque da pergunta, mas parecer plausível, é provável que seja apenas um chamariz com o objetivo de te distrair e iludir sua mente.

— Estou ciente da definição da palavra chamariz — ressaltou Lyra. — E sei tudo sobre perguntas capciosas.

— Por que — murmurou Grayson — não estou surpreso com isso?

— O confinamento já está afetando vocês? — perguntou Odette. O sorriso de vovó que fazia biscoitos voltara.

Para evitar ter que responder, Lyra baixou a espada.

— Posso? — perguntou Grayson.

Lyra foi transportada de volta à dança dos dois. *Posso interromper?* Pelo menos dessa vez ele perguntou primeiro. Ela cruzou os braços e falou:

— Fique à vontade, garoto Hawthorne.

Grayson pegou a espada. Algo em sua expressão corporal e na maneira como se posicionava lembrou a Lyra que a maneira correta de segurar uma espada tinha muito pouco a ver com as mãos que seguravam o cabo.

Grayson Hawthorne segurava a espada como se fosse um exercício de controle para o corpo todo.

Pense em cavernas, Lyra disse firme a si mesma. *Pense em silêncio. Pense em desejos.*

— Há uma escrita na lâmina. — A voz de Grayson combinava com seu corpo, controle absoluto.

Lyra foi ver a escrita com os próprios olhos.

— *De qualquer armadilha, liberte-se* — leu com o tom mais neutro que conseguiu. — *Para cada cadeado, uma chave.*

— Ela fez uma pausa. — Parece outro enigma.

O jogo os afogava em rimas enigmáticas.

— Estou começando a odiar enigmas — falou baixinho Lyra.

— Engraçado — respondeu Grayson, abaixando a espada, seus olhos cinza-prateados mirando os dela. — Estou começando a gostar deles.

Capítulo 41

GIGI

De todas as soluções possíveis que haviam passado a última hora dançando o cancã no cérebro de Gigi, a que se separou e começou a sambar foi: *o dia seguinte ao equinócio de primavera.*

Depois do centro. Gigi colocou uma marca de visto nessa parte do poema. *Antes do outono.* Outro visto. *A primavera está associada ao sol — e à sombra.* Devia ser a isso que *no frescor da sombra* se referia, não?

Ou talvez a um eclipse de inverno... Gigi podia sentir o chá-chá-chá mental se aproximando.

— *A carroça na frente dos bois.* Podia ser dos cavalos também.

Do lado esquerdo, Knox tinha deixado de encarar o enigma na parede e agora o olhava como se as palavras tivessem matado seu animalzinho de estimação ou dado um cuecão nele, ou os dois.

— *No outono as folhas caem, mas as raízes permanecem.* — Knox seguiu, os dentes cerrados. Gigi via as gotas de suor escorrerem pelas têmporas e pescoço dele. — *Pare e sinta o perfume das rosas.*

— Ditados populares? — Gigi deu um leve salto de bailarina em direção a ele. É sabido que é muito difícil reabilitar alguém que está sofrendo, e isso ficou claro para ela: Knox odiava muito, muito, *muito,* espaços pequenos.

— Clichês — corrigiu Knox de forma concisa. — Analise linha por linha.

Ele estava começando a ficar meio... cinza.

Gigi olhou de relance para Brady, mas ele estava ocupado vasculhando o interior da cabine telefônica.

Parece que estou sozinha no Projeto Cuide de Knox Sem Que Ele Saiba.

— Beleza. — Gigi tomou cuidado de não o sobrecarregar, mas também não recuou. — Você já verificou o outono/queda, o cavalo e as flores. Os próximos na lista são *depois do centro* e *tão ruim não pode ser.*

— Se algo não é ruim — falou Knox, a voz um pouco rouca — é adequado. É justo. De boa.

— Bom — sugeriu Gigi.

— Isso é você quem está dizendo — resmungou Knox.

Gigi, toda feliz, propôs uma palavra ainda melhor:

— Perfeito!

— *A prática leva à perfeição.* — O tom de voz de Knox já, com certeza, não estava apenas *um pouco* rouco.

Gigi não era tão boa em irradiar calma quanto era em vibrar com energia, mas ela tentou mesmo assim.

— Com isso restam apenas duas linhas do enigma. *Depois do centro. No frescor da sombra.*

Depois de um momento que mais pareceu infinito, Knox finalmente soltou o ar dos pulmões.

— Um centro é o meio, a entranha.

— *Podre até as entranhas?* — sugeriu Gigi. Só para garantir, ela também respirou, bem devagar.

— Por mim, pode ser. — Knox olhou para ela, olhou muito bem para ela, talvez pela primeira vez desde que se conheceram. — Só falta um.

— Eu discordo — anunciou Brady, saindo da cabine telefônica. — Vocês estão forçando a barra. Se uma resposta precisa ser distorcida para fazer sentido, é porque ela nunca foi a resposta certa para começo de conversa.

— Você não tem como saber isso — falou baixinho Knox.

— Eu reconheço padrões — respondeu Brady. — Este não é um deles.

— Juro por tudo o que é mais sagrado — Knox exprimiu com firmeza — se você me disser *tenha fé...*

— Respire — disse Brady. Ele parou bem na frente de Knox. — Estou falando para você respirar.

Algo se agitou no peito de Gigi. Algumas pessoas simplesmente não conseguiam parar de se preocupar, mesmo quando queriam, mesmo quando tinham motivos para isso.

— Não preciso que você me diga droga nenhuma, Daniels. — As pupilas de Knox estavam maiores do que deveriam estar, mas quando ele, por fim, *olhou* para Brady, elas começaram a diminuir. — Vou sair desse lugar. — A voz de Knox ainda estava muito rouca. — Nós vamos.

Lá estava, aquele mesmo *nós* de novo.

Knox foi até a cabine telefônica e pegou o telefone.

— Clichês — falou. — Essa é a minha resposta, e é uma boa resposta.

Um segundo se passou, depois outro.

O GRANDE JOGO 203

— Provérbios — seguiu Knox. — Adágios. — Mais uma pausa, e então Knox explodiu. — *Puta que o pariu!*

Ele bateu o telefone no gancho, e depois o pegou de volta e bateu de novo e de novo, até deixá-lo todo amassado.

Brady colocou a espada de lado e virou-se na direção de Gigi.

— Vamos usar a dica.

A equipe deles tinha uma única dica para ser usada naquela noite, mas Gigi não estava disposta a discutir.

— Não vamos usar dica nenhuma. — Knox saiu irado da cabine. — Vamos guardá-la caso a gente precise mais tarde.

— Não — replicou Brady. Seu tom era discreto, mas a presença, o exato oposto. Pela primeira vez, Gigi notou o quanto o nerd-Brady era maior do que o mais enérgico Knox. — Aperte o botão, Gigi — ordenou Brady com a voz baixa.

Ela procurou pelo painel e o encontrou — no chão, bem atrás dela.

Knox deu dois passos — bastante intimidadores — à frente.

— Não!

Gigi olhou para Knox, olhou para Brady. E então olhou para o painel com os botões e se aproximou dele.

Uma chavinha pareceu virar em Knox. Ele se jogou para a frente, mas Brady foi *rápido*. Gigi nem viu Brady se mexer, mas, de repente, seu corpo parecia um escudo — ou uma parede de tijolos. *Entre mim e Knox.*

Knox deu um soco. Brady absorveu o golpe sem pestanejar e, em seguida, empurrou Knox. O coração de Gigi saltou para a garganta. Ela não estava com medo de Knox, não tinha o bom senso para estar, mas, com base no olhar ensandecido dele, também não tinha certeza de que Knox tinha controle sobre as próprias ações.

Ele então voltou ao ataque e Gigi percebeu: qualquer vantagem que Brady tivesse por causa de seu tamanho não iria durar muito.

— Aperte o botão, Gigi. Esta câmara é muito pequena. Precisamos tirá-lo daqui.

De repente, antes que Gigi pudesse fazer qualquer coisa, Knox ficou assustadoramente imóvel e passou a analisar seu oponente.

— Não preciso que você *lide* comigo, Daniels. Você só precisa ficar fora do meu caminho.

— Você não se dá bem com armários, Knox. — Brady era implacável. — Você não se dá bem com porões. Você suporta quartos pequenos, mas não se eles não tiverem janelas ou algum tipo de luz natural.

— Posso suportar o que diabos for preciso para *vencer*.

Gigi não pôde deixar de ouvir aquela frase como um aviso.

— Você acha que é o único que quer vencer isso? — retrucou Brady.

Eles se atracaram. Brady aguentou firme. Knox recuou, parecendo ter recuperado um pouco do controle sobre si, mas ainda havia algo de leonino na tensão em seu rosto.

— Eu sei por que você quer ganhar isso, Daniels. — Sorrateiro, Knox esticou a perna e derrubou Brady, ficando de olho dele. — Mesmo com 26 milhões de dólares à disposição, você ainda não irá conseguir encontrar a Calla. Ela escolheu ir embora. Não quer ser encontrada.

Devagar, Brady se levantou.

—Aperte o botão vermelho, Gigi.

Knox voltou seu olhar de predador em direção a ela.

— Não faça isso, garotinha. Você pode acabar com o nosso jogo se o fizer.

Não sou, pensou Gigi, com a voz firme em sua própria cabeça, *uma garotinha*. Ela deu um passo em direção ao painel.

— Não é por causa da Calla. — Brady capturou a atenção de Knox de volta para ele.

Knox o empurrou e disse:

— Você *só* quer saber da Calla.

— Desta vez — falou Brady, empurrando Knox contra a lateral da câmara de metal com força o bastante para que Gigi ouvisse o impacto. — É câncer.

O tempo então parou, assim como Knox, que deixou de brigar. Gigi também não conseguiu se mexer.

— Minha mãezinha — falou Brady, a voz rouca. — Estágio três. Me pergunte se há tratamentos disponíveis, Knox. Depois pergunte se temos plano de saúde.

De repente, os motivos que Gigi tinha para participar do jogo pareceram, todos eles, insuficientes.

— Não. — Knox encarou Brady por alguns segundos. — *Não*.

Knox se virou e socou a parede da câmara. Com força. O coração de Gigi deu mais um pulo na garganta quando Knox repetiu o soco. E de novo. O som da carne atingindo o metal era horrível. O impacto devia estar destruindo os dedos de Knox, só que a dor parecia, em vez disso, estimulá-lo mais e mais.

Brady agarrou Knox e torceu seus braços atrás das costas, prendendo-o contra a parede. Então, com muita calma, olhou por cima do ombro e encontrou o olhar de Gigi.

— O botão, Juliet.

Gigi nem sabia que Brady conhecia seu nome verdadeiro, mas não podia perder tempo com aquilo.

— Se você apertar esse botão, nós *vamos* perder, Gigi.

Knox não a chamara de garotinha dessa vez.

— Não consigo segurá-lo por muito mais tempo!

Gigi estava dividida. Com a mente a mil por hora, ela pensou na mãe de Brady e no quanto custaria perder o jogo. Pensou nas regras, no que estava em jogo, no enigma na parede, no fato de que Knox *não estava bem*.

Gigi apertou o botão.

Capítulo 42

GIGI

— O que diabos você acabou de fazer?

Knox ficou imóvel.

Brady o soltou e Gigi respirou fundo.

— Apertei o botão preto.

— O preto — repetiu Brady. — Não o vermelho.

Emergência, não dica.

— Está tudo bem?

Uma voz — a de Avery — soou do que devia ser um alto-falante escondido.

Bem? As mãos de Knox sangravam demais e Brady levara pelo menos um soco fortíssimo na mandíbula. Ambos haviam quebrado as regras do jogo. Mas ninguém precisava saber disso.

Como Avery esperava uma resposta, Gigi teve que improvisar.

— Banheiro!

Brady franziu a testa. Knox lançou a Gigi um olhar irritado e incrédulo, que dizia *você está louca* e ao qual Gigi era mais do que imune.

— Knox precisa muito, muito mesmo, ir ao banheiro — anunciou Gigi. — Emergência urinária. A bexiga é pequena demais.

Do outro lado da linha, deu para ouvir o som do que pareceu ser uma bufada. Gigi tinha certeza de que não tinha sido Avery, mas, seja lá quem fosse o Hawthorne que ela ouvira — *Jameson*, só podia ter sido Jameson —, não disse uma palavra. Avery também não disse mais nada. Logo em seguida, uma parte da parede da câmara girou, revelando uma passagem para o que parecia um corredor bem-iluminado onde havia apenas uma porta, um banheiro muito provavelmente.

— Obrigada — gritou Gigi para os idealizadores do jogo. Não houve resposta. Não estavam mais lá.

— Diga mais uma palavra sobre a minha bexiga — advertiu Knox a Gigi — e eu acabo com você.

— Eu também amo você — respondeu Gigi, toda carinhosa. Quando Knox entrou no corredor, ela gritou: — De nada!

Assim que a porta do banheiro se fechou, Gigi voltou-se para Brady.

— Ele vai ficar bem? O banheiro também não deve ser muito grande.

— Os banheiros não o incomodam. — Brady se recostou na parede da sala e fechou os olhos por um instante. — Uma hora ele tá bem, na outra ele não tá.

Gigi não insistiu.

— Sinto muito pela sua mãe — falou com a voz doce.

— Não é culpa sua. Você não pode fazer nada.

Um turbilhão de emoções invadiu Gigi. *Não é minha culpa. Não há nada que eu possa fazer.* Quantas vezes, no último ano e meio, ela havia dito variações dessas duas frases para si mesma?

Não era culpa de Gigi que seu pai estivesse morto ou que ele tivesse morrido tentando matar Avery Grambs. Não era sua culpa que ela sabia e Savannah não, ou que uma vida inteira sendo protegida pela gêmea significasse que ela *tinha* que proteger a irmã, só dessa vez. Nada disso era culpa de Gigi, e não havia nada que ela pudesse fazer a respeito, a não ser manter O SEGREDO e realizar um ato ocasional e glorioso de filantropia interpessoal furtiva.

E não importava o que Gigi fizesse, nunca era suficiente.

— Sempre tem *alguma coisa* — Gigi falou para Brady. Ela acreditava nisso. Tinha de acreditar. — Brady, se eu ganhar O Grande Jogo, prometo que sua mãe será bem cuidada. Mesmo que eu perca, tenho um fundo fiduciário. Meu acesso é limitado, e talvez seja necessário realizar uma fraudezinha criativa, entre aspas, da minha parte, mas...

— Você precisa tomar cuidado com o Knox. — Brady a interrompeu e fez uma advertência, tudo de uma só vez. — Ele tem se virado bem nos últimos anos. Foi para a faculdade. Conseguiu um emprego. Mas não importa aonde ele vá ou o que faça, há um lugar sombrio sempre à espera dele, e Knox Landry não enxerga a moralidade da mesma forma que você ou eu enxergamos. Ele não pode ser salvo, Gigi, e quando te digo que ele pode ser perigoso, estou falando sério.

— Para algumas nuances da palavra *perigoso* — concordou Gigi de maneira amigável.

— Para todas elas.

Brady a observou antes de continuar:

— Você sabe como nós dois nos conhecemos? Eu tinha acabado de fazer seis anos e já havia pulado duas séries, e Knox tinha nove anos e meio e já havia repetido uma vez. Estávamos na mesma classe, mas ele nunca tinha falado comigo, até o dia em que bateu em um garoto que estava batendo em mim.

— Essa história não está me convencendo como a origem de vilão de Knox — advertiu Gigi.

— O valentão tinha doze anos e era enorme para a idade dele, praticamente um psicopata do parquinho. Knox tinha metade do tamanho do garoto, era três vezes pior e estava completamente fora de controle. Como um pequeno viking esquelético puto com a vida. Até hoje, nunca vi ninguém brigar daquela maneira. — Brady deu uma leve sacudida de cabeça. — Depois, sempre que tentava agradecer ao meu defensor desequilibrado, maluco das ideias e quase selvagem, Knox me mandava vazar.

Gigi se perguntou: se ela se jogasse de cabeça no modo "boa ouvinte", será que Brady lhe contaria o resto da história? Como ele e Knox tinham se tornado quase irmãos? Que tipo de *treinamento* haviam feito? Quem era Severin? Quem era *Calla*?

Gigi sabia que era melhor não insistir nas respostas que ela queria de fato.

— O que você fez depois que Knox, o viking magricela, disse a Brady, o garoto-gênio de seis anos, para vazar?

— O moleque decidiu que seríamos amigos. — Knox voltou para a câmara. Seu cabelo estava ensopado, como se o tivesse molhado, e também o próprio rosto, repetidas vezes. — O nerd chato não desistia. Ele começou a levar dois almoços para a escola todos os dias, e não era como se eu fosse recusar comida. — Knox desviou o olhar. — Por fim, comecei a jantar na casa dele também. Todas as noites.

— Minha mãezinha cozinha muito bem — falou Brady, e o fato de ele ter mencionado a mãe fez Gigi se lembrar de como o ímpeto de lutar de Knox desaparecera no momento em que soube do câncer da mãe de Brady.

Jantar na casa de Brady, feito pela mãezinha de Brady, todas as noites. Eles de fato eram como irmãos, e Gigi sabia, lá no fundo da alma, que eles precisavam de um momento. A sós. Talvez eles fossem de fato conversar. Talvez só fossem se concentrar no enigma.

Mas, de qualquer forma, Gigi tinha que, pelo menos, dar a eles a chance.

Decisão tomada, ela se espremeu pela abertura na parede da câmara.

— Banheiro — gritou ela lá do corredor. — Mas, só para constar, minha bexiga na verdade é bem grande!

Capítulo 43

ROHAN

O tempo passou... até demais para o gosto de Rohan. Não se pode ter pressa com enigmas, mas ele não via utilidade em permanecer estático. Havia momentos em que, para vencer, era preciso ter paciência. Contudo, na maioria das vezes, era preciso agir.

— Quer fazer uma aposta, Savannah Grayson?

— Aposta? — O tom de Savannah era frio e desinteressado, mas havia algo em seus lábios que parecia mais... agressivo.

— Quantos enigmas você acha que teremos de resolver até o amanhecer? — Rohan era, entre outras coisas, um excelente esgrimista, mas como a espada que segurava era feita para lutas de um tipo completamente diferente, ele recorreu à defesa verbal. — E há quanto tempo estamos olhando para esse enigma sem chegar a lugar nenhum?

Sem resposta.

— Posso dizer o que você está pensando? — Rohan seguiu. — *Preto e branco* pode significar que a resposta é clara e inequívoca ou que é literalmente preta e branca. Uma zebra. Um jornal. Um tabuleiro de xadrez.

— Cartas de baralho — respondeu Savannah —, de paus ou espadas.

— Nada mal. — Rohan olhou para a parede. — Mas ainda não está certo. — Ele deu um passo à frente, deslizando as mãos sobre a escrita, enfiando os dedos nas ranhuras das letras. — Vamos tornar isso mais interessante, o que acha? Aposto que consigo resolver esse enigma antes de você. Um pouco de motivação extra nunca fez mal a ninguém.

Aquilo era mentira, mas Rohan era, lá no fundo, um mentiroso.

Savannah não mordeu a isca.

— Ou você já resolveu o enigma e essa é uma tentativa malplanejada de explorar sua vantagem ou você *não* consegue resolvê-lo e espera, em vão, dar uma chacoalhada no jogo com isso.

— Eu não tenho a resposta. — Rohan se defendeu mais uma vez. — Eu apenas reconheço o valor estratégico de mudar um pouco o jogo.

— Você está mentindo. — Savannah deu as costas a ele.

— Se eu ganhar — pressionou Rohan —, você terá que me dizer por que está tão determinada a se tornar a vencedora do Grande Jogo. — Ele não usou a palavra *precisa* de propósito. — Mas se você resolver o enigma primeiro, eu contarei tudo o que sei sobre a nossa competição: os pontos fortes, as fraquezas, as tragédias e os segredos dos outros jogadores.

Rohan não tinha o hábito de permitir que outras pessoas entrassem no labirinto, mas, nesse caso, ele estava disposto a arriscar uma exceção bastante limitada.

— Você está blefando — afirmou Savannah, sem rodeios, mas as pupilas a entregavam… isso e uma leve curvatura dos dedos em direção às palmas das mãos. — Os jogadores do

Grande Jogo desse ano nunca foram anunciados publicamente. Como você saberia os segredos de alguém?

Rohan deu de ombros perigosamente.

— Talvez eu tenha feito um pacto com o diabo.

— Duvido que você tenha algo que ele queira.

— Todos querem algo de mim. — Às vezes, Rohan achava a verdade útil. — Eu sei os segredos deles, Savvy, porque é o meu trabalho saber essas coisas.

— E que trabalho é esse? — rebateu Savannah.

Ela havia aguçado a curiosidade dele e ele estava apenas retribuindo o favor.

Os olhos dela — mais azul-gelo do que cinza naquele momento — se estreitaram.

— Está bem, aceito a aposta, britânico, mas não quero esses segredos que você reuniu sobre outras pessoas. Quero os seus. *Quando* eu resolver o enigma primeiro, você terá de me dizer qual é o seu trabalho. Nada de meias palavras. Nada de enrolar. Nada de mentiras.

O Mercê do Diabo era uma sociedade secreta por um motivo.

— Assustado? — perguntou Savannah.

— Apavorado — respondeu Rohan. — Temos uma aposta.

Isso era bom. Era *exatamente* disso que ele precisava. Se havia algo que Rohan sabia sobre si mesmo, era que quando perder não era uma opção, ele sempre encontrava uma maneira de vencer.

Capítulo 44

LYRA

O que faz uma aposta começar? *Não é isso.* Lyra precisava muito resolver o enigma atual para ver se assim pararia de pensar naquele que assombrava sua memória — e para que pudesse sair daquele *recinto minúsculo*, onde o corpo de Grayson Hawthorne nunca estava longe do dela.

— *Não diga uma palavra...* — Lyra fixou os olhos na parede, lendo em voz alta. — *Mas faça um pedido.* — Ela fez uma pausa. — Desejos. Você pode fazer um pedido para uma estrela cadente. Jogar uma moeda de um centavo em um poço.

—Apagar uma vela — falou Grayson à esquerda dela. Com o canto dos olhos, ela viu aquela mecha, teimosa e imperfeita, de cabelo loiro-claro cair descuidada em seus olhos. De novo.

Por que nada em Grayson Hawthorne parecia de fato descuidado?

— Assoprar um dente-de-leão — Lyra acrescentou e continuou. — Quebrar um osso da sorte. Esfregar uma lâmpada mágica.

— Má ideia — opinou Grayson. — Você nunca ouviu falar das dificuldades em colocar gênios de volta nas garrafas?

Algumas coisas não são fáceis de se desfazer.

Lyra engoliu todas as respostas que queriam sair e se concentrou apenas no enigma. *Um gênio. Uma estrela. Uma moeda. Uma vela.* As possíveis respostas disputavam o domínio de sua mente. Ela olhou para Odette, uma opção melhor do que arriscar mais uma olhada sequer na direção de Grayson.

— Odette? — perguntou Lyra.

A idosa apoiava o braço direito na parede de metal da câmara, a cabeça em um ângulo estranho, o queixo virado em direção a um dos ombros. A tensão era visível nos músculos do pescoço e do rosto.

Tensão não, Lyra percebeu. *Dor.* Num piscar de olhos, Lyra estava lá, apoiando o braço da idosa em um dos ombros.

— Estou bem — falou Odette, mordaz.

— Você é advogada — respondeu Grayson. Com dois passos largos ele atravessou a câmara e deslizou por baixo do outro braço de Odette. — Uma advogada muito cara — prosseguiu. — Tecnicalidades e brechas. Então, me desculpe por investigar mais a fundo sua afirmação, sra. Morales, mas por qual definição, exatamente, a senhora está bem?

Odette tentou se endireitar, o máximo que pôde, espremida entre Lyra e Grayson.

— Se eu precisasse de ajuda, você saberia, embora eu suponha, sr. Hawthorne, que eu não recusaria o uso da espada como bengala.

Lyra reparou que Odette não tinha, *tecnicamente,* negado que precisava de ajuda. Sua sentença era condicional, não uma declaração de fato, e a complementou com uma distração, tentando reclamar a espada.

— Você não precisa de uma bengala, não é? — perguntou Lyra.

— Também não preciso de muletas vivas e, no entanto, aqui estão vocês, tentando me dar apoio.

Lyra se afastou. Ela sabia o que era precisar que as pessoas pensassem que você estava *bem*. Era claro que Odette não queria discutir sua dor.

— Você é advogada? — Lyra fez a gentileza de mudar de assunto.

Odette conseguiu dar um sorriso penetrante.

— Eu não disse isso, disse?

— Diga-me que estou errado, então — desafiou Grayson.

— Já aconteceu algo de bom para quem disse a um Hawthorne que ele estava errado? — respondeu Odette, se livrando do braço de Grayson.

— Estou errado? — insistiu Grayson.

Odette bufou.

— Você sabe muito bem que não está.

— Você nos disse que passou décadas limpando a casa dos outros. — Lyra estreitou os olhos. — Para *sobreviver*.

Odette fora muito convincente. Assim como havia sido convincente quando lhes dissera para não presumir *fatos não comprovados* sobre seu caráter e seu possível envolvimento com as notas.

Thomas, Thomas, Tommaso, Tomás.

— Sou uma mulher idosa, sou muito vivida. — Odette ergueu o queixo. — Vivi mais e amei mais do que suas mentes jovens poderiam imaginar. E… — Ela respirou fundo. — Estou *bem*.

Odette caminhou em direção à parede com o enigma, com passos lentos, mas seguros de si.

—A dor pode proporcionar clareza às vezes. Ocorreu-me: você pode dar banho em um sapo, mas não pode lavá-lo. — O olhar de Odette fixou-se nas palavras na parede. — Deixe de lado as duas primeiras linhas do enigma — ela murmurou. — O que sobra?

Lave-me, pensou Lyra. *Dê-me um beijo. Não diga uma palavra, mas faça um pedido.*

Graças a Grayson, Lyra pensou em assoprar velas e, quando o fez, uma série de lembranças a invadiu com a força de um tsunami: seu aniversário de quatro anos — não a parte daquele dia que a assombrava em sonhos, mas o resto dele. Ela se lembrava da mãe acordando-a de manhã, de fazer panquecas de chocolate com cobertura de cream cheese e granulado de arco-íris.

Feliz aniversário, querida!

Lyra quase podia se sentir apagando as velas que sua mãe havia colocado nas panquecas. *Faça um pedido.* E então Lyra se lembrou de outra coisa: um estranho a buscando na pré-escola naquela tarde. *Eu sou seu pai, Lyra. Seu pai de verdade. Venha comigo.*

Lai-ra.

Lai-ra.

A lembrança ameaçou derrubá-la, mas Lyra lutou com unhas e dentes para voltar à parte mais segura do pensamento sobre aquele dia: a manhã, as panquecas e as velas. *Faça um pedido.* Com o olhar fixo nas palavras na parede, Lyra juntou os lábios e deu um leve sopro, e assim, sem mais nem menos, conseguiu.

A resposta.

O que as pessoas lavavam quando eram malcriadas? O que você usava para apagar uma vela e fazer um pedido? Para falar? Para *beijar*?

— Uma boca — falou Lyra, a voz ecoando nas paredes da câmara.

— Como se fosse — respondeu Grayson — a boca de uma caverna.

Capítulo 45

GIGI

Otimismo era uma questão de escolha, então Gigi *escolheu* acreditar que o tempo que passara olhando para o próprio rosto no espelho do banheiro fora produtivo. Na melhor das hipóteses, Knox e Brady fariam um exorcismo dos fantasmas de seu passado e abraçariam a situação, tudo isso enquanto Gigi resolveria sozinha o enigma de forma brilhante. Para isso, ela pegou seu marcador de confiança, que poderia ou não estar escondido em seu decote, e pulou para se empoleirar na pia e escrever as palavras do enigma no espelho.

ANTES DO OUTONO DEVO APARECER

DEPOIS DO CENTRO

E TÃO RUIM NÃO PODE SER

EM FRENTE A UM CAVALO

DE LÍRIO OU ROSA PODE CHAMAR

OU NO FRESCOR DA SOMBRA

DESSAS FORMAS POSSO ESTAR

O QUE SOU EU?

Analisar o início não tinha levado Gigi a lugar algum, então, dessa vez, ela começou pelo final. A última linha — a pergunta — era autoexplicativa. *Dessas formas posso estar* parecia indicar que as respostas de alguma maneira se encaixavam em tudo o que havia sido descrito anteriormente. Subindo mais uma linha, ela chegou a *ou no frescor da sombra,* que provavelmente, quiçá, potencialmente, quem sabe significasse *penumbra.*

Em frente a um cavalo, de Lírio ou Rosa pode chamar. Na charada, essa parte ocupava duas linhas, dando a impressão de que haveria duas respostas separadas — uma para as flores, outra para o cavalo. Mas, ignorando o espaçamento, elas fluíram juntas.

Uma pista única? A mente de Gigi a levou de volta ao enigma, escrito na parede em inglês e traduzido. Seus dedos encontraram o caminho do pingente de um azul-esverdeado vibrante aninhado logo acima de sua clavícula. Ela o segurou para pensar melhor. E se fosse um aposto? E se o que pudesse ser chamado de lírio ou rosa fosse o cavalo? Era óbvio que esses eram nomes de flores, mas isso era um enigma. *Óbvio* não queria dizer *correto.* Então, qual era a interpretação *menos* óbvia?

O que queria dizer se um cavalo se chamasse Lily, que era lírio em inglês, ou Rosa?

— São nomes femininos. — Gigi segurou o colar com mais força, enquanto sua boca se abria em um sorriso ofuscante. Um cavalo chamado Lily ou Rosa seria *fêmea.* — E um cavalo fêmea... — Gigi conseguia sentir: aquilo queria dizer *alguma coisa.* — Um cavalo fêmea se chama égua. No inglês, seria *mare.*

E se fosse esse o significado daquelas duas linhas? Em frente a uma égua. *In front of a mare,* se fosse precisar do inglês novamente. Revigorada com a possibilidade, Gigi pulou da pia de forma exuberante. Uma pessoa mais coordenada ou com menos vontade de fazer *alguma coisa* teria conseguido aterrissar.

Gigi não conseguiu.

Ela tombou e, de alguma forma, enquanto tentava se segurar, acabou se esquecendo de soltar o pingente. Ela sentiu a delicada corrente se quebrar. Seu primeiro instinto foi o de abrir a mão.

A joia escorregou por entre seus dedos, caiu no chão e se estraçalhou.

Não. *Não se estraçalhou,* Gigi disse para si mesma. *Quebrou.* Havia apenas três peças. Ela se esforçou para recolhê-las, e só depois de pegar a segunda peça é que se deu conta: a joia também não havia se *quebrado.* Ela havia se *separado,* de forma simples, ao longo das linhas da fiação de ouro.

Como se o pingente da joia tivesse sido cortado ao meio antes. Como se a fiação estivesse mantendo-o unido.

Metade? Gigi olhou para os dois pedaços da joia em suas mãos — depois olhou para o terceiro pedaço no chão, o pedaço ao qual o fio de ouro ainda estava preso. *Não era da cor do oceano. Não era uma joia.* Gigi ficou de quatro para olhar. A terceira peça era pequena — e obviamente eletrônica. Uma pessoa com passatempos menos ecléticos ou mais apegada às leis poderia não ter reconhecido aquele dispositivo, mas Gigi reconheceu.

Um dispositivo de escuta.

Ela tinha sido *grampeada.*

Capítulo 46

GIGI

Imagens passaram como flashes pelo cérebro de Gigi. *A roupa de Neoprene. O tanque de oxigênio. O colar. A faca.* Ela se lembrou da briga com Knox por causa da bolsa — e depois do que Brady havia dito sobre patrocinadores.

Eles contratam os jogadores, trapaceiam como podem e apostam no resultado.

E se a bolsa que Gigi havia encontrado *não* fizesse parte do jogo? Pelo menos, não de um jogo sancionado. Knox não a levara para a casa, onde Avery e os Hawthorne poderiam tê-la visto.

E se aquela bolsa e seu conteúdo fossem a maneira de o suposto patrocinador de Knox *trapacear*? E se foi isso que ele quis dizer quando falou que era *dele*? E se Knox soubesse onde a bolsa estava escondida o tempo todo e tivesse apenas dado o azar de que ela a encontrasse?

Seu trapaceador trapaceiro que trapaceia. Gigi voltou depressa para a câmara e encontrou Brady e Knox, que evitavam olhar um para o outro. Até onde ela sabia, eles não haviam trocado uma palavra sequer enquanto ela estava fora.

Brady segurava a espada de novo.

— Terapia em família — anunciou Gigi para eles. — Ou, talvez, melhor dizer terapia em família do coração. Pensem só.

Se algum deles percebeu o tom mortal de sua voz, fez de conta que não.

— Uma notícia nada relacionada: você tem muitas explicações a dar, Sobrancelhas Suspeitas.

Gigi segurou o dispositivo de escuta entre o dedo médio e o polegar.

— Encontrei esse grampinho bonitinho no meu colar... o colar que estava na bolsa com a faca e todo o resto. — Ela apontou o Dedo de Acusação para Knox. — A bolsa que você roubou e não trouxe para esta casa, porque não queria que ninguém visse.

— Porque eu não queria que ninguém *roubasse*. — Havia uma leve provocação na correção de Knox.

Gigi se voltou para Brady.

— Me fale mais dos patrocinadores. Do patrocinador do *Knox*.

A resposta de Brady e sua expressão foram comedidas.

— A família Thorp é dona de um terço do estado da Louisiana... Mais do que isso se você contar os ramos ilegítimos da família. — Brady desviou seu olhar firme de Gigi para Knox. — O patrocinador de Knox é um homem chamado Orion Thorp.

— Isso é um absurdo. — O tom de Knox não foi nem um pouco comedido. — Nem meu patrocinador perverso nem eu temos nada a ver com essa bolsa. — Ele retribuiu o olhar de Brady. — Estou dizendo a verdade, Daniels?

Houve um longo silêncio.

— Ele está... — disse Brady por fim. — Dizendo a verdade.

Gigi queria argumentar, mas não podia. Ela acreditava que Brady conhecia Knox bem o suficiente para saber se ele estava mentindo, e acreditou quando Brady disse que não estava.

Ela *não* podia não acreditar em Brady.

Então, mudou o rumo da conversa.

— Eu sei que você está aí — falou diretamente para a escuta. — Sei que está ouvindo.

Era algo que ela havia adquirido o hábito de dizer um ano e meio antes — nos telhados, nos estacionamentos, todas as noites, olhando para o céu noturno. *Eu sei que você está aí.* Porque se não houvesse ninguém lá, ninguém jamais saberia, mas se *houvesse* alguém observando-a, seguindo-a, Gigi queria que essa pessoa soubesse que não poderia se esconder dela, por mais que se camuflasse na sombra.

Em sua defesa, ela já havia sido seguida antes. Por um profissional.

— O que você está fazendo? — Knox estava perplexo... e irritado.

Gigi o ignorou e tentou de novo.

— Sei que você está aí. — Quando não houve resposta (*é bem provável que o dispositivo não emita sons*), ela se virou para Brady. — Você disse que algumas famílias ricas, no plural, se interessaram pelo Grande Jogo.

Brady concordou discretamente.

— Acredito que a maioria das partes interessadas eram contemporâneas ou rivais de Tobias Hawthorne.

Rivais? Isso parecia um pouco... sinistro.

— Por que você tem tanta certeza — perguntou Knox para Gigi — de que essa coisa na sua mão é um grampo? E que não faz parte do jogo?

— Eu vivo uma vida de furtividade e crime — respondeu Gigi com perspicácia. — Reconheço um grampo quando vejo,

O GRANDE JOGO 225

e estou espontaneamente, mas também incrivelmente, certa de que os criadores do jogo não esconderam uma bolsa na ilha contendo uma série de objetos com O maiúsculo.

Era tão óbvio agora que ela percebera. Gigi achava que tinha encontrado a mina de ouro, mas em um jogo que deveria ser competitivo — e justo — por que *haveria* uma mina de ouro?

— Nash me disse que gostou do meu colar — acrescentou Gigi, os pensamentos correndo para entrar no ritmo de sua boca. — Achei que ele tinha dito isso como quem quer dizer, tipo, *muito bem, Gigi, sua malandra*. Mas e se ele pensou que o colar era meu? Que eu tinha vindo para a ilha com ele? — Os pensamentos de Gigi não estavam apenas correndo agora. Eles tentavam se classificar para a Indy 500. — E quando Avery mencionou na praia que alguns jogadores haviam encontrado um tesouro escondido, ela olhou para Odette, olhou para Savannah, mas acho que não olhou para mim em nenhum momento.

Houve um único instante de silêncio.

— Se você estiver certa... — A sobrancelha de Brady se franziu de uma forma que Gigi não pôde deixar de notar que era *muito atraente*. — Se os Objetos que você encontrou não fazem parte do jogo...

— A roupa de Neoprene dentro da bolsa — interrompeu Knox de forma abrupta — estava úmida.

— Usada recentemente. — Gigi engoliu em seco. O que aquilo queria dizer?

— Talvez Knox não seja o único jogador neste jogo que tem um patrocinador. — Brady não parou por aí. — E talvez os jogadores e os criadores do jogo não sejam os únicos na Ilha Hawthorne.

Capítulo 47

ROHAN

Rohan não tinha a mínima intenção de perder a aposta com Savannah.

88 CADEADOS

ESPERE, ISSO NÃO ESTÁ CERTO

PELO MENOS A RESPOSTA ESTÁ EM PRETO E BRANCO

Vamos supor que a segunda linha se refira à primeira, pensou ele. A adrenalina em suas veias era tão familiar para Rohan quanto a necessidade de ganhar. *Isso sugere que o número ou a palavra nessa linha está incorreto.*

O número oitenta e oito tinha um padrão óbvio — o mesmo dígito, repetido duas vezes. As substituições prováveis incluíam noventa e nove, setenta e sete, sessenta e seis e assim por diante, até onze. Oitenta e oito também poderia ser convertido em oito ao quadrado — ou sessenta e quatro.

Não é o número. Rohan não havia chegado tão longe na vida por ignorar seus instintos. *E isso deixa apenas a palavra.*

Cadeado. O olhar de Rohan foi, sem que ele se desse conta, para o cadeado de platina na corrente que Savannah usava na cintura. Por mais que Rohan fosse um ladrão habilidoso, ele tinha sérias suspeitas de que a única maneira de tirar a corrente de Savannah Grayson seria por meio de um convite. O que, àquela altura, não era nada provável.

Em vez disso, Rohan voltou sua atenção para a lâmina da espada. Ele não a havia colocado — e não a colocaria — no chão. *De qualquer armadilha, liberte-se, para cada fechadura, uma chave.*

Pode ser outro cadeado. Rohan se desligou de si mesmo por um momento. Era algo que acontecia com ele de vez em quando, na maioria das vezes quando se preparava para cruzar uma linha que, no mundo das pessoas decentes, não deveria ser ultrapassada. Mas, dessa vez, na fração de segundo em que Rohan sentiu como se estivesse vendo seu próprio corpo a distância, a clareza o invadiu.

Espera, isso não está certo.

Cadeado.

Chave. Rohan voltou à realidade. *Oitenta e oito chaves.* Teria sido difícil conter a emoção ardente da vitória mesmo que Savannah Grayson não estivesse olhando diretamente para ele.

Para a espada.

Ela mergulhou na direção do telefone de disco e Rohan se lembrou da promessa que ela havia feito na sala anterior, com a espada: *Essa foi a última vez que você ganhou de mim em alguma coisa.*

O bom era que, no mundo de Rohan, as promessas eram feitas para serem quebradas.

Ele atacou Savannah, dando uma rasteira e a derrubando. *Sem aviso. Sem dó.* Ela caiu em uma posição semelhante à de quem faz uma flexão, com os bíceps flexionados, depois se levantou de novo enquanto Rohan passava por ela.

Savannah atacou os joelhos dele. *Sem hesitar.*

Rohan se contorceu, recebendo o impacto do ataque dela com a canela e permanecendo de pé. Ele prendeu um braço ao redor do corpo dela, e ela o mordeu, com força suficiente para que ele sentisse através do casaco do smoking — com tanta força que, sem a jaqueta, ele teria sangrado. *Cruel, garota invernal.*

Ela quase deslocou o próprio ombro para agarrá-lo pelos cabelos, puxando-os. Rohan soltou o corpo dela para retribuir o favor em sua longa e pálida trança.

Uma espécie de impasse.

— Um piano — disse Savannah, puxando a cabeça de Rohan para trás, só um pouquinho, e ele respondeu fazendo o mesmo com a dela, inclinando o rosto dela para cima em direção ao seu maxilar agora erguido. — A chave é a chave de afinação. Um piano acústico tem oitenta e oito teclas a serem afinadas — ela continuou calmamente, como se eles não estivessem se puxando com tanta força que doía. — Preto e branco.

— De fato — respondeu Rohan. — Mas parece que você e eu estamos em um impasse. — Sua mente já calculava o próximo passo.

— Que impasse? — retrucou Savannah. — Nossa aposta era para resolver o enigma, não para fazer a chamada. De acordo com as regras, eu ganhei porque falei a resposta primeiro.

Puta merda, ela era *demais.*

— Mas você *resolveu* o enigma primeiro, de verdade? — rebateu Rohan. — Afinal, o texto de nossa aposta não dizia nada sobre falar a resposta em voz alta. Você pode afirmar que *não* me viu resolver, seguiu meu olhar até a espada e depois se deu conta do que *eu* tinha acabado de perceber?

Savannah puxou a cabeça dele ainda mais para trás com uma expressão engenhosa.

— Prove.

Com um sorriso, Rohan jogou a cabeça para trás na mão dela. Com força. Ele a agarrou pelo braço, acima do cotovelo, forçando o corpo dela a se virar, depois o puxou para junto do seu e abaixou a cabeça, aproximando os lábios do ouvido dela.

— Eu trabalho para uma espécie de sociedade secreta. — Alguns sussurros eram armas. — Uma que atende aos muito poderosos e muito ricos. Meu trabalho é ter a informação, a vantagem e o controle.

Sem aviso, ele a soltou e chegou até o telefone, pegando o aparelho.

— Casa de Enigmas Xander Hawthorne, Xander falando. Responda corretamente e siga em frente. Se responder errado, só posso torcer para que aprecie a arte absurdamente desvalorizada do canto tirolês.

Rohan deu a resposta deles — dele e de Savannah.

— Um piano.

Quase no mesmo instante, as paredes da câmara começaram a girar. Quando uma nova abertura foi revelada, Rohan esperava que Savannah passasse por ele e a atravessasse, mas ela não o fez.

— Talvez você tenha resolvido o enigma primeiro. — Sua voz era calma, mas seus olhos estavam famintos.

Alguém gostava de jogar sujo.

— Eu pago minhas dívidas, meu bem. — Rohan permitiu que seu olhar se fixasse no dela. — Você paga?

Ele havia dado uma resposta para ela, a que ela mais queria, a que mais custara a ele. *Na mesma moeda, Savvy.*

— Sempre. — Savannah passou por ele em direção ao desconhecido. — E se você precisa saber, estou fazendo isso... jogando o jogo da herdeira de Hawthorne, *ganhando* custe o que custar... pelo meu pai.

Capítulo 48

LYRA

Uma resposta correta. Uma nova porta. Lyra saiu da câmara de metal e entrou em uma sala escura. Faixas de luzes se acenderam no chão, iluminando um espaço sem janelas com carpete e tecido exuberantes nas paredes.

Um cinema, Lyra percebeu. Havia uma tela enorme à sua direita, emoldurada por cortinas. Elas eram de uma cor dourada-escura, enquanto o tecido aveludado das paredes e do teto era de um verde-floresta bem escuro. Lyra deu um passo à frente, depois se virou e desceu. O piso era nivelado — quatro níveis, todos sem as poltronas.

A câmara de metal se fechou e, um instante depois, um projetor antigo começou a funcionar perto do fundo da sala. Um filme começou a ser reproduzido, com um texto aparecendo na tela.

POR FAVOR, CIRCULE A MELHOR RESPOSTA.

Lyra mal teve tempo de decifrar aquelas palavras antes que a imagem mudasse para o que parecia ser um teste de múltipla escolha. Não havia nenhuma pergunta listada, apenas respostas. Cada resposta continha quatro símbolos. Uma delas — a opção C — já havia sido circulada. Lyra tentou memorizar os símbolos da resposta correta, traçando-os no ar com o dedo indicador, gravando-os na memória.

$$A \otimes r \square$$

O filme saltou para uma cena em preto e branco. Um cavalo de madeira de balanço se movimentava para a frente e para trás em uma sala vazia e, em seguida, a câmera girou, fazendo uma panorâmica para revelar...

Um homem sentado com os pés sobre a escrivaninha. Ele estava fumando um cigarro e sua sombra estava estampada na parede atrás dele. *Isso não é do mesmo filme*, percebeu Lyra. Na tela, o homem deu uma longa tragada no cigarro e depois sua boca se moveu.

Não havia som algum. Seja lá o que for que eles tivessem que extrair dessa exibição, teriam que fazê-lo sem o benefício do diálogo.

O homem na tela apagou o cigarro, e o filme saltou para revelar uma nova cena. *De outro filme*. Esse era em cores. Uma mulher com um corte curto e feminino disse algo a um homem com cabelo penteado para trás. *Ainda não havia som*. A expressão da mulher era altiva. A do homem era de raiva conforme ela arrancava o martini da mão dele e o bebia de uma vez só. Ele se inclinou para a frente e aproximou seus lábios dos dela.

O perigo do toque. Lyra odiava o fato de não conseguir esquecer aquelas palavras. Ela odiava que Grayson as tivesse visto. Ela desviou o olhar da tela e olhou para Odette. *Para qualquer lugar, menos para Grayson*.

O GRANDE JOGO 233

Os olhos cor de avelã de Odette se estreitaram um pouco, fazendo com que Lyra olhasse de volta para a tela quando os cortes entre as cenas começaram a ocorrer com mais frequência: Quatro criminosos do faroeste saindo de um salão vazio.

Um close da mão de uma mulher, deixando um brinco de diamante cair na pia de propósito.

Um homem de terno branco levantando uma arma.

Lyra sentiu um frio na barriga. Ela odiava armas. *Odiava.* E com a sorte dela, a montagem improvisada se prolongou exatamente naquela cena. O homem com a arma puxou o gatilho.

Isso não é real. Lyra ficou muito quieta, mal conseguia respirar. *Eu estou bem. Nem tem som. Está tudo bem.*

E então a câmera passou para um corpo, para uma poça de sangue e uma imobilidade nada natural, e nada estava bem. A lembrança se apoderou de Lyra como um tubarão arrastando sua presa. A memória puxou-a para baixo. Não havia como lutar contra a correnteza, não havia como voltar à superfície.

O que faz uma aposta começar? Não é isso.

Ela ouve o homem, mas não consegue vê-lo. Há um silêncio, e então um estrondo. Ela pressiona as mãos nos ouvidos o mais forte que pode. Ela não vai chorar. Não vai. Ela é uma menina crescida.

Ela tem quatro anos de idade. Hoje. Hoje é o aniversário dela.

Outro estrondo.

Ela quer correr. Não pode. Suas pernas não se movem. É o aniversário dela. Foi por isso que o homem veio. Foi o que ele disse. Ele disse à professora da pré-escola que estava indo buscá-la para o aniversário dela. Ele disse que era o pai dela.

Não deveriam ter permitido que ele a levasse. Ela não deveria ter ido.

— Vocês são muito parecidos — disseram.

Ela deveria fugir, mas não consegue. O que está acontecendo? Ela afasta as mãos dos ouvidos. Por que está tudo tão silencioso? O homem está voltando?

A flor que ele lhe dera está no chão agora. Ela a deixou cair? O colar de doces ainda está preso em sua mão, com o elástico enrolado em seu dedo com tanta força que chega a doer.

Tremendo, ela dá um passo em direção às escadas.

— Lyra. — Uma voz a inundou, familiar em todos os sentidos certos e errados, mas mesmo essa *voz* não foi suficiente para trazê-la de volta.

Ela está subindo as escadas. Há algo no topo. Ela pisa em algo úmido... e quente. Está descalça. Por que ela está sem sapatos?

O que é isso a seus pés?

É vermelho. Está muito quente e é vermelho, e pinga pelas escadas.

— Olhe para mim, Lyra.

As paredes. Elas também são vermelhas. Marcas de mãos vermelhas, manchas vermelhas. Há até mesmo um desenho na parede, com a forma de uma ferradura ou de uma ponte.

Não se deve desenhar nas paredes. Essa é uma regra.

É tão vermelho. E o cheiro não parece certo.

— Volte para mim. Agora. Olhe para mim, Lyra.

Ela está no topo da escada, e... o líquido vermelho não vem de alguma coisa. É de alguém. *Seu pai-não-pai. É ele. Ela acha que é ele... mas ele não está se movendo e não tem um rosto.*

Ele explodiu seu próprio rosto.

Ela não consegue gritar. Não consegue se mexer. Ele não tem rosto. E a barriga dele...

Está tudo vermelho.

Dedos percorreram os cabelos grossos de Lyra até o pescoço, pele contra pele, quente.

— Você vai voltar para mim ou eu *vou fazer* você voltar para mim.

Lyra arfou. O mundo real entrou em foco, começando por Grayson Hawthorne. Tudo o que Lyra podia ver eram seus olhos firmes, as linhas de seu rosto, as maçãs do rosto afiadas, a mandíbula marcada.

Tudo o que ela conseguia sentir era a mão dele em seu pescoço.

O resto de seu corpo estava dormente. Ela estremeceu, os braços e o tronco vibrando. As mãos de Grayson desceram até os ombros dela, seu toque quente contra a pele exposta pelo vestido de baile — tão quente e firme e gentil e sólido e *presente.*

— Estou aqui com você, Lyra. — Não havia como discutir com Grayson Hawthorne.

Ela se permitiu olhar para ele, respirar e sentir *o cheiro dele. Como cedro e folhas caídas e algo mais fraco, algo pungente.*

— O sonho sempre parava no disparo — disse ela, com a voz quase mais baixa que um sussurro. — Mas agora mesmo, eu tive um flashback e…

— Se acalme, criança. — Era Odette.

— Eu vi o corpo dele. — Lyra nunca havia se dado conta disso. Mesmo com os sonhos, seu cérebro ainda a estava protegendo, durante todo esse tempo. — Eu pisei no *sangue* dele. Ele estava *sem* rosto.

Ela tinha visto isso no flashback, da mesma forma que só via as coisas em seus sonhos.

A mão direita de Grayson segurou seu queixo.

— Estou bem — Lyra se engasgou.

— Você não precisa ficar bem agora. — O polegar de Grayson acariciou levemente sua bochecha. — Passei minha vida inteira me sentindo *bem* quando não estava. Eu sei o preço. Sei como é arcar com esse preço com cada célula de seu corpo. Não vale a pena, Lyra.

Ele disse o nome dela *do jeito certo*, e o coração de Lyra se contorceu. Ela não deveria entender Grayson Hawthorne, e ele certamente não deveria entendê-la. Ela havia se esforçado *tanto* — durante anos, ela *estava* se esforçando. Para ficar bem. Ser normal. Para se convencer de que era ridículo que um sonho, uma lembrança, pudesse mudá-la de uma forma tão profunda e devastadora.

Você não precisa ficar bem agora.

— Foram dois tiros. — Lyra não estava bem, mas pelo menos sua voz soava um pouco mais firme. — Ele atirou na própria barriga primeiro. Ele desenhou algo na parede com o próprio sangue.

— Seu pai. — Odette não disse isso como se fosse uma pergunta. — Aquele que tinha negócios com Tobias Hawthorne.

Ao ouvir o nome *Hawthorne*, Lyra se afastou do aperto de Grayson em seus ombros, do toque dele em seu rosto. As palavras de Odette foram um lembrete de quem era Grayson Hawthorne e de todos os motivos que ela tinha para *não* tocar nele.

Se ela pudesse correr até que seu corpo desistisse, ela o teria feito, mas, trancada nessa sala, tudo o que Lyra podia fazer era voltar para o projetor. *Concentre-se no jogo.*

— O que você está fazendo? — perguntou Grayson, com a voz mais suave do que deveria ser.

— Perdi o final do filme. Vou começar de novo. — Lyra não sabia ao certo como retroceder, mas viu dois botões. Um deles tinha um *play* pintado, uma adição recente a uma máquina antiga. O outro botão pequeno não estava identificado.

Lyra apertou o botão sem rótulo. A parede à sua esquerda começou a abrir, as duas metades se moviam em direções opostas, recuando lentamente até desaparecerem. Lyra observou o que havia além e percebeu que a sala de teatro era muito, muito maior do que eles imaginavam — e o espaço recém-revelado não estava nem perto de estar vazio.

Capítulo 49

GIGI

Se houver alguém *além dos jogadores e dos criadores de jogos nesta ilha...* A mente de Gigi se voltou para o conteúdo da bolsa que ela havia encontrado.

— A faca — disse ela com urgência.

Se alguém tinha levado uma *faca* para a ilha...

— Preciso contar para eles — disse Gigi num rompante. —Avery. Os Hawthorne. — Ela deu dois passos em direção ao botão de emergência antes que Brady a segurasse. A princípio, ela não percebeu por que as mãos dele estavam em seus ombros, por que ele a havia parado.

— Você não pode contar para eles, Gigi.

Ela olhou fixamente para Brady.

— Eu tenho que c...

— Você não vai contar nada para ninguém, fadinha — rosnou Knox.

Gigi franziu a testa.

— Fadinha? — Isso provavelmente não era o mais importante naquele momento, mas ainda assim.

— Apelidos — respondeu Knox, soando quase na defensiva. — Você disse que precisava melhorar os que eu escolhia.

— Se recuperando, ele fez uma careta. — E se você apertar esse botão, se contar tudo isso aos criadores do jogo, o que você acha que acontece depois? O que acontece com o segundo Grande Jogo?

O jogo era para ser divertido. Era para ser alucinante e inspirador, o desafio de uma vida inteira. Era para ser *seguro*.

— Eles não o cancelariam — disse Gigi.

— Tem certeza disso? — Knox sacudiu a cabeça em direção a Brady. — Porque a mãe dele é a melhor mulher que já conheci, e nem todos nós temos fundos fiduciários para recorrer.

Aquilo doeu, mas era verdade. Gigi olhou para baixo.

— Eu posso ajudar. Já falei para o Brady...

Passando a espada para a mão esquerda, Brady colocou a mão direita sob o queixo de Gigi e ergueu os olhos dela para os seus.

— O jeito de ajudar — disse ele com gentileza — é não dizendo nada. Knox está certo. Não podemos correr o risco de que eles cancelem o jogo. Se há alguém nesta ilha que não deveria estar aqui, essa pessoa não tem como chegar perto desta casa, a menos que queira ser pega. Além disso... — Brady desviou o olhar para Knox. — Se houver um patrocinador desconhecido em jogo, o objetivo desse patrocinador é ganhar uma aposta contra um grupo de outras pessoas ricas com muito tempo e dinheiro em mãos, não ir atrás de ninguém.

— Mas a faca — protestou Gigi.

— *Você* está com ela — finalizou Brady, voltando os olhos para os dela. Havia algo na maneira como ele a olhava, algo tão selvagem e inesperado que Gigi se lembrou de que a coisa que fazia Brady feliz era o cachorro da mãe dele.

E a mãe dele. O jogo *tinha* que continuar. Pela manhã, assim que a equipe chegasse ao cais e passasse para a próxima fase da competição, Gigi encontraria uma maneira de conversar com Avery a sós, conversar com ela *de fato.* Ela contaria tudo e se certificaria de que a herdeira cuidaria da mãe de Brady, de uma forma ou de outra. Mas, por enquanto...

Gigi faria o que tinha ido fazer ali. Iria jogar.

— Descobri uma coisa. — Gigi se afastou do toque de Brady. — Sobre a adivinhação. Um cavalo chamado Lírio ou Rosa é uma *égua.*

Brady se virou de volta para a parede.

— Uma égua. — Com a facilidade de quem falava uma língua com tanta fluência quanto a outra, ele traduziu a frase no mesmo instante. — *Mare.*

— Espere. — Knox estendeu a mão. — Cadê o grampo?

— O grampo? — disse Gigi inocentemente.

— O que você fez com ele? — exigiu Knox, analisando as mãos dela.

— Eu coloquei nos meus peitos, ao lado da caneta. — Gigi deu de ombros. — Quer dizer, eu quase não tenho peito, mas é mais fácil falar desse jeito.

Knox bateu na testa e disse, entre dentes cerrados.

— Pode ter alguém ouvindo a gente *agora mesmo.*

Gigi deu de ombros de novo.

— E, mesmo assim, o grampo está nos meus peitos e aposto que nenhum de vocês dois vai pegar, então é isso.

Brady inclinou a cabeça para o lado.

— Não — avisou Knox com firmeza, e então adotou o que provavelmente pensou ser um tom muito agradável. — Por que você quer ficar com a escuta? — perguntou para Gigi. — Por que não esmagar essa coisa e acabar logo com isso?

O GRANDE JOGO 241

Porque Xander poderia precisar dela inteira para rastrear a origem.

— Porque acho que esse colar não foi feito para mim. — Gigi se deu conta, após dizer essas palavras, da possível verdade contida nelas. — E *é claro* que a parte ou as partes nefastas esperariam que nós o destruíssemos. Eu sou uma bela de uma otimista, então não vou fazer isso.

Brady pensou a respeito. Cruzando os braços, ele a estudou como se fosse um livro raro e aceitou o que viu com um sutil aceno de cabeça.

— Você só pode estar de brincadeira — murmurou Knox.

— Um cavalo chamado Lírio ou Rosa é uma égua — disse Brady, repetindo a revelação anterior dela.

— Vamos ver linha por linha? — sugeriu Gigi, voltando-se para o enigma na parede. — *Antes do outono...*

— *Depois do centro* — disse Knox a contragosto.

Brady foi o próximo.

— *Em frente a uma égua.*

— Acho que *no frescor da sombra* quer dizer *penumbra* — concluiu Gigi.

— Dê uma olhada nos advérbios. — Brady colocou a palma da mão na parede ao lado da primeira linha do enigma. — *Antes.* — Brady moveu a mão para baixo até a próxima linha. — *Depois...* — Ele passou a palma da mão sobre a segunda linha e depois sobre a terceira. — *E esse.*

Gigi passou a mão ainda mais para baixo.

— *Em frente a* isso *ou* aquilo.

— *Antes, depois, em frente.* — Knox praguejou baixinho. — Estamos procurando uma *palavra.*

— Uma que possa ir antes de *outono* — disse Gigi. — Antes de *égua* ou *penumbra.*

— *Fall. Mare. Shade* — Brady traduziu para eles. — Estamos procurando uma palavra em inglês. É por isso que o enigma apareceu duas vezes. — Ele respirou fundo. — É isso.

— Você estava certa, garota — disse Knox para Gigi. — *Tão ruim não pode ser* quer dizer *bom*.

— E o centro — respondeu Gigi, sorrindo tanto que suas bochechas doíam — é o *meio*.

Outono. Fall.

Meio. Mid.

Bom. Good.

Égua. Mare.

Penumbra. Shade.

— A resposta é *night,* noite. Combina com todas as palavras em inglês. *Nightfall,* que significa anoitecer. *Midnight,* meia-noite. *Goodnight,* boa noite. *Nightmare,* pesadelo. E *nightshade,* uma flor venenosa. — Brady colocou a mão no ombro de Gigi e sorriu. Não foi um sorriso discreto. Não foi um sorriso sutil. Um sorriso do tipo que merece ser contemplado, de fazer tremer as bases, do tipo você-nunca-mais-vai-conseguir-respirar-de-novo. — Foi você quem descobriu esse — disse Brady. — Vai lá fazer a ligação.

Uma onda de energia percorreu o corpo de Gigi como um maremoto — ou uma dúzia deles. Talvez tenha sido a solução do enigma. Talvez tenha sido aquele sorriso. De qualquer forma, ela praticamente sapateou até a cabine telefônica.

Atrás dela, ouviu Knox dizer baixinho:

— *Que diabo você está fazendo, Daniels?*

A resposta de Brady não foi nem de longe tão silenciosa.

— Sendo humano. Você deveria tentar.

Gigi pegou o telefone público.

— A resposta é *noite.*

Capítulo 50

ROHAN

Estou fazendo isso... jogando o jogo da herdeira de Hawthorne, ganhando custe o que custar... pelo meu pai. Rohan se deu um momento ou dois no labirinto ao cruzar o limiar da escuridão.

Até onde ele sabia, o pai de Savannah, Sheffield Grayson, havia desaparecido da face da Terra havia quase três anos, logo após ter se tornado alvo de investigações do FBI e do IRS. Rohan considerava o homem um covarde, alguém que havia ateado fogo em sua vida perfeita por pura imprudência e deixado sua esposa e filhas enfrentarem as chamas sozinhas.

E ainda assim... Savannah jogava esse jogo pelo pai dela.

Você não me parece ser do tipo que perdoa, Savvy. Temos isso em comum. Esse pensamento tirou Rohan do labirinto quando a câmara de metal se fechou atrás deles.

Três tochas se acenderam nos cantos de uma sala triangular de um bom tamanho, forrada com prateleiras do chão ao teto. Savannah avançou e passou a mão pela ponta da chama da tocha mais próxima. Sem medo.

— Fogo de verdade — ela relatou.

Rohan observou o conteúdo das prateleiras ao redor deles. *Jogos de tabuleiro. Centenas deles.* No centro da sala, havia uma área rebaixada no piso, um metro mais baixa que o resto da sala. No meio dessa área, havia uma mesa redonda de mogno.

— Sem instruções. — Savannah fez sua própria avaliação do ambiente. — Não há telefone para fazer chamadas. Nenhuma tela para digitar as respostas.

Tudo o que eles tinham era o quarto. Rohan acessou seu mapa mental da casa. Eles haviam descido dois lances de escada para chegar à câmara de metal, o que os colocava no nível mais baixo da casa — o nível que parecia não ter nada além de paredes.

— Uma dessas prateleiras com certeza deve funcionar como porta. — Rohan verificou se havia dobradiças óbvias e não encontrou nenhuma, depois testou cada prateleira para ver se alguma poderia ser puxada ou empurrada, sem resultado.

Enquanto Savannah fazia sua própria inspeção, Rohan saltou silenciosamente para a área recuada cortada no chão. Havia uma arte em se mover silenciosa e rapidamente, em nunca estar onde as outras pessoas pensavam que você estava, em cultivar a sensação em seu oponente, em um nível bruto e subconsciente, de que as leis da física e do homem não se aplicavam a você.

Mas quando Savannah se virou de volta para o centro da sala, quando registrou sua nova localização, ela não pestanejou. Ela pulou para se juntar a ele. Uma linha de tensão atravessou sua testa quando ela aterrissou.

O joelho.

— Ligamento? — perguntou Rohan.

Savannah dirigiu seu olhar para o dele.

— Abandono e traumas de infância? — devolveu ela no mesmo tom. — Ou você prefere que guardemos nossas cicatrizes para nós mesmos?

— Você não dá ponto sem nó, né, Savvy?

— Se eu fosse um homem, você esperaria que eu o fizesse? — Savannah passou a mão sobre a superfície de mogno da mesa de jogo. — Há uma junção aqui.

Rohan se agachou para olhar embaixo da mesa.

— Nenhum botão ou alavanca — informou ele, voltando a ficar de pé. — Pode ter algo escondido sob o tampo da mesa, mas teremos que encontrar uma maneira de destravá-la para descobrir. O mesmo vale para as prateleiras. Pelo menos uma delas... *aquela ali,* tenho minhas suspeitas, vai se abrir se conseguirmos encontrar a alavanca certa.

— Resolva o quebra-cabeça — disse Savannah com firmeza. — Destrave as portas.

— Mais quebra-cabeças — murmurou Rohan —, mais portas, o que nos deixa o problema de encontrar o quebra-cabeça ou pelo menos a primeira pista.

— Os jogos nas prateleiras. — Ela já estava se movendo.

— Começar com os nomes nas caixas? — sugeriu Rohan. — Veja se aparece alguma coisa... A proverbial agulha em um palheiro, se preferir.

— Certo — respondeu Savannah. — Se isso não der em nada, vamos abrir as caixas.

Rohan notou que a aura de intensidade dela não estava *diminuindo*. Mais uma vez, ele sentiu o chamado do labirinto, dos corredores inconstantes e das conexões ainda a serem feitas.

Savannah estava fazendo isso *pelo pai.*

— Vou começar com as prateleiras nesta parede — anunciou ela, saindo da área recuada. — Você fica com aquela.

— Nos encontramos no meio — respondeu Rohan.

Savannah lançou um olhar por cima do ombro da mesma forma que outra pessoa poderia ter lançado uma granada.

— Se você conseguir manter o ritmo.

Capítulo 51

LYRA

Lyra observou o cinema, agora enorme, e as pilhas e pilhas de rolos de filme que cobriam a seção recém-revelada da sala. Eram centenas, talvez até mil, em caixas de metal empilhadas a dois metros de altura, fileira após fileira.

Com a espada em uma das mãos, Grayson percorreu toda a extensão da sala, observando o grande volume de latas de filmes que o encaravam. Lyra não teve vontade de segui-lo. Não precisava ficar perto de Grayson Hawthorne. Ela estava *bem*.

Você não precisa ficar bem agora. Lyra não queria admitir, nem para si mesma, que as palavras de Grayson a atingiram em cheio. *Passei minha vida inteira me sentindo* bem *quando não estava.*

Cada vez que ele se abria para ela, cada vez que demonstrava fraqueza de forma espontânea, ficava mais difícil pensar em Grayson como um Hawthorne arrogante, frio, metido, um idiota. A cada vez, Lyra via um pouco mais da pessoa que tinha visto aos dezesseis anos de idade, quando assistira a Grayson ser entrevistado ao lado de Avery Grambs.

Às *vezes*, Lyra podia praticamente ouvir a herdeira mascarada dizer, *nos jogos que importam mais, o único modo de jogar de verdade é* vivendo.

Com a garganta ardendo, Lyra pegou uma lata da pilha mais próxima. Havia algo desenhado em ouro em sua tampa: um formato.

— Você encontrou alguma coisa. — Odette não disse como se fosse uma pergunta.

— Um triângulo — Lyra se lembrou dos símbolos no início da filmagem. Não havia um triângulo... não na resposta circulada. Ela pegou uma segunda lata e encontrou outro triângulo, e outro, e depois passou para uma nova pilha. *Mais do mesmo.*

Ela foi mais adiante na fila e enfim encontrou uma lata com um símbolo diferente.

— Veja. — Lyra estendeu a lata de filme para Odette, seu olhar escapulindo para Grayson. — Tem um X nessa aqui. — Lyra correu pelas fileiras, pegando mais duas latas de pilhas diferentes. — Um E — informou — e... mais um E diferente?

Grayson se moveu como uma sombra, silencioso e rápido, diretamente atrás dela.

— Isso não é um E — disse ele. — É a letra grega sigma. — Ele virou a cabeça ligeiramente. — O que faz com que esses três não sejam um E, um X e um triângulo, mas épsilon, chi e delta.

Lyra ficou pensando nisso.

— Alguém nesta sala sabe ler grego?

— As letras — a voz de Odette estava estranhamente baixa —, vocês acham que estão soletrando alguma coisa?

— Não se elas aparecerem em todas as latas — declarou Grayson. — Há muitas...

— ...combinações possíveis — concluiu Lyra. Eram as letras das palavras-cruzadas e os ímãs de poesia de novo.

— Sim.

Lyra não sabia que Grayson Hawthorne podia dizer *sim* da mesma forma que dizia *não*.

— Achar um único significado para elas seria impossível — complementou Grayson —, mesmo para alguém com certa familiaridade com o grego.

— Em outras palavras — disse Lyra, com a voz seca — sim, você sabe ler em grego.

Grayson estendeu a mão.

— Posso?

Ele já tinha perguntado isso três vezes. *A dança. A espada. E agora.* Lyra lhe entregou a lata do sigma.

Grayson a abriu, examinando seu conteúdo.

— Tem alguma coisa escrita na parte de baixo da tampa.

Até mesmo o som de sua voz fez Lyra se lembrar da voz que penetrava a escuridão. *Volte para mim.*

De mandíbula tensionada, Lyra se concentrou em abrir as latas, uma depois a outra, de novo e de novo. Dentro de cada lata, encontrou um rolo de filme e, na parte de baixo da tampa, havia um número de quatro dígitos. *1972. 1984. 1966.*

— Anos? — perguntou Lyra.

— Faria sentido. — Sua majestade parecia considerar isso um grande elogio. — Por outro lado — continuou Grayson —, os jogos dos Hawthorne são cheios de informações que consomem seu tempo e não levam a lugar algum. A minha sugestão é que, antes de perder tempo decodificando a escrita nas latas, a gente fizesse uma busca em todas elas para garantir que não tem nada... *a mais.*

— Abrir todas as latas — resumiu Odette. — E então, supondo que nada de importante seja encontrado em nenhuma delas, voltemos nossa atenção para as letras e os números.

— O código — disse Lyra.

— O código — confirmou Grayson. — E a cifra.

Lyra entendeu no mesmo instante o que ele quis dizer.

— Os símbolos. Do filme. — Ela desenhou a sequência no ar, de memória.

$$\text{A} \circledast \text{r} \square$$

— Havia outro conjunto de símbolos no final — contou Odette. — Você estava... ocupada com outras coisas quando eles apareceram na tela.

Ocupada com outras coisas. Lyra se recusou a pensar no flashback.

Ao lado dela, Grayson se ajoelhou, o paletó preto esvoaçando ao redor das coxas enquanto ele colocava a espada no chão.

— Vamos assistir ao filme de novo — falou Lyra, permitindo-se absorver as linhas do corpo dele, ancorando-se no aqui e agora. — Assim que acabarmos com as latas.

— Sim. — *Grayson Hawthorne e seus sins.*

Eles dividiram a sala em seções, e cada um deles ficou com uma. Lyra se jogou na busca conforme o tempo passava, pilha após pilha. *Letra grega na parte externa. Ano e rolo de filme dentro.*

Nada mais. Uma hora depois, Lyra chegou quase ao final de sua seção da sala.

Assim que viu o símbolo na lata, parou de respirar. *Esse símbolo.* A letra grega na lata que ela acabara de pegar tinha o formato de uma ferradura. Ou uma *ponte.*

Lyra suspirou, trêmula, e o ar queimou seus pulmões conforme o sangue que pulsava em seus ouvidos abafava todo o resto.

Suas mãos ficaram frias. Seu rosto estava em chamas. Lutar contra o flashback era como lutar contra uma correnteza. Ela podia senti-la tentando puxá-la para baixo.

O sangue. Ela podia senti-lo, quente e pegajoso a seus pés. De repente, Grayson estava *lá.*

— Você *vai* ficar aqui, comigo — disse ele em voz baixa.

—Aqui, Lyra. No presente.

As mãos dele. O rosto dela. O passado recuou... só um pouco.

— Quando eu tinha sete anos — contou Grayson, com a mesma voz calma e firme —, certa vez acabei trancado em uma caixa de violoncelo por seis horas, ao lado de uma espada longa, uma besta e um gatinho muito indisciplinado.

Aquilo era ridículo o suficiente — tão inesperado — para que ela voltasse para o presente. *Aqui. Agora.*

Ele.

Grayson se inclinou para bloquear o resto do mundo da visão dela.

— Olhe para mim, meu bem.

Lyra levantou os olhos na direção dele.

— Um gatinho? — ela conseguiu perguntar.

— Malhado, se não me engano.

Dentro de Lyra, as comportas se abriram.

— Este símbolo — disse ela. A cada vez que respirava, era como se cacos de vidro se enfiassem em seus pulmões. — Na noite em que meu pai biológico se matou, ele desenhou esse símbolo na parede com o próprio sangue.

As mãos de Grayson foram do rosto dela até a nuca, um toque quente e seguro, enquanto ele seguia o olhar dela até a letra grega em questão. Lyra esperava que ele a nomeasse, mas ele não o fez.

— O que faz uma aposta começar? — perguntou Grayson, com a voz baixa e cantarolada, o tipo de voz que reverberava na coluna dela. — Uma *aposta* — ele repetiu.

— Grayson? — Lyra falou o nome dele como se fosse uma oração.

— Lyra — Grayson olhou nos olhos dela. — Em que língua seu pai estava falando?

A pergunta fez Lyra perder o fôlego.

— Ele estava falando em inglês? — pressionou Grayson.

Lyra tentou se lembrar. *Será que falava?*

— Eu... eu tinha quatro anos — respondeu Lyra —, eu não... — Ela se interrompeu. — Por quê?

— Uma aposta. Em inglês, *a bet*. Não era um enigma — explicou Grayson. — É um jogo de palavras. Um código. O que parece ser duas palavras é, na verdade, só uma, com o meio da palavra omitido.

Uma aposta. *A bet*.

— Meu avô tentou fazer isso com a gente em um jogo uma vez — acrescentou Grayson, com a voz carregada de um foco quase palpável. — Na época, estávamos *procurando* códigos, e mais de uma palavra tinha sido dividido em duas, então acabamos decifrando... ou melhor, Jamie decifrou.

A intensidade emanava de Grayson em ondas, mas Lyra mal conseguia sentir. *Jogo de palavras. Um código. Uma aposta. A bet.* Que letras você poderia inserir no meio para formar uma única palavra?

— *A bet*... — A voz de Lyra soou em seus próprios ouvidos. — *Alphabet?* Alfabeto. *O que faz o alfabeto começar?*

— *Não é isso* — murmurou Grayson, e se já houve espaço entre eles, agora não havia mais. — Não o A... ou, no caso do alfabeto grego, não o alfa.

O GRANDE JOGO 253

— Não é o começo — concluiu Odette, sua voz chegando a Lyra como se estivesse a uma grande distância —, mas o fim.

A última letra. Lyra nem tinha se dado conta de que segurava Grayson, mas, de repente, seus dedos estavam enroscados no braço dele. Com a mão ainda no pescoço de Lyra, Grayson inclinou a cabeça em direção à dela, curvando-se até que suas testas se tocassem.

Ele sabia o que isso significava para ela. Ele sabia e, pela expressão de seus olhos, ela poderia jurar que significava algo para ele também.

Foi Odette quem falou, sua voz atravessando o ar como uma bala:

— Ômega.

Capítulo 52

GIGI

Gigi saiu da câmara de metal para uma escada de madeira estreita que se estendia até a escuridão. Assim que apoiou o peso no primeiro degrau, ele se iluminou, projetando um brilho fraco que de nada adiantava para iluminar o que os aguardava no topo da escada. Gigi meio que esperava que Knox passasse por ela, mas ele não o fez, então Gigi abriu caminho, degrau após degrau, luz após luz, até chegar ao topo da escada e a uma porta de madeira simples adornada apenas por quatro palavras riscadas na superfície.

AQUI ESTÃO OS DRAGÕES.

Gigi arrastou os dedos ao longo das palavras e seus pensamentos se voltaram para o possível *dragão* na ilha — a pessoa que havia usado aquela roupa de Neoprene, a pessoa que havia trazido uma faca e um dispositivo de escuta para o jogo.

A pessoa que pode estar nos ouvindo agora mesmo. Gigi afastou esse pensamento e alcançou a maçaneta da porta. Ela girou naturalmente, e quando empurrou a porta, viu que estava... em uma biblioteca.

Brady e Knox passaram pela porta e se juntaram a ela, enquanto Gigi se virava para observar toda a sala circular. Brady caminhou até ficar em frente a uma prateleira em particular.

— A escada em espiral saía *daqui* antes.

Atrás deles, a porta do *Aqui estão os dragões* se fechou. Imediatamente uma estante curva desceu do teto, bloqueando a porta. Os três agora estavam totalmente cercados por prateleiras de mais de quatro metros de altura. Gigi esticou o pescoço em direção ao teto. Na calada da noite, o vitral que cobria o teto não deveria ter lançado nenhuma cor no chão, mas um verdadeiro arco-íris de luzes dançava ao longo do assoalho de madeira.

Deve haver uma fonte de luz atrás do vidro. Gigi passou por entre as luzes coloridas, examinando o padrão. Ao lado dela, o olhar avaliador de Knox percorria as prateleiras e os livros.

— Lógica de sala de fuga? — propôs Brady, colocando a espada no chão e voltando para examinar a seção da estante que acabara de descer. — Se não tem instruções, você precisa encontras as próprias pistas.

— Procurem nas prateleiras — resumiu Knox.

Gigi pegou um livro.

— As *prateleiras*, Felícia. — As sobrancelhas de Knox foram enfáticas nesse ponto. — Não os livros. Eles são obviamente uma perda de tempo. Procure por interruptores ou botões embutidos nas prateleiras, qualquer coisa que possa ser um gatilho oculto.

— *Felícia?* — Gigi repetiu. Ela estendeu a mão para dar um tapinha no ombro de Knox. — Eu chamo esse apelido de progresso.

— Fica quieta — Knox grunhiu. Sem olhar para ela, ele se dirigiu às prateleiras do outro lado da sala.

A expressão de Brady era de incredulidade.

— É um dom — disse Gigi.

Brady baixou o tom de voz:

— Eu falei a você...

Que Knox pode ser perigoso. Que há um lugar sombrio esperando por ele. Que ele não pensa em moralidade da mesma forma que você e eu pensamos.

— Eu sei o que você me disse — respondeu Gigi, prestativa. — E escolhi ignorar.

Ela passou as mãos sobre a madeira da prateleira mais próxima, empurrando os dedos nas linhas da moldura, explorando a parte de baixo de cada tábua, e então começou a levantar os livros para verificar embaixo deles.

Depois de um momento, Brady começou a procurar na prateleira ao lado. Quanto mais tempo eles trabalhavam, lado a lado, mais Gigi se pegava lembrando de como ele havia tocado a barriga dela horas antes. Ela pensou no fato de que o cérebro dele gostava de *Além da conta*.

Pensou no sorriso dele.

E então pensou na acusação cortante de Knox a Brady: *Você só quer saber da Calla.* Brady insistiu que, dessa vez, não era verdade. E quando Knox viu o sorriso que ele lhe deu, quando perguntou o que diabos Brady estava fazendo, a resposta de Brady foi que ele estava sendo *humano*.

Consciente de cada centímetro de sua própria pele, Gigi se permitiu ignorar a ordem de Knox de procurar apenas nas prateleiras. Ela folheou as lombadas de fileira após fileira de livros, depois olhou de soslaio para Brady. Ele havia subido em uma das prateleiras e se equilibrava ali, a um metro e meio de altura, com os braços esticados para cima e o corpo, braços, pernas e tronco formando um X.

— Você tem um equilíbrio e tanto — observou Gigi.

— Ouço muito isso — Brady falou de forma solene.

Gigi levou um segundo para perceber que ele estava brincando.

— Mas falando sério — murmurou Brady —, passei muito tempo nas pilhas da biblioteca da universidade.

— Subindo nas prateleiras? — perguntou Gigi, sorrindo. — Eles ensinam isso nos programas de doutorado em antropologia cultural?

— É possível que não. — A diversão se fazia perceber nas beiradas da boca muito erudita de Brady.

Gigi não conseguia deixar de analisá-lo, boca e tudo. *Não é na pós-graduação que se aprende a ter equilíbrio.*

— Treinamento — disse ela, mantendo a voz baixa, para que Knox não ouvisse. — De todos os tipos. Foi o que você disse antes, quando estávamos falando sobre a nota máxima do Knox no parkour... mas não foi só o Knox, foi? — Gigi pensou em como Brady se saíra bem naquela briga. — Treinar... com Severin? — Aquilo era um chute e tanto, mas Gigi era ótima em chutar primeiro e olhar depois. Para completar, ela chutou de novo. — E Calla.

Na foto desgastada que Brady tinha guardado no bolso, a garota com os olhos de cores diferentes segurava um arco longo.

Brady piscou e olhou para Gigi como se ela estivesse pouco a pouco se transformando em um alce, o que, na verdade, era uma reação bastante comum quando Gigi se antecipava.

— Brady? — Gigi se perguntou se ela havia insistido demais.

— Sabe aquele garoto que o Knox espancou por minha causa? — Brady desceu da prateleira. — Ele tinha irmãos. Um dia, os quatro atacaram Knox e eu na floresta.

— Você tinha *seis anos.* — Gigi ficou horrorizada. A voz dela ainda estava abafada, assim como a dele.

— Seis anos e meio naquela época — respondeu Brady. — Knox tinha dez anos. E Severin tinha sessenta e dois anos... Tinha sido das operações secretas, muito ligado à sobrevivência. Ele vivia fora da rede, no *bayou.* Nunca soube por que ele estava na floresta naquele dia, mas estava.

— Brady fez uma pausa. — Severin viu o que estava acontecendo e pôs um fim naquilo. E depois passou a década seguinte ensinando a mim e ao Knox como fazer o mesmo. A impedir coisas e pessoas que precisavam ser impedidas. A *sobreviver.*

— E a Calla? — perguntou Gigi.

— Calla... — Brady se demorou no nome. — Ela era sobrinha-neta de Severin. Ele fora renegado pela família décadas antes, mas Calla encontrou Severin quando tinha doze anos. Depois disso, ela estava sempre se esgueirando para o *bayou* para treinar comigo e com o Knox. — O pomo de adão de Brady se moveu para cima e depois para baixo. — Ninguém conseguia atirar com um arco longo como Calla.

Gigi pensou de novo naquela fotografia. Ela colocou uma mão leve e hesitante no ombro de Brady.

— O que aconteceu com ela?

Brady se aproximou e apertou a mão dela. Gigi apertou de volta.

— Ela foi sequestrada. — A voz de Brady era grave. — Alguém a levou. Eu tinha quinze anos. Calla tinha dezessete. Knox tinha acabado de fazer dezenove. Os dois estavam juntos havia quase um ano naquela época. — Brady parou por um momento e respirou fundo. — A família de Calla descobriu sobre o relacionamento deles, sobre Severin, o que estávamos fazendo no *bayou*, tudo isso. — Brady soltou a mão de Gigi. — E nunca mais a vimos.

— Eu sinto muito. — disse Gigi.

Brady balançou a cabeça, a tensão visível nas linhas de sua mandíbula.

— Mais duas semanas e Calla teria completado dezoito anos. Ela poderia ter deixado a família, mandado todos para o inferno, mas os Thorp não estavam dispostos a deixar isso acontecer. Eles fingiram cooperar com a investigação policial, mas Orion Thorp deixou bem claro para mim... que eles estavam com ela.

— Orion Thorp? — O medo atingiu Gigi como uma lâmina de gelo afiada cortando sua barriga bem fundo. — O patrocinador do Knox?

Brady não respondeu a essa pergunta.

— O nome de Calla — disse ele, a garganta apertada conforme falava — é Calla Thorp. Orion é o pai dela. — Desviando o olhar do de Gigi, Brady retomou a busca nas prateleiras, descendo.

Mas ele não parou de falar:

— No ano passado, Knox apareceu no meu apartamento do nada. Fazia anos que não passávamos um tempo de verdade juntos. Desde... Calla. Mas o Knox estava decidido a jogar o Grande Jogo e queria um parceiro. Acho que uma parte de mim queria *nós* dois juntos de novo, então...

Brady tinha acabado de dizer *nós* da mesma forma que Knox tinha dito *nós*.

— O jogo do ano passado foi uma corrida — complementou Brady — de pista em pista. No começo as pistas eram virtuais, mas por fim passaram para o mundo real e a corrida se tornou uma corrida física... uma corrida global. Os criadores do jogo forneciam transporte, mas apenas para os primeiros jogadores ou equipes que chegassem a uma determinada pista. Knox e eu estávamos na liderança, mas na penúltima pista ficamos para trás e perdemos a chance de pegar uma carona. Teríamos ficado de fora da competição. — Brady fez uma pausa. — Foi quando Knox foi abordado pelo pai de Calla.

— Orion Thorp — disse Gigi. O *patrocinador de Knox*.

— Knox sabe como é a família de Calla. Mesmo antes de desaparecer, Calla odiava estar lá. Knox *sabe* tão bem quanto eu: se Calla ainda estiver viva, eles estão com ela e, se não estiver viva, a culpa é deles. — A respiração de Brady ficou audivelmente pesada. — E, sabendo disso, Knox traiu minha confiança por uma carona no jato particular de Orion Thorp. — Os músculos da mandíbula de Brady ficaram tensos. — Ele ficou em segundo lugar no jogo.

— Aqui. — A voz de Knox cortou o ar.

— Parece que ele encontrou algo. — A voz de Brady ainda estava baixa. — Vá você. Vou em um minuto.

— Você tem… — Gigi começou a dizer.

— Tenho certeza — disse Brady.

Ao atravessar a sala, Gigi pensou na primeira resposta de Knox quando ela perguntou o que o deixava feliz: *dinheiro*. Ele nunca tentou esconder o que era.

— Aqui — disse Knox de novo, seu tom mais impaciente dessa vez. Ele apontou para um painel de madeira na prateleira que esvaziara. Nesse painel havia uma lupa ornamentada. A alça era cravejada de joias com detalhes elaborados em prata e ouro. Uma fileira de pequenos diamantes marcava o ponto em que a alça se encontrava com a moldura.

Enquanto Gigi observava, Knox puxou a lupa da madeira, como a espada da pedra. Houve um clique, e as tábuas do assoalho no centro da sala começaram a se mover. Uma seção inteira do piso abriu pela metade e, das profundezas abaixo, algo se ergueu — uma nova seção de piso que se encaixou no lugar, substituindo a antiga.

Em cima do novo piso havia uma casa de bonecas.

E tudo o que Gigi conseguia pensar era que Knox nunca havia negado que Orion Thorp *ainda* fosse seu patrocinador.

Capítulo 53

ROHAN

Rohan e Savannah se encontraram no meio do caminho: a última prateleira de jogos. Ela foi por cima. Ele foi por baixo, passando os dedos ao longo das caixas enquanto registrava o título de cada jogo.

— Camelot — Savannah leu em voz alta.

— Cavaleiros e um rei — murmurou Rohan. — Espadas e uma coroa. — De repente, no lugar em sua mente onde os mistérios viviam para serem resolvidos, lá estava ele: significado onde antes não havia nenhum. — E se — disse ele — nós não recebemos as instruções para essa sala... esse quebra-cabeças... por que já recebemos antes? *O desafio de cada equipe é único...*

— *Uma coroa, um cetro, um trono vazio* — Savannah concluiu em um instante.

Rohan recuou e começou a tirar as caixas das prateleiras.

— Reinos. Domínio.

Em um minuto, Savannah havia retirado mais cinco jogos. Rohan adicionou sua própria pilha ao lado da dela no chão, depois eles se encontraram no meio mais uma vez. Ela foi por cima. Ele foi por baixo.

— Senha — disse Savannah rapidamente — Apropriado, mas não. Batalha naval, não. Risco, não. Titã?

— Pega esse — disse Rohan. Ele subiu uma fileira.

Ela desceu uma e puxou o Candy Land.

— Tem um rei — disse ela.

— Não posso dizer que já tenha jogado — respondeu Rohan. Os únicos jogos que se jogava quando se crescia no Mercê do Diabo eram os de maior risco, o tipo que se jogava nas mesas e o tipo que se jogava para sobreviver.

Rohan passou para a última prateleira.

— Medici.

— Por que não chamar o jogo de *poder dinástico* e acabar logo com isso? — respondeu Savannah.

Quase isso, pensou Rohan. Ele adicionou o jogo à pilha e depois continuou procurando. Ele franziu a testa.

— Tem um aqui que envolve… burritos. — Savannah bufou. Eles voltaram a ficar em silêncio, e então…

— Rohan. — Savannah não dizia o nome dele com frequência, mas quando falava, fazia valer a pena.

Ele se moveu em um instante, ficando lado a lado com ela enquanto olhava o jogo que ela tinha nas mãos. A caixa era preta com letras douradas.

UMA AGULHA EM UM PALHEIRO.

Abaixo do título, havia um símbolo em formato de diamante. Rohan se lembrou do primeiro desafio, do placar. Eles eram Ouros, que também era chamado de Diamante no baralho francês.

— A fonte combina com a escrita dos bilhetes dourados — murmurou Savannah. — Este não é um jogo de verdade. Eles inventaram.

Por *eles,* ela se referia aos criadores do jogo, Avery, Jameson e os outros.

— Abra — disse Rohan, pulando para a área rebaixada que cercava a mesa de jogos. — Coloque aqui.

Savannah aterrissou ao lado dele e, dessa vez, seu rosto não demonstrou nem um pouco de dor, quer ela a sentisse ou não. Ela colocou a caixa sobre a mesa e a abriu. Rohan passou a mão sobre a tampa, depois na lateral da caixa e, em seguida, virou a tampa e a caixa.

— Detalhista — provocou Savannah, e alguma coisa na forma como ela disse essa palavra fez com que Rohan quisesse ouvi-la dizer de novo.

Um perigo.

Ele voltou sua atenção para o conteúdo da caixa. *Duas pilhas de cartas brancas,* ele catalogou, *um tabuleiro de jogo branco dobrado ao meio e oito peças de jogo de metal.* Savannah pegou uma delas: uma coroa — uma das cinco, ao que parecia, cada uma delas distinta.

— Cinco *coroas.* — A mente de Savannah trabalhou em conjunto com a dele. Rohan observou a peça que ela havia escolhido. O trabalho de detalhamento era primoroso. Pequenas pérolas revestiam a parte inferior e acentuavam cada ponta afiada da coroa.

Rohan pegou sua própria peça de jogo. A maior das coroas parecia ter saído de um conto de fadas sombrio, o metal esculpido lembrava chifres e espinhos. As três coroas restantes na caixa eram mais simples: uma de bronze, uma de prata e uma de ouro. Restavam três outras peças do jogo. *Uma roda giratória. Um arco e flecha. Um coração.*

Enquanto Rohan refletia, Savannah pegou a caixa, retirou o tabuleiro do jogo e o desdobrou sobre a mesa. O design era simples: espaços quadrados ao redor da parte externa, contornos retangulares no centro do tabuleiro, indicando onde as cartas deveriam ficar.

O GRANDE JOGO   265

Savannah colocou as cartas em seus lugares e sua peça do jogo no quadrado que dizia INÍCIO. Agora que a caixa estava vazia, Rohan podia ver as regras escritas dentro dela — ou melhor, a regra, no singular.

Tudo o que dizia era *JOGUE OS DADOS*.

— Não tem dado nenhum — observou Savannah.

— Não tem? — respondeu Rohan. Debaixo da mesa, ele colocou a mão no paletó do smoking, depois colocou o punho sobre a mesa, com os nós dos dedos para baixo, e deixou os dedos se abrirem como pétalas de uma flor.

No centro de sua mão havia um par de dados vermelhos.

— Encontrei no meu quarto hoje cedo — explicou Rohan.

— Quando os peguei, uma tela se revelou, mas não tinha por que achar que eles só serviriam para aquilo no jogo.

Savannah enfiou a mão em sua trança grossa e pálida e retirou um par de dados.

— Mesma coisa — Os dados dela eram brancos, não vermelhos, e, como os dele, pareciam ser feitos de vidro. — Vou jogar primeiro.

É claro que ela iria. Os lábios de Rohan se contorceram ao ver os números que ela jogou.

— Um cinco e um três.

— Oito. — Savannah moveu sua coroa de pérolas oito quadrados ao redor do perímetro. O quadrado em que ela caiu, como quase todos os outros quadrados do tabuleiro muito simples, estava etiquetado PALHA.

Rohan jogou os dados dele.

— Um seis e um dois. Também oito. — Ele moveu sua peça de jogo para perto da de Savannah. — Sua vez, Savvy. Meus dados ou os seus?

Savannah pegou os dados brancos e jogou de novo.

— Outro cinco e outro três.

Rohan não esperou que ela se movesse antes de jogar. Assim como os dela, os dados dele apresentaram exatamente os mesmos números na segunda vez. Ele jogou de novo para se certificar.

— Eles foram alterados para cair sempre da mesma forma.

Isso fazia com que os números em si fossem uma pista. *Naquela sala? Em outra?*

Savannah saltou sua peça do jogo oito casas para a frente, depois mais oito, levando-a a um dos dois quadrados no tabuleiro marcados como PALHEIRO em vez de apenas PALHA. As pilhas de cartas no meio do tabuleiro compartilhavam esse rótulo. Savannah foi mais rápida que Rohan para pegar uma.

— Em branco. — Com os olhos apertados, ela continuou tirando. — Em branco. Em branco.

Rohan pegou uma carta da pilha mais próxima a ele e a usou para virar a pilha inteira, depois estendeu a mão e fez o mesmo com as cartas de Savannah, espalhando-as em uma linha organizada pelo tabuleiro.

Entre todas as cartas, havia apenas uma que não estava em branco.

Cinco palavras tinham sido rabiscadas com canetão preto naquela carta.

ESSA NÃO É SUA PISTA.

Capítulo 54

LYRA

— **Ômega** — **A voz de Lyra soava rouca,** mas seu corpo ficou repentinamente calmo, o que não era natural. As mãos de Grayson ainda estavam em seu pescoço e a testa dele ainda tocava a dela. Lyra não precisou falar alto para ter certeza de que ele ouviria sua próxima pergunta. — Isso quer dizer alguma coisa para você?

— Não, não quer dizer nada. — Grayson se afastou dela, apenas o suficiente para virar a cabeça sem soltá-la. Seu olhar se fixou com precisão militar em Odette. — Isso significa alguma coisa para *você*, sra. Morales?

Lyra pensou de repente em anotações em árvores, nos nomes do pai, em como era pequeno o número de suspeitos daquele ato.

Thomas, Thomas, Tommaso, Tomás.

Fazia quinze anos que ele havia morrido. Quem mais naquela ilha, além de Odette, tinha idade o bastante para saber qualquer coisa a respeito dele?

— Ômega significa o fim. — A mulher em questão levou dois dedos à testa e se cruzou. — *Yo soy el Alfa y la Omega, el principio y el fin, el primero y el ultimo.* É do livro do Apocalipse, *Apocalipsis*, em espanhol.

— Você é católica? — perguntou Lyra. Ela procurou algum tipo de indício no conjunto das feições de Odette, qualquer coisa que pudesse indicar se a idosa estava ou não encenando.

— A pergunta mais pertinente — respondeu Odette — é se seu pai era ou não um homem religioso.

— Eu não sei. — Lyra sabia muito pouco sobre a figura sombria responsável por metade de seu DNA. *Sei que o sangue dele era quente. Sei que pisei nele. Sei que ele o usou para desenhar aquele símbolo na parede.*

— E esse é o único significado que a palavra *ômega* tem para você, sra. Morales? — Grayson enfim afastou as mãos do pescoço de Lyra quando se virou e deu dois passos em direção a Odette. — O único significado que associa a esse símbolo?

— O único lugar em que já vi esse símbolo — disse Odette com firmeza — foi atrás do altar da igreja que frequentei quando criança, e não ponho os pés naquela igreja... nem no México, aliás, desde o meu aniversário de dezessete anos, que, por acaso, também foi o dia em que me casei com um homem muito mais velho que me viu, me cobiçou e convenceu meu pai músico de que poderia fazer dele uma estrela.

Lyra podia sentir a verdade nas palavras de Odette, mas mesmo que *estivesse* dizendo a verdade sobre a última vez que vira aquele símbolo, não era isso que Grayson tinha perguntado.

Ele perguntara se o símbolo tinha algum outro significado para ela, e Odette não respondera de fato à pergunta.

— Sra. Morales, durante seus muitos anos como advogada de prestígio... — Grayson inclinou a cabeça ligeiramente para um lado, como um tigre branco avaliando sua presa. — A senhora, por acaso, trabalhou para o escritório de advocacia McNamara, Ortega e Jones?

Odette ficou em silêncio.

— E essa é a minha resposta — disse Grayson. Ele olhou de lado para Lyra. — McNamara, Ortega e Jones era o escritório de advocacia pessoal do meu avô. Ele era o único cliente deles.

Odette trabalhava para Tobias Hawthorne. Lyra parou de respirar por um ou dois segundos, depois voltou a respirar. *E quem conhece melhor os segredos de um homem,* pensou ela lentamente, *do que seus advogados?*

Um Hawthorne fez isso.

— Por favor — disse Lyra com urgência, ferozmente. — Se você sabe de alguma coisa, Odette…

— Minha neta mais nova gostava muito de um jogo quando era adolescente. — De alguma forma, Odette conseguiu fazer com que aquilo não soasse como uma mudança repentina e absoluta de assunto. — *Duas verdades e uma mentira.* Vou fazer melhor e vou oferecer três verdades para vocês, e a primeira é esta, Lyra: não sei nada sobre seu pai. — Odette desviou o olhar para Grayson. — Minha segunda verdade: seu avô foi o melhor e o pior homem que já conheci.

Nos ouvidos de Lyra, aquilo não soava como a declaração da *advogada* de Tobias Hawthorne. Ela se lembrou da maneira como Odette havia dito, duas vezes, que Grayson era *um Hawthorne, sem sombra de dúvidas.*

Até que ponto você conhecia bem o bilionário, Odette?

— E a minha verdade final para vocês dois, de graça, é esta: estou aqui, jogando o Grande Jogo com toda a intenção de vencê-lo porque estou morrendo. — O tom de Odette era prático, embora um pouco irritado, como se a morte fosse um mero inconveniente, como se a velha fosse orgulhosa demais para deixar que fosse outra coisa.

Mais uma vez, Lyra não conseguiu se livrar da sensação: *Ela está dizendo a verdade.*

— Diga, sr. Hawthorne — Odette olhou para Grayson. — Eu contei uma única mentira?

O olhar de Grayson se voltou para Lyra.

— Não.

— Então, permita-me lembrar a vocês dois que já sabem minhas condições. Se eu tiver que responder à pergunta de como conheci Tobias Hawthorne, de como fui parar naquela lista com L maiúsculo, será se, e somente se, conseguirmos sair da Grande Sala de Escape e chegar ao cais até o amanhecer... que, devo salientar, está cada vez mais próximo.

— Nunca confie em uma frase com três *se* — disse Grayson a Lyra. — Ainda mais quando for dita por um advogado.

— Você quer respostas — disse Odette a ele. — Eu quero deixar um legado para minha família. Para isso, temos um jogo para jogar, um jogo que vou ganhar nem que seja a última coisa que eu faça.

A última coisa. Lyra se perguntou quanto tempo Odette ainda tinha.

Com a cabeça erguida, a idosa se dirigiu, devagar, de forma graciosa e majestosa, para o projetor e rebobinou manualmente o filme que os recebera naquela sala.

Um momento depois, a montagem — a *cifra* — começou a ser reproduzida desde o início. Lyra reprimiu o redemoinho mortal de emoções que se agitava dentro dela. Havia convivido com o peso sufocante de *não saber* durante anos. Por enquanto, precisava se concentrar em resolver esse enigma e qualquer outro que viesse a seguir e descer para o cais ao amanhecer.

Pelo Recanto Sereno — e para obter respostas.

Lyra atravessou a sala e pausou o projetor no momento em que a pergunta de múltipla escolha apareceu na tela, estudando os símbolos agora familiares da resposta "correta".

$$\text{A} \otimes \text{r} \square$$

Lyra comparou essa resposta com as outras três, que também continham quatro símbolos, uma mistura de letras e formas.

— Odette. — A voz de Lyra soou rouca e áspera para seus próprios ouvidos. — Você disse que havia outro conjunto de símbolos no final do filme?

— E tem — confirmou Odette.

Depois da arma. Lyra sentiu o pavor daquelas palavras no fundo da barriga, na parte de trás da garganta. *Depois do corpo. Depois do sangue.*

— Pule para o final do filme — ordenou Grayson. Ele estava obviamente tentando protegê-la, poupá-la.

O que quer que tivesse acontecido ou não entre eles, Lyra não estava disposta a aceitar a piedade de Grayson Hawthorne.

— Não. — Ela se recusava a se esconder, de qualquer coisa, mas especialmente disso. — Precisamos assistir a tudo de novo. — Em um jogo Hawthorne, todos os detalhes contam. — Não sou fraca. Consigo aguentar.

Os olhos pálidos de Grayson se fixaram nos dela com um tipo estranho de reconhecimento, como se os dois fossem estranhos que tivessem se olhado em uma sala lotada e percebido que já haviam se encontrado antes.

Como se fossem iguais.

— Levei minha vida inteira — disse Grayson com suavidade — para aprender a ser fraco.

Algumas pessoas podem cometer erros, corrigir e seguir em frente, Lyra queria apagar a lembrança das palavras dele, mas não conseguia, *e alguns de nós vivem com cada um dos erros que cometemos gravados em nós, em lugares vazios que não sabemos como preencher.*

— E agora? — Lyra pensou no custo de estar bem, de fugir... e fugir, fugir e *fugir* de todas as pessoas que poderiam perceber que ela não estava bem, de manter o mundo inteiro a distância. — Agora você pode ser fraco, Grayson?

Não olhe nos olhos dele, disse Lyra a si mesma desesperadamente. *Não olhe para ele.*

Ela olhou.

— Agora você pode cometer erros? — perguntou ela.

O silêncio se estendeu entre eles, vivo, respirando, um silêncio *doloroso.*

— Somente aqueles — respondeu Grayson — que valem a pena.

Lyra queria desviar o olhar, mas só conseguia pensar no poema que ela havia destruído e no que ele havia reconstruído.

Acabar tão rápido

E queimar na pele

Ela só conseguia pensar na herdeira mascarada, dando conselhos. *Às vezes, nos jogos que importam mais, o único modo de jogar de verdade é vivendo.*

Odette esticou a mão por cima de Lyra e apertou o play no projetor. Com o momento interrompido, que bom, *ainda bem,* Lyra se forçou a catalogar as cenas da montagem em termos puramente objetivos e fez o possível para não pensar em Grayson Hawthorne e nos *erros,* na *fraqueza,* em *fugir* e *viver.*

Um homem fumando. Um martini roubado. Cáubois e uma forca. Um brinco de diamante jogado em um ralo. Um ho-

mem com uma arma. Quando a arma apareceu na tela, Lyra respirou fundo.

Ela inspirou e Grayson inspirou ao lado dela. Pelo *corpo* e pelo *sangue*. Inspira. Expira. E, embora Grayson não tenha encostado um dedo sequer nela, Lyra podia sentir a mão dele em sua nuca, quente e firme, ali.

A montagem continuou.

Um adolescente com uma jaqueta de couro.

Uma piloto tirando os óculos de proteção e o boné.

Um longo beijo de despedida.

Lyra assistiu ao beijo com Grayson Hawthorne ao seu lado, incapaz de não pensar nos tipos de erros que valiam a pena serem cometidos. E em algum lugar, no fundo de sua mente, o fantasma de seu pai sussurrou: *Um Hawthorne fez isso.*

Um conjunto de símbolos apareceu na tela. Lyra se concentrou neles. Não era Grayson. Não eram fantasmas. Não eram coisas que ela não deveria sentir. Eram apenas símbolos.

$$\text{C } 2 \oplus \text{r}$$

Capítulo 55

LYRA

No fim das contas, quem resolveu o enigma foi Grayson.

— Isso não é uma roda e não é um círculo. É uma torta, que em inglês é *pie*. Essa coisa toda é a cara do Xander.

— Pie — Lyra demorou um segundo, mas então seu cérebro entrou em ação. — Sem o E. — Ela fez as contas, literalmente. — *A*, pi, *r,* quadrado. C, dois, pi, *r.* São equações.

— A área e a circunferência de um círculo — confirmou Grayson. — Mas para nossos propósitos e, sem dúvida, para os de Xander, a parte importante é a letra grega *pi*.

Letra grega.

— As latas. — Lyra já estava em movimento. — Quem passou pelas que estavam marcadas com *pi*?

— Eu. — Grayson passou por ela. — Aqui. Quarenta e duas latas marcadas com *pi*. Nenhuma contém nada além de rolos de filme.

— E quanto aos anos? — perguntou Lyra. — A maioria dos filmes na montagem eram mais antigos. Começaram em preto e branco, depois passaram a ser coloridos.

— Tire todas as latas dos anos sessenta — disse Odette, de forma concisa. Algo na expressão da velha senhora fez com que Lyra tivesse certeza absoluta de que Odette sabia algo que eles não sabiam.

Provavelmente várias coisas.

— E depois? — Lyra sondou.

— Assista aos filmes — disse Odette com frieza. — Pelo menos uma parte.

— Isso vai levar muito tempo — Grayson observou, mas Lyra não via outra opção.

O vigésimo segundo filme pi a que eles assistiram se chamava *Coroas mutantes.*

No momento em que o slide do título apareceu na tela, Odette falou:

— Este é o filme que estamos procurando.

— *Uma coroa, um cetro, um trono vazio* — citou Grayson no mesmo instante.

— É isso mesmo — concordou Odette, enquanto parava o filme e tirava as longas luvas de veludo das mãos. — E também: este aqui é um dos meus.

— Um dos seus? — disse Lyra.

Odette deu de ombros com elegância.

— O homem com quem me casei quando tinha dezessete anos nunca fez do meu pai uma estrela — disse ela, com um brilho estranho nos olhos —, mas, comigo, a história foi outra

Capítulo 56

GIGI

Casa de bonecas **era um eufemismo.** Gigi demorou um momento para processar tudo o que via: dois metros e meio de comprimento e noventa centímetros de profundidade. De um lado, havia uma mansão vitoriana de quatro andares, do outro, um castelo que parecia ter sido tirado diretamente de um conto de fadas. No meio, as ruas estavam repletas de lojas, algumas vitorianas, outras medievais.

Uma loja de brinquedos. Uma loja de roupas. Uma loja de mágica. Uma forja.

Os dois mundos se juntaram no ponto médio com um par de carruagens reais de frente para um carro de modelo antigo.

O nível de detalhes em cada peça era impressionante. Uma única flor, das centenas que havia nas janelas da mansão, consistia em um caule e seis flores destacáveis. Havia quase uma centena de bonecas, cada uma com um ou mais acessórios.

Um avental de empregada. Um ursinho de pelúcia de criança. E três dúzias de chapéus diferentes, fácil.

Em frente a Gigi, Knox montava e remontava sistematicamente partes, uma por uma. Os olhos de Brady se moviam, mudando de uma peça para outra, mas seu corpo estava perfeitamente imóvel.

Gigi explorou aquilo que ela fazia de melhor. Se dirigiu para as estantes, toda feliz, e começou a subir.

— O que você está fazendo? — Knox desmontou a forja.

— Avaliando o local — respondeu Gigi. Uma visão panorâmica costumava ser de grande ajuda. Ela subiu ainda mais alto, três metros, três metros e meio.

Knox pegou um mostruário de armas minúsculas e foi em direção a ela.

— Pela última vez — reclamou, subindo atrás dela —, seus ossos *não são flexíveis*.

— Penso melhor em lugares altos. — Gigi chegou à prateleira de cima e olhou para o mundo em miniatura lá embaixo. *Absorva tudo, Gigi. Cada detalhe. Cada janela minúscula. Cada pequena saída.*

Knox chegou ao lado dela e não parecia muito feliz com isso.

— Em uma escala de um a dez — disse Gigi —, você vai jogar alguém pela janela, sim ou não?

Mas o que ela de fato estava pensando era: *por que você trabalharia com Orion Thorp?* Ela *sabia* que Knox se importava com Brady. Eles eram um *nós*. Se escolheram como família. Eram *irmãos*. Gigi pensou no tom de voz de Knox quando ele disse que Brady conhecia todas as constelações.

Por que você o entregaria para a família de Calla? Mesmo que Knox acreditasse que Calla tivesse partido por vontade própria, mesmo que ele acreditasse que não houve crime, ele sabia que Brady julgava a família dela responsável.

Você sabia e, mesmo assim, fez negócio com eles.

— Não tem janela nenhuma — retrucou Knox com aspereza —, o que, com base na vista dos fundos da casa, sugere que há muito mais no quinto andar do que podemos ver nesse instante.

Gigi se remexeu.

— Você precisa tomar cuidado — alertou Knox, sombrio.

— Estou tranquila — insistiu Gigi.

— Não está, não. — Knox a fuzilou com o olhar, e Gigi notou pela primeira vez que seus olhos eram de um marrom tom de avelã, com um brilho dourado. — Isso é uma competição, Felícia. Brady não é seu amigo. Ninguém aqui é.

A advertência de Knox era estranhamente parecida com a de Savannah.

— Incluindo você? — perguntou Gigi.

— *Principalmente* eu. Se você não tomar cuidado, vai ser comida viva nesse jogo.

Gigi pensou nos patrocinadores, no *dragão* da ilha, nos avisos, no plural, que Brady dera a respeito de Knox.

— Não me importo — disse Gigi com teimosia —, em ser comida viva, quero dizer. Se você conseguir fazer com que cuspam você, vira uma massagem.

Os olhos de Knox se estreitaram.

— Você está me irritando de propósito.

Gigi deu de ombros e indicou o enigma abaixo com a cabeça.

— Nenhum dragão — ela observou.

Knox franziu as sobrancelhas.

— As palavras na porta.

— *Aqui estão os dragões* — recitou Gigi. — Mas não tem nenhum dragão ali.

Ela desceu algumas prateleiras, depois pulou para o chão. Não aterrissou da forma mais *graciosa,* mas Gigi não deixou que isso a atrasasse. Agachada ao lado do castelo, marcou os pontos de entrada que tinha visto de cima. Não havia escada, nenhuma maneira de subir dos andares inferiores. A atividade — conforme indexada pelas bonecas — era mais intensa no tribunal, no salão de festas e na sala do trono.

Trono. Fogos de artifício detonaram no cérebro de Gigi. Gloriosos fogos de artifício!

O boneco rei sentava-se em seu trono, mas a rainha não estava no dela.

Vinte minutos depois, Gigi encontrou a rainha *embaixo* de uma das camas da mansão vitoriana. Ela não foi exatamente sutil ao revirar o lugar, então, quando bateu vigorosamente a rainha no trono vazio, Knox e Brady estavam olhando para ela.

— O poema. — Brady entendeu primeiro. — Da câmara. *Um trono vazio.* Você é brilhante.

Brilhante. Gigi poderia se acostumar com isso.

— Nada aconteceu — apontou Knox.

Gigi voltou sua atenção para os acessórios da rainha. O mesmo *nada* aconteceu quando ela tirou a coroa da cabeça da rainha, mas quando segurou o pequeno cetro entre o indicador e o polegar e tentou puxá-lo, encontrou resistência.

A cabeça do cetro era um *dragão.*

Gigi perseverou. Quando enfim conseguiu soltar o cetro, ouviu um estalo.

— Silêncio — ordenou Knox. Ele se abaixou até o chão, com as palmas das mãos apoiadas no chão e a cabeça ligeiramente levantada, a poucos centímetros da mansão vitoriana.

— Faça isso de novo — ordenou a Gigi.

— Acho que veio daqui. — Brady se agachou e se concentrou no cômodo da mansão vitoriana que Gigi havia apelidado mentalmente de sala de estar. Um elegante sofá vermelho ficava em frente a duas cadeiras azuis. Uma empregada empurrava um carrinho de chá. Atrás dela, havia um relógio de pêndulo e um armário cheio de livros.

Gigi devolveu o cetro da rainha e o puxou de novo. Outro estalo. Knox e Brady alcançaram ao mesmo tempo o armário cheio de livros. Knox tirou a mão, permitindo que Brady abrisse o armário. Pequenos livros de plástico se espalharam pelo chão da casa de bonecas.

Em cada um deles havia um número rabiscado.

Capítulo 57

ROHAN

Segundo as estimativas de Rohan, faltavam pouco mais de quatro horas para o amanhecer. Ele e Savannah estavam procurando há horas e não tinham feito nenhum progresso.

Uma agulha no palheiro não era a pista deles. Em vez disso, parecia ser uma descrição de sua tarefa. Eles já haviam passado tempo demais procurando a *agulha*, uma pista em uma sala, que, ao que parecia, tinha um estoque sem fim de *palha* para vasculharem. Voltaram à pilha de caixas que haviam retirado das prateleiras, procurando por coroas, cetros e tronos. Todas as peças aplicáveis — inclusive as de Uma Agulha Em Um Palheiro — haviam sido examinadas.

Exaustivamente.

Quando isso não deu em nada, Rohan e Savannah estenderam a busca a todos os outros jogos da sala também. Abriram todas as caixas em busca dos itens que procuravam. Esvaziaram as prateleiras e as revistaram também, procurando por botões ou gatilhos, sem sucesso.

E, de acordo com o mapa mental de Rohan, aquela decerto não era a sala, tampouco o enigma, final.

— Savannah. — Rohan não abreviou o nome dela. — Precisamos pedir a dica.

Savannah se colocou bem em frente ao botão de dica.

— Não imaginava que você fosse do tipo que desiste fácil assim.

— Sou um estrategista. Em alguns dias, isso é tudo o que sou: uma *estratégia* brutal e sem limites. No meu ramo de trabalho, é preciso saber quando cortar as perdas, quando desviar.

— Acho que essa é a diferença entre nós. — Savannah levantou o queixo. — Eu não perco, então não tenho *perdas* para cortar.

— Eu poderia argumentar nesse ponto — comentou Rohan.

— De novo? — respondeu Savannah astutamente.

Pelo tom dela, a mensagem ficou óbvia para Rohan. Parte dela *queria* a dica, assim como parte dele também queria. Mas a estratégia nunca se sujeitava à *vontade*.

Ele decidiu provocar de uma forma diferente.

— Você não gosta de pedir ajuda, não é mesmo, Savvy?

— A questão não é tanto se gosto, mas se faço. — Ela deu um daqueles olhares típicos de Savannah Grayson, frios e assertivos. — E eu não peço. As pessoas cometem erros. Se você confiar nos outros, os erros deles se tornarão seus.

Apesar da voz tão calma, Rohan via a fúria que se escondia por trás dos olhos prateados de Savannah quando ela disse a palavra *erros*, como um fogo queimando dentro de um cofre.

O labirinto se deslocou. Savannah estava ali *por causa do pai*, e estava brava por erros que não eram dela.

O Sheffield Grayson voltou? Ele a está forçando a fazer isso? Ou essa raiva seria direcionada a outra pessoa? Rohan não tinha certeza. Ainda.

— Você está com raiva, gata. — Às vezes, em vez de manipular as emoções de um alvo, tudo o que você precisava fazer era aproveitar o que ele já sentia.

O corpo de Savannah reagiu à sua voz e às suas palavras: ela respirou mais fundo, curvou os dedos de leve, a tensão visível no pescoço dela.

— Não estou com raiva — disse, em alto e bom som. — Por que eu estaria?

— A sociedade nem sempre é gentil com mulheres irritadas. — As palavras de Rohan atingiram seu alvo.

— Não preciso de gentileza. Só preciso que todos os demais saiam do meu caminho.

— E eu preciso que você — respondeu Rohan — concorde em aceitar a dica. O que quer que esteja faltando, a esta altura, vai continuar faltando. Não sabemos que direção seguir. Não temos nenhum plano. Não temos nada. Você gosta de não ter *nada*, Savvy? — Ele fez uma pausa. — Seu pai gosta?

Aquilo era um teste, um experimento. Ela não reagiu de nenhuma forma visível. A cara de paisagem de Savannah era algo impressionante e, quando ela voltou a falar, seu tom era igualmente controlado.

— Quando essa parte do jogo terminar, e você e eu não formos mais uma equipe... — Finalmente, a verdadeira Savannah apareceu: *força, resistência e fúria*. — Vou acabar com você. E eu prometo, Rohan, que vou me *divertir* com isso.

— Isso é um sim? — perguntou Rohan. — Para a dica?

Savannah se virou para o painel e colocou a palma da mão sobre o botão vermelho.

— Eu *deveria* concordar em aceitar a dica, então é o que farei. — A voz dela estava mais alta agora, clara e audivelmente feminina e agradável. — Afinal de contas — continuou ela, com um olhar capaz de cortar —, a sociedade é mais gentil com as mulheres que fazem o que devem.

Capítulo 58

ROHAN

— **Time Ouros** — **A voz** de Jameson Hawthorne estava ao redor deles. — Vocês optaram por pedir a única dica que têm.

Rohan se perguntou — brevemente — onde ficava o centro de comando dos criadores do jogo e o que eles estavam fazendo para passar o tempo.

— Mas, como vocês sabem — continuou Jameson —, as dicas neste jogo devem ser conquistadas.

Os livros contábeis devem ser equilibrados, as taxas devem ser pagas. Tudo na vida de Rohan tinha um custo.

— Porta número um ou porta dois? — perguntou Jameson Hawthorne. — Escolham seu desafio.

— Dois — disse Savannah imediatamente.

Instantes depois, houve um som parecido com o de engrenagens girando, e a mesa de jogos no centro da sala começou a se dividir na abertura que eles haviam encontrado antes, o tampo da mesa se separou como se mãos invisíveis o abrissem. Uma Agulha Em Um Palheiro e todas as suas peças caíram no chão quando as duas metades do tampo da mesa viraram para fora, girando cento e oitenta graus e desaparecendo sob a parte de baixo da mesa. Um segundo tampo de mesa, antes oculto, surgiu na frente deles. *Madeira de lei brilhante, feltro verde.*

— Uma mesa de pôquer — comentou Rohan. Ao redor da mesa, havia suportes esculpidos na madeira para as cartas e para as fichas. As próprias fichas de pôquer, todas pretas, foram colocadas em intervalos equidistantes ao redor do perímetro do feltro verde. No centro da mesa, havia duas pequenas pilhas do que pareciam ser cartas de baralho, uma branca com folhas de ouro e a outra preta com bronze e prata. Ao lado das cartas havia três objetos: uma escova de cabelo prateada, uma faca com cabo de pérola e uma rosa de vidro.

— Atrás da porta número dois — disse-lhes Jameson Hawthorne — há um jogo. Para ganhar sua dica, tudo o que vocês dois têm que fazer é jogar.

— Pôquer? — Savannah adivinhou. Seu olhar deslizou para o de Rohan.

— Não é pôquer. — Avery Grambs foi quem respondeu. — Verdade ou desafio... ou uma versão dele, pelo menos. — Algo na voz da herdeira Hawthorne fez Rohan se lembrar que ela havia prometido uma *experiência* aos jogadores. E então ele pensou na afirmação de Nash: *Nossos jogos têm coração.*

— Trabalhar em equipe, *se tornar* uma equipe, requer cooperação — continuou Avery. — Requer uma certa dose de abertura. Em alguns casos, requer riscos.

— Cada uma das fichas na mesa à sua frente tem uma palavra escrita na parte inferior. — Era óbvio que Jameson estava se divertindo demais com aquilo. — Metade diz *verdade*. Metade diz *desafio*. Para concluir esse desafio com sucesso, vocês precisarão coletar três de cada categoria.

— Depois de virar uma ficha — Avery voltou a falar —, você retirará uma carta da pilha correspondente: branca para

O GRANDE JOGO 287

verdade, preta para desafio. A pessoa que tira a carta lança o desafio. A outra pessoa deve cumpri-lo. Se, por algum motivo, depois de tirar uma carta de verdade, você decidir que prefere fazer sua própria pergunta em vez da pergunta escrita na carta, isso é permitido.

— Presumindo, é claro — interveio Jameson —, que essa pergunta seja tão *interessante* quanto a que fornecemos.

Bom, aquilo era sinistro.

— Vocês vão perceber que em cima da mesa há três objetos. — Avery retomou o controle. — As cartas de desafio não especificam uma tarefa. Elas especificam um objeto. Cabe a você criar um desafio apropriado usando esse objeto.

Rohan se perguntou que tipo de desafio eles teriam enfrentado se tivessem escolhido a porta número um. Um enigma em vez de um jogo? Algo menos... *pessoal*?

Em voz alta, ele se concentrou em uma pergunta diferente:

— O que nos impede de mentir?

— Ainda bem que você perguntou — respondeu Jameson. — As fichas de pôquer têm um pequeno detalhe extra embutido nelas. Coloque seu polegar no centro de uma ficha da verdade enquanto responde ou imediatamente após cumprir seu desafio. Monitoraremos sua frequência cardíaca, entre outras coisas. Vocês *podem* tentar nos enganar, é claro, mas se uma das respostas for marcada como falsa, vocês falharão no desafio.

Sem dicas, Rohan traduziu.

— E quanto aos desafios? — Savannah usava sua voz alta e clara da alta sociedade, mas seu corpo contava uma história diferente.

Seu corpo estava pronto para lutar.

Lutar contra quem?, o labirinto perguntava. *E por quê?* Rohan resistiu, permanecendo no momento.

— Um desafio adequado — disse Jameson — também tem certo efeito na frequência cardíaca. Se acham que podem enganar nossos sensores, vocês dois são muito bem-vindos para tentar e correr o risco de não receberem a dica. *Bonne chance.*

Com isso, os mentores do jogo ficaram em silêncio.

— Boa sorte — Rohan traduziu categoricamente. — Jameson Hawthorne e eu temos uma conhecida em comum que adora a versão em francês dessa frase.

A duquesa. Rohan reconheceu a jogada que Jameson acabara de fazer pelo que ela era: a forma que o maldito encontrara de deixar claro que ele e Avery sabiam exatamente o que estava em jogo para Rohan nesta competição. Não precisava de muito para que descobrissem isso, dado o histórico deles com o Mercê.

Vocês dois sabem que eu não vou tentar trapacear, pensou Rohan com astúcia. Comparado à Propriedade do Mercê do Diabo, o que era um pequeno jogo de Verdade ou Desafio?

Capítulo 59

ROHAN

Savannah virou a primeira ficha.

— Verdade.

Ela pegou a pilha de cartões brancos e dourados e retirou um. Rohan esperava que ela descartasse a pergunta predeterminada e pedisse a ele detalhes sobre o Mercê, mas ela não o fez, uma indicação de que não estava concentrada.

Em vez disso, Savannah Grayson leu a pergunta no cartão em um tom quase entediado enquanto colocava a ficha na mesa e a deslizava para ele.

— Qual é a sua lembrança mais antiga?

Rohan colocou o polegar no centro da ficha.

— Minha lembrança mais antiga. — A voz de Rohan ficou inesperadamente grave, mesmo para seus próprios ouvidos. Havia um motivo pelo qual ele mantinha suas lembranças trancafiadas em um labirinto. Nesse jogo, o passado havia ressurgido em sua mente duas vezes, e isso já era demais.

Quem não tem remédio...

— Estou nos braços da minha mãe — disse Rohan, distante. — Ela está cantarolando, e então estou na água. Estamos

290 JENNIFER LYNN BARNES

do lado de fora. Está escuro como breu. A água é profunda. Eu não sei nadar.

Não havia um pingo de emoção em seu tom. Ao se distanciar ainda mais, Rohan pensou na origem da frase *quem não tem remédio*, o provérbio completo. *Quem não tem remédio, remediado está.*

— Reconheço *controle* — comentou Savannah — quando o vejo.

Rohan olhou nos olhos dela.

— Não foi a primeira vez. — Apesar de todo o seu *controle*, Rohan podia sentir seu coração bater mais forte agora.

— Essa é a parte mais vívida da memória. Estou na água. Não consigo nadar. Não consigo ver nada. E não é a primeira vez.

Haviam feito isso com ele de propósito. Rohan não se lembrava quem eram *eles*, para além da mulher. O resto da família, talvez. Crianças não iam parar sob os cuidados do Mercê do Diabo por *bons* motivos.

A ficha sob o polegar de Rohan se iluminou. Ele esvaziou a mente e o colocou no chão. *Faltam mais cinco.* Ele pegou uma ficha e a virou.

— Desafio. — Rohan tirou uma carta preta. A imagem da escova de cabelo o encarou. Ele olhou para Savannah, para a trança dela. — Solte seus cabelos.

Aquilo não era uma estratégia. Rohan podia admitir isso, mesmo que apenas para si mesmo.

Ele ouviu quando ela arfou.

— Esse é seu desafio? — perguntou Savannah. *Reconheço controle*, dissera ela, *quando o vejo.*

— Eu desafio você… — Rohan baniu a lembrança da água e da escuridão. — … a me deixar escovar seus cabelos.

Ele se permitiu saborear a maneira como Savannah soltou o cabelo, enquanto os dedos ágeis trabalhavam rapidamente nas tranças de cada lado da cabeça. Ela era eficiente.

Rohan pegou a escova.

— Pronto — disse Savannah, a palavra falhando. — Pronto. Pode escovar.

Lá estavam aquelas paredes. Ele se perguntou se alguma parte dela estava pensando, assim como ele, na luta bastante tentadora que tiveram.

— Posso pensar em outro desafio — disse Rohan a ela, girando a escova uma vez em sua mão. — Se você quiser.

Savannah lhe dirigiu um olhar tão penetrante que poderia cortá-lo em pedacinhos.

— Vamos acabar logo com isso.

— A ficha. — Rohan se inclinou para a frente para colocá-la sobre a mesa adiante. Ela pegou a ficha na mão e Rohan registrou a forma como seus cabelos longos e pálidos dançavam pelas costas dela com o menor dos movimentos.

— Não preciso tocar em você se não quiser. — Rohan caminhou em direção a ela, sem fazer nenhum esforço para disfarçar o som de seus passos. — Posso pensar em outro desafio.

— Eu quero — disse Savannah — ganhar.

Você precisa, Rohan corrigiu em silêncio. O labirinto o chamava.

— Anda logo. — Savannah gostava de dar ordens.

Rohan contou as respirações dela e as próprias e, quando chegou a sete para cada um deles, ergueu a escova e começou a trabalhar com habilidade para desfazer os nós restantes das tranças. Ele se lembrava de ter enfiado a mão no cabelo dela, lembrava-se do aperto doloroso que ela dera nele, mas aquilo?

Aquilo era uma outra história. *Devagar. Com cuidado. Com gentileza.* Não era a primeira vez que ele escovava os cabelos de alguém, nem mesmo cabelos tão longos, grossos e macios como os dela. Os nós desapareceram em pouco tempo.

O conjunto de habilidades de Rohan era... variado.

Ele não parou. Escovou mecha por mecha, guiando a escova pelo cabelo dela e pelas costas, contando as respirações dela e as dele.

Um.

Dois.

Três.

Quando ela voltou a inspirar, foi de modo um pouco mais brusco. *Você sabe o que isso faz comigo, garota do inverno?* O polegar dele passou de leve pelo pescoço dela, e Savannah o arqueou, inclinando-se para o toque dele.

Os batimentos dele. Os dela. Suavidade e calor. Respiração após respiração após respiração, Rohan continuou a escovar, continuou a contar.

Um.

Dois.

Três.

Quatro.

Cinco.

Seis.

— Rohan. — A forma como ela disse seu nome foi como uma faca deslizando entre suas costelas.

Savannah.

Savannah.

Savannah.

A ficha nos dedos dela se iluminou.

— Já terminamos? — Ela falava mais baixo, a voz grave e encorpada e, brutalmente, irrefutavelmente *ela*.

— Já, Savvy? — Rohan ecoou a pergunta de volta para ela. — Terminamos?

Ele viu, ouviu e *sentiu* quando ela engoliu em seco.

— Terminamos.

Rohan sabia que havia uma diferença entre *querer* e *precisar*. Ficar do lado certo dessa linha era um exercício de extremo controle. Ele podia *desejá-la* por toda a eternidade, mas não podia se permitir *precisar* de nada.

Rohan abaixou a escova.

— Um desafio a menos.

— E uma verdade. — Savannah esticou a mão direita e, um instante depois, virou uma terceira ficha. *Desafio*. Ela se direcionou para a pilha de cartas e sacou a faca.

Como Factótum do Mercê do Diabo, Rohan tinha certa habilidade com as lâminas.

Savannah olhou fixamente para a faca sobre a mesa. Rohan sentiu seus lábios se curvarem e, então, Savannah Grayson fez algo inesperado: agarrou os próprios cabelos.

— Corte.

Rohan não era do tipo de pessoa que se surpreendia com facilidade. Controlando suas feições para que permanecessem neutras, ele pegou a faca com cabo de pérola e deu um leve giro.

— Você quer que eu corte seu cabelo com essa faca.

— Eu *desafio* você a cortar meu cabelo com essa faca.

Ela havia sentido alguma coisa. Rohan pensou na respiração acelerada, na forma como ela se inclinou para o toque dele. Ela queria aquilo... e ele. E aquela era a resposta dela.

— Eu já fiz coisas piores com facas — advertiu Rohan — do que cortar cabelos.

— Então por que — ela respondeu — você está enrolando?

Rohan segurou a faca e se perguntou se ela estava se punindo por sentir alguma coisa... ou se o punia por fazê-la sentir. Ele colocou a mão esquerda em cima da dela, que recuou, deixando-o com o cabelo preso em sua mão, bem na base do pescoço.

Antes que qualquer um dos dois pudesse respirar uma vez sequer, Rohan levou a faca até o ponto logo acima de sua mão e começou a cortar. Era um trabalho sujo, mas ele era rápido.

Quaisquer que fossem as medidas tomadas pelas fichas, quando Rohan pressionou o polegar na terceira ficha, ela se iluminou.

Savannah estava de pé, olhando para os fios de seu cabelo espalhados pelo chão.

— Sua vez.

Garota invernal cruel. Rohan virou a próxima ficha de pôquer.

— Verdade. — Ele tirou uma carta branca, mas nem sequer olhou para a pergunta que estava nela. — Por que você me desafiou a cortar seu cabelo?

Essa não era a pergunta que ele deveria ter feito. Não havia utilidade nenhuma naquela pergunta. Mas, ainda assim...

Ele queria ouvir a resposta dela.

— Por que não? — Savannah deu a volta na mesa, colocando-a entre eles.

Rohan colocou as palmas das mãos sobre a madeira e se inclinou para a frente.

— Essa não é uma resposta de verdade, Savvy. Coloque o polegar sobre a ficha.

Savannah também se inclinou para a frente, sem fazer nada disso.

— Meu pai gostava do meu cabelo comprido. — A voz dela era calma, mas ele podia ver a tensão nos músculos onde o braço dela encontrava o ombro. — E agora o que ele gosta, quer ou espera não importa mais.

— Não importa? — Rohan não sabia ao certo por que conversar com Savannah Grayson era sempre tão parecido com esgrima, por que ele não conseguia resistir a cada um de seus movimentos. — Você está jogando esse jogo *pelo seu pai*. De uma forma ou de outra, ele é muito importante.

Rohan se aproximou, pegou uma das mãos que ela havia colocado sobre a mesa e a virou, botando a ficha em sua palma.

Depois de um momento, a mandíbula de Savannah se cerrou e ela colocou o polegar sobre a ficha.

— Me diga o verdadeiro motivo pelo qual você me desafiou a cortar seu cabelo, Savvy... ou explique exatamente o que você quis dizer quando falou que está fazendo isso *pelo seu pai*.

No silêncio que se seguiu, uma coisa ficou clara: se Savannah Grayson pudesse, ela o teria matado naquele exato instante.

— Desafiei você a cortar meu cabelo porque *você* não tem o direito de me fazer sentir desse jeito.

Rohan esperou que a ficha se acendesse. Nada aconteceu.

— Essa era a verdade — disse Savannah. — Ela deveria ter se acendido.

— Talvez a ficha queira que você responda à minha outra pergunta. Aquela sobre seu pai.

O olhar mais glacial de Savannah ameaçou ter o efeito oposto nele.

— Você quer uma explicação, Rohan? Tente esta: o dinheiro não é a única coisa que você ganha se vencer o Grande Jogo.

E *isso* fez com que a ficha se acendesse.

Savannah virou mais uma.

— Verdade. Quem é a conhecida em comum que você e Jameson Hawthorne têm e que gosta tanto de francês?

— Ela se chama Zella — disse Rohan, colocando o polegar sobre a ficha. — Ela é uma duquesa. Uma que, por algum motivo, acha que pode tomar o que é meu.

Isso não era só uma verdade. Era *a* verdade da vida de Rohan. O Mercê era dele, e ele era o Mercê. Sem isso, ele era apenas um menino de cinco anos se afogando em águas escuras.

Ninguém e nada importava mais.

Rohan esperou até que a ficha se acendesse e, em seguida, virou outra. *Desafio.* Ele tirou uma carta. Havia apenas um objeto na mesa, então ele não ficou surpreso quando a imagem da rosa de vidro o encarou.

O que as cartas restantes contêm, então? Rohan deixou de lado essa pergunta e colocou a mão em volta da rosa de vidro. E então ele a estendeu para Savannah.

— Quebre-a.

— Quê?

Ele se inclinou para apoiar a rosa na mesa, bem na frente dela.

— Eu conheço você, Savannah. Quem você é de verdade. A sua *raiva* — Rohan falou mais baixo, com a voz áspera. — Fogo, não gelo. — Ele apontou para a rosa com a cabeça. — Desafio você a quebrá-la.

— Eu não tenho raiva.

Que sorte que a ficha que ele pressionou na palma da mão dela não era a da *verdade*.

— Tem medo de se soltar? — perguntou Rohan. — Você não quer admitir o quanto sente raiva — disse ele, com a voz baixa e provocadora — porque, se o fizer, alguém pode perguntar por quê.

Ele tinha motivos para perguntar que iam além do querer, quase precisar, saber.

Tudo estava relacionado. Porque ela estava ali. Aquela raiva. O pai. *O que mais o vencedor do Grande Jogo recebe, além de dinheiro?*

— Aposto — disse Savannah, pegando a rosa calmamente — que nenhum estranho nunca mandou você sorrir. — Ela parou de falar. — Talvez eu esteja com raiva porque mulheres como eu não *podem* ficar com raiva.

Rohan abriu a boca, mas antes que ele pudesse dizer uma palavra, Savannah se virou e jogou a rosa de vidro com toda a força que tinha.

Ela se espatifou.

— É assim que se faz, Savvy — murmurou Rohan. *Eu conheço você.*

Capítulo 60

LYRA

— **Ah, parem de me olhar assim,** vocês dois — disse Odette — Eu era jovem.

— Deixa eu adivinhar — respondeu Grayson. — Foi há muito tempo... e quantas vidas?

Em vez de responder, Odette apertou um botão no projetor, e o cartão do título *Coroas mutantes* deu lugar a uma cena — de uma mulher. De cabelos ruivos. Sua juventude era palpável, suas feições eram ao mesmo tempo marcantes e *familiares*.

— É você? — perguntou Lyra.

— Por um tempo, eu fui *Odette Mora...* e não Morales. — Odette pausou o filme mais uma vez. — Eles me obrigaram a mudar isso, assim como pintaram meu cabelo de vermelho na primeira vez em que pisei em um estúdio. Eu tinha dezenove anos e concordei com tudo... a mudança de nome, a mudança de cabelo, os termos do contrato que não eram ideais. Meu marido predador me conseguiu papéis com falas em quatro filmes antes que eu o deixasse. Ele tentou me destruir. — Odette abriu aquele sorriso de águia em uma caçada, de vovó que fazia biscoitos. — Não adiantou. Consegui uma série de filmes sem ele, alguns papéis de destaque, inclusive *Coroas mutantes*. — Ela fez uma pausa. — E então eu parei.

— Sem mais nem menos? — perguntou Grayson.

— Eu engravidei — Odette falava com a voz entrecortada. — E não era casada. Eu me recusei a *dar um fim à situação,* e aquele foi meu fim. Este foi meu último filme.

A pergunta estava na ponta da língua de Lyra. Ela queria saber como Odette havia passado de estrela de Hollywood a faxineira, à faculdade de direito e, por fim, de alguma forma, a Tobias Hawthorne. Mas, em vez disso, Lyra não pôde deixar de fazer uma observação.

— Agora você pinta as pontas do seu cabelo de preto.

— Garota perspicaz. Eu, pessoalmente, gosto do grisalho... mas também? Eles que se danem por me obrigarem a pintá-lo de vermelho. — Odette estendeu a mão e tocou o queixo de Lyra de leve. — Como mulher, acho que é bom para a alma ter uma lembrança física das pessoas que enterrei.

— Metaforicamente enterradas — disse Grayson. — É claro.

Odette não teceu comentários.

— Fui convidada para jogar o Grande Jogo — disse ela, em vez disso — como uma das escolhas pessoais da herdeira Hawthorne.

Então somos duas, pensou Lyra. E ambas tinham ligações com Tobias Hawthorne, com aquela Lista dele. Isso não parecia ser uma coincidência para Lyra.

— Os arquitetos do jogo sabiam que eu estaria jogando quando criaram esses enigmas — observou Odette. — Parece que eles também estavam bastante confiantes de que eu acabaria *nesta* sala. Isso nos faz pensar, não é mesmo? O que mais eles organizaram dessa forma?

Lyra pensou no sorriso malicioso de Jameson Hawthorne, lá no heliponto. *Logo depois que o irmão dele ouviu minha voz pela primeira vez.*

— Você chegou a falar de mim? — Lyra não tinha a intenção de perguntar isso a Grayson, mas não recuou. — Ou das nossas ligações? Você contou para os seus irmãos ou para a Avery...

— Não. — A resposta de Grayson foi tão imediata e tão absoluta que Lyra a ouviu como uma porta batendo.

Certo, pensou ela. *Por que o que havia para ser contado?*

Por um longo momento, parecia que Grayson tinha mais alguma coisa para dizer, mas, em vez disso, ele foi até o projetor e apertou o play.

— Eu apostaria que o que quer que estejamos procurando está na primeira metade, talvez até nos primeiros quinze minutos do filme. Estamos com o tempo contado e a única característica universal dos enigmas Hawthorne é que eles são feitos para serem resolvidos.

Lyra não fazia ideia de quanto tempo eles ainda tinham antes do amanhecer. Os minutos e as horas haviam perdido todo o significado. Parecia que estavam trancados havia dias, mas logo, de uma forma ou de outra, aquela noite acabaria.

Logo, Lyra nunca mais teria que falar ou olhar para Grayson Hawthorne de novo.

Se concentre no enigma. Se concentre no filme. Se concentre em sair ao amanhecer.

Logo nas primeiras cenas, ficou claro que *Coroas mutantes* era um filme de assalto, um romance real e cem por cento um produto de sua época.

— O senhor é um vigarista e um cafajeste. — A voz da jovem Odette era a mesma de sua versão mais velha... exatamente a mesma.

— Eu também sou um conde — foi a resposta do protagonista masculino. — E não sou da sua conta.

Odette é atriz. Cena após cena, Lyra ponderava o que aquilo queria dizer. Ao seu lado, Grayson inclinou os lábios para baixo, em direção à orelha dela.

— Ela é muito boa. — A voz dele era quase inaudível... e só para Lyra.

— Você acha que ela estava mentindo? — Lyra manteve o olhar fixo na tela e suas palavras eram tão baixas quanto as dele.

— Sobre seu pai, meu avô ou a saúde dela? Não. Mas...

Mas, pensou Lyra, reprimindo a enorme vontade de olhar para ele, *ela deu todas aquelas informações do nada, logo depois que você perguntou sobre ômega.*

O filme pulou. Lyra se perguntou se teria imaginado aquilo, e depois pulou de novo.

— Pare o filme — disse Lyra, mas Odette já o havia parado.

A velha senhora enrolou o filme de volta com habilidade, depois começou a avançar manualmente, um quadro de cada vez. Por fim, uma letra apareceu na tela — um único quadro inserido no filme. *A.*

— Continue — ordenou Lyra, o zumbido de energia perceptível em sua voz.

No próximo pulo, havia outra letra. *B.* Um terceiro quadro deu a eles o *R.*

— O próximo vai ser um *A* — previu Grayson.

E assim foi. Quadro após quadro, pulo após pulo, as letras continuavam chegando. A, S, G, A, V, E.

A mente de Lyra começou a preencher os espaços em branco, mas ela não teve pressa e esperou até ter certeza.

T, A, S.

— *Abra as gavetas.* — A voz de Lyra ecoou pelo teatro.

— Que gavetas?

Como mágica, uma seção de tecido grosso e aveludado se soltou da parede. Atrás dele, havia quatro gavetas e uma porta arqueada com uma maçaneta de bronze ornamentada. Dentro de cada gaveta, havia um objeto:

Um pirulito.

Um bloco de notas adesivas.

Um interruptor de luz.

Um pincel.

— Tem alguma coisa escrita na maçaneta — observou Grayson.

Lyra se agachou ao lado dele para dar observar melhor a maçaneta de bronze. O metal continha apenas uma palavra.

FINAL.

Capítulo 61

GIGI

Dez livros na casa de boneca. *Dez números. Um código.* O cérebro de Gigi acelerou como o de um galgo hiperativo. *Uma cifra de substituição? Números por letras?* Os dígitos variavam de 15 a 162, sem repetições. *Coordenadas? Algum tipo de combinação?*

— Sistema decimal Dewey? — murmurou Brady ao lado dela.

Knox foi até as prateleiras e começou a examinar fileira após fileira de livros.

— Não tem nenhum número nas lombadas, nenhuma forma de procurar.

Gigi pegou um dos minúsculos livros de plástico da casa de bonecas e o girou em sua mão. Ela viu o que *poderia* ser uma escrita minúscula na lombada. Uma onda de energia percorreu suas veias como oito xícaras de café... ou uma única mimosa.

— A lente de aumento! — Gigi correu para pegá-la. O cabo ornamentado de prata e ouro estava frio ao toque. Inclinando a lupa na direção do livro em miniatura em sua mão, Gigi conseguiu ler o título.

— *David Copperfield.*

Brady se agachou para pegar o resto dos livros, depois se juntou a ela, segurando todos os nove tomos restantes da casa de bonecas. Gigi pegou um deles, seus dedos roçando na palma da mão dele.

— *Rebecca.* — Gigi leu. E assim por diante: *Anna Karenina, Carrie, Peter Pan, Jane Eyre* e *Robinson Crusoé.* — *Rei Lear* — continuou, e ela se perguntou se estava imaginando a maneira como o olhar de Brady se demorava em seu rosto. Em seus lábios.

— São todos nomes. — Esse era o Knox. Ele não estava olhando para Gigi. Ele olhava para Brady. Com intensidade.

Gigi se concentrou nos livros. O padrão se manteve para os dois últimos: *Oliver Twist* e *Emma.*

Dez livros. Dez títulos. Todos nomes. E números.

Gigi balançou no lugar, ponderando.

— Por que eles nos dariam os títulos? — Ela olhou para cima, para as prateleiras acima e ao redor deles. — Estamos na *biblioteca.* — Seus olhos se arregalaram. — Livros e mais livros. Pequenos e grandes. — Ela correu para a prateleira que havia procurado antes. — Acho que me lembro de ter visto *Emma.*

— *Emma* — murmurou Brady —, o número no verso dele é quatro.

O cérebro de Gigi decolou como um foguete e, assim que ela encontrou o exemplar verdadeiro de *Emma*, folheou até a página quatro.

E lá estava.

Knox atravessou a sala para ficar diretamente atrás dela e leu por cima de seu ombro.

— Palavras sublinhadas — ele disse. — Três delas.

— *Uma, reunir* e *seus* — Gigi leu. Ela disse o óbvio: — Todos tem a letra *U*. — Ela levou cinco minutos para encontrar outro livro da lista. — *Jane Eyre*.

— Dezenove — Brady disse sem nem mesmo precisar olhar.

Na página dezenove de Jane Eyre, Gigi encontrou cinco palavras sublinhadas.

— *Longas, tardes, dos, esses* e *sofá* — ela relatou.

— S — Brady falou em voz baixa, calmo, seguro.

Gigi olhou de volta para ele.

— A única letra que aparece em todas essas palavras — disse Brady Daniels, que saiba reconhecer bem um padrão — é S.

— Eu tenho *Rebecca* — disse Knox do outro lado da sala. — Qual é o número da página?

Brady respondeu, com a voz cortada:

— Setenta e dois.

E assim foi, livro após livro. No momento em que decodificaram o último, Gigi fechou os olhos, puxando toda a sequência em U, S, C, A, R, A, O, A, D, B.

— Comece puxando o *S*, o *U* e o *B* — disse Gigi automaticamente. *Sub*. Restavam nove letras: C, A, R, A, O, A, D.

— *Doca*? — murmurou Knox. — Ou *cara*?

— *Corda* — Brady tentou.

— *Corda* — Gigi repetiu, abrindo os olhos para encontrar os dele. — Só restam duas letras, dois *A*. *Suba* — concluiu ela.

Knox foi mais rápido do que Brady para montar a frase:

— *Suba a corda*.

No instante em que as palavras foram ditas em voz alta, um painel de vidro colorido no teto balançou como um alçapão, criando uma abertura no alto.

E uma corda caiu.

Capítulo 62

ROHAN

Rohan foi até o painel na parede e apertou o botão da dica, se certificando de que os criadores do jogo estavam ouvindo.

— Nossa dica — exigiu ele. Até onde Rohan podia entender, a dica era mais do que merecida. *Três verdades. A escova. A faca. O cabelo de Savannah. A rosa de vidro.*

— Sabe o cartão que diz "essa não é sua pista"? — A voz de Avery estava de volta. — Pegue qualquer uma das *outras* cartas do baralho do jogo Uma Agulha Em Um Palheiro e segure contra uma das tochas.

Os alto-falantes ficaram em silêncio.

Savannah pegou uma carta em branco do "palheiro". Rohan pegou outra. Eles se separaram, indo para tochas diferentes, e Rohan se perguntou se Savannah precisava que houvesse certo espaço entre eles.

Eu não tenho o direito de fazer você se sentir desse jeito? De que jeito, gata? Havia razões perfeitamente estratégicas para querer uma resposta a essa pergunta.

Com o calor da tocha, a tinta invisível se tornou visível no cartão de Rohan: *diga xis.*

— Uma câmera? — perguntou Savannah, uma forte indicação de que encontrara a mesma mensagem no cartão dela.

— Sorrir?

Rohan tentou uma tática diferente.

— Xis — disse ele.

Houve um bip quando a senha de áudio foi registrada e, em seguida, uma das paredes da sala triangular começou a rolar para trás. Ela girou noventa graus completos antes de se encaixar no lugar, parte de uma nova parede em uma sala muito maior.

Mais prateleiras. Rohan absorveu o tamanho da sala expandida. *Mais jogos.* A cinco metros da mesa de pôquer, havia uma segunda área recuada no chão, que abrigava uma mesa de pingue-pongue. Rohan foi em direção a ela e se abaixou para examinar a mesa, mas, no fundo de sua mente, um enigma muito diferente o chamava.

O que, além de dinheiro, uma pessoa ganha ao vencer o Grande Jogo? Rohan passou a mão sobre a mesa de pingue-pongue, examinando cada centímetro quadrado de sua superfície. *Notoriedade?*

Nesse ritmo, Savannah teria o próprio quarto no labirinto da mente dele.

Cuidado, Rohan. Ele ainda podia *sentir* o momento em que a faca havia cortado o cabelo dela, mas não havia espaço em seu plano, em nenhum de seus planos, para esse tipo de fascínio. Nada importava mais do que vencer.

Ele saltou da área recuada para examinar a parede dos fundos, a única na sala que não estava coberta de prateleiras. Em vez disso, estava coberta de bolinhas de pingue-pongue. Centenas delas.

Rohan acenou com a mão para a parede, percorrendo a superfície de bolinhas.

— Savannah — ele chamou. — Algumas delas giram.

— Tem alguma coisa escrita nas bolinhas que giram? — perguntou Savannah, que parecia focada na missão ao se aproximar dele e se juntar à busca.

— Não que eu possa ver — disse Rohan. *Mas, de novo, não conseguíamos ver nada escrito nos cartões, tampouco.*

— Tinta invisível de novo? — Savannah leu a mente dele.

— Encontrei uma que gira.

Eles continuaram, girando as bolas soltas até que elas se encaixassem no lugar. Rohan meio que esperava que girar a última bola acionasse *algo*, mas não teve sorte.

— A outra opção é analisar os jogos nas novas prateleiras.

— Savannah parecia ter se livrado dos efeitos do Verdade ou Desafio, o retrato do *controle*. — Eu fico com essa parede. Você fica com… — Ela parou de falar, congelando no meio do movimento. — *Rohan*.

O jeito que ela disse o nome dele quase o matou.

Lembre-se de quem está jogando com quem aqui, ele se advertiu.

— O que foi? — indagou Rohan. Enquanto se dirigia a ela, ele viu o que Savannah tinha visto: as prateleiras na parede à esquerda das bolas de pingue-pongue não continham nada além de jogos de xadrez.

— Reis e rainhas — sussurrou Savannah. Ela pegou uma das caixas. Sem a trança e sem todo aquele cabelo, Rohan podia ver a nuca dela, as longas linhas, a tensão e tudo mais.

Ele pegou uma caixa também.

— As pistas sobre a coroa e o cetro são autoexplicativas. Quanto aos tronos vazios…

Savannah o interrompeu:

— Estamos procurando um conjunto que não tenha um rei ou uma rainha.

Eles começaram a trabalhar. Não havia dois jogos de xadrez iguais. Havia peças feitas de mármore e vidro, cristal e madeira; tabuleiros dobrados e tabuleiros com joias; jogos simples e obras de arte; jogos de xadrez temáticos e jogos de xadrez para crianças e antiguidades.

Por fim, *finalmente,* Rohan encontrou um jogo em que estava faltando um rei.

— Savvy. — Bastou dizer isso e Savannah foi para o lado dele, suas longas pernas tornando obsoleto o espaço que os separara momentos antes.

Rohan retirou o tabuleiro de xadrez da caixa. As peças eram de plástico, nada de extraordinário. O tabuleiro era exatamente o que se esperaria de um jogo de xadrez barato, mas isso não impediu que Rohan o desdobrasse e colocasse as peças em seus lugares designados.

Savannah se intrometeu no processo, e eles trabalharam em conjunto — *as mãos dele, as dela, as dele de novo* — até que todas as peças estivessem no tabuleiro, exceto o rei que faltava.

— Ali está o nosso trono — anunciou Rohan, acenando com a cabeça para o quadrado vazio. — Isso, ou seu espelho do outro lado.

Savannah se aproximou e tocou o quadrado, depois arrastou a unha pela superfície. O preto do quadrado se soltou, como a superfície de um bilhete de raspadinha.

Por baixo, havia algo escrito: ME USE.

Rohan levantou o tabuleiro, fazendo com que as peças se espalhassem. Ele empurrou o quadrado com os polegares até que se soltasse. Savannah se apressou para pegá-lo. Ela apertou o quadrado entre o indicador e o polegar, e ele se iluminou com um brilho púrpura assustador.

— Luz ultravioleta — murmurou Rohan.

— As bolinhas de pingue-pongue — disse Savannah ao lado dele. — Aquelas que viramos. — *Sem hesitação.*

Em um instante, eles estavam na parede do fundo.

— Use a mão para bloquear a luz artificial e depois tente a luz negra — explicou Rohan.

Ela tentou. *Eles* tentaram, e as letras apareceram uma a uma nas bolas que eles haviam girado antes, soletrando uma palavra em latim.

— *Veritas* — falou Rohan em voz alta. Houve um bipe, e uma seção da parede coberta de bolas se separou do resto. *Um compartimento oculto.* Em seu interior, havia quatro objetos.

Um rolo de remover fiapos.

Um cartão de aniversário.

Um frasco de purpurina.

Um leque de seda antigo.

Quando todos os objetos foram retirados do compartimento, outra seção maior da parede de bolas de pingue-pongue balançou para fora como uma porta. No piso de madeira, onde a parede estava um momento antes, Rohan viu uma única palavra. FINAL.

— Um último enigma. — Savannah se aproximou dele, olhando para a palavra.

Aquela fase do jogo, aquele momento, estava chegando ao fim. Em breve, os dois não seriam mais uma equipe. Ela prometera que o destruiria. Prometera que se divertiria ao fazê-lo. Rohan tendia a acreditar nela em ambos os casos, o que significava que, se ele quisesse Savannah Grayson, apenas como um recurso, claro, precisaria agir.

— Se você está prestes a propor outra aposta — disse Savannah —, minha resposta é não. — Seu cabelo irregular, cortado à faca, a fazia parecer ainda mais uma guerreira envolta em seda azul-gelo. Ela ainda usava o cadeado e a corrente na cintura e, se estava pesado demais para aguentar, não parecia se importar, assim como Rohan não se importava com os nós dos dedos ensanguentados.

— Chega de apostas — disse Rohan a ela. — Chega de joguinhos. — Ele havia entrado nisso pensando em si mesmo como um jogador e nela como uma peça do jogo. Mas Rohan não havia chegado aonde estava por subestimar qualquer oponente por muito tempo, e Savannah era muito mais do que uma rainha.

Ela também era uma jogadora.

— Acho que está na hora — disse Rohan, olhando firme nos olhos dela — de você e eu fazermos um acordo.

Capítulo 63

LYRA

Lyra atravessou a porta do final e entrou em uma sala enorme, como nenhuma outra que já havia visto. Um mosaico de azulejos cobria o chão, o teto e as paredes. A maioria deles era preta, mas todas as cores imagináveis apareciam nos elaborados redemoinhos do mosaico.

— É um salão de baile — opinou Grayson atrás dela.

Lyra se dirigiu à parede mais próxima, quase como se tivesse sido atraída por uma força magnética. Ela levou a mão à superfície do mosaico, sentindo cada azulejo um por um, tão pequenos, tão bem colocados. Quantos milhões de azulejos haviam sido usados para fazer este cômodo? *O teto. O piso. As paredes... todas, exceto uma.*

A parede do fundo era feita de vidro.

Lyra ficou olhando para a parede de janelas na escuridão suave. Quanto tempo faltava para que a bruma suave da manhã surgisse? Quanto tempo faltava para o sol romper o horizonte e encerrar essa fase do jogo?

Final. Aquela sala, aquele enigma, era o último.

Lyra se dirigiu ao centro da sala. O piso era liso sob seus pés, os ladrilhos assentados com tanta perfeição que parecia que ela estava andando sobre madeira. Bem acima dela, havia um lustre de cristal.

A memória era uma coisa física. *Costas arqueadas. Os dedos dele, minhas coxas.*

— Um salão de baile é feito para dançar — comentou Odette.

Lyra baniu a lembrança e olhou para seu vestido de baile, com as camadas azuis em cascata. *Feito para dançar.*

— Eu não danço mais.

Parte dela queria dançar.

Parte dela *ansiava* por dançar.

Mas ela colocou em termos que Odette entenderia:

— Foi em outra vida.

Lyra se concentrou no padrão das paredes e do piso: espirais e redemoinhos escuros e hipnotizantes, cada um deles único. Ela andou pela sala, absorvendo tudo.

— Você nunca parou de dançar — disse Grayson atrás dela. — Toda vez que você se move, você dança.

— Eu não danço. — Discutir com ele era a coisa mais fácil do mundo.

— Dá para ver no jeito que você ergue a cabeça, como se tivesse alguma música que o resto de nós não consegue ouvir. — Grayson Hawthorne tinha o dom do debate. — A cada passo que dá, quando se vira, a cada curva, cada movimento irritado.

Ele poderia ter parado por aí e vencido. Mas não parou.

— O jeito de ficar parada — acrescentou ele sem piedade —, um pé ligeiramente à frente do outro. A maneira como você levanta os calcanhares do chão quando está mergulhada em pensamentos, como se precisasse de todo o esforço para não ficar na ponta dos pés. O jeito como você abre os dedos quando suas mãos ficam soltas ao lado do corpo. As linhas do seu corpo quando você estica as mãos para cima.

O lustre, pensou Lyra.

— Acredite em mim, Lyra Kane — a voz de Grayson estava mais grave agora —, você nunca parou de dançar.

Como diabo ela poderia argumentar contra isso? Como ela poderia *existir* em um mundo, ainda mais em um salão de baile fechado, com Grayson Hawthorne dizendo aquelas coisas?

Você não ficará trancada com ele por muito tempo. Lyra tentou se consolar com isso, mas estava doendo — não era uma dor aguda, nem mesmo uma dor nova.

Pensar que aquela noite terminaria doía como um osso que fora quebrado e se curara há algum tempo, mas voltava a doer quando o tempo mudava.

Do tipo que pode nunca parar de doer.

Lyra encostou a palma da mão nos azulejos da parede e começou a examiná-la da mesma forma que Grayson examinara a lareira no grande salão.

— Pode ser que tenha alguma relação com o padrão — Grayson se juntou a ela na parede, colocando a espada longa no chão, a seus pés.

Lyra deu um passo para trás, se afastando... da parede, da espada, dele.

— E os objetos? — Ela se virou de repente para Odette quando a velha começou a colocar os objetos no chão de mosaico.

O pirulito.

As notas adesivas.

O pincel.

O interruptor de luz.

— Começamos esse jogo com uma coleção de objetos — observou Odette — e parece que me lembro de nosso sr. Hawthorne estar bastante certo de que um desses objetos seria uma pista para começarmos.

— Sim, bem, a dúvida nunca foi o meu forte. — O olhar de Grayson foi até Lyra. — Mas se este *for* um enigma mais típico dos Hawthorne do que foi o primeiro, vamos querer pensar em usos não convencionais para cada objeto. — Ele indicou o pirulito com a cabeça. — Pegue isso.

A face do pirulito era lisa, circular e maior em diâmetro do que o punho de Lyra. O palito era longo e resistente.

— Pode ser que tenha algum código embutido no padrão do doce — continuou Grayson —, algo que identifique uma parte específica do mosaico. Ou talvez o objetivo seja descartar o pirulito e usar só a embalagem plástica que o cobre.

Lyra se afastou um pouco mais dele, bem próxima dos objetos, muito atenta à maneira como se movia e como ele a observava.

Ela se ajoelhou para observar a embalagem do pirulito.

— As informações nutricionais...

— ... podem conter uma mensagem ou código oculto — concluiu Grayson. — Ele se ajoelhou ao lado dela. — Ou talvez o palito do pirulito seja a parte importante e, em algum momento, vamos nos deparar com um botão que precisa ser pressionado e um espaço pequeno demais para enfiarmos os dedos.

— E esses? — Lyra indicou os três objetos restantes.

O interruptor de luz consistia em um painel, dois parafusos e um interruptor, todos presos a um bloco de metal com mais parafusos. A coisa toda parecia ter sido arrancada de uma parede.

As notas adesivas eram de tamanho padrão e quadradas, com cores que mudavam à medida que se descia no bloco, começando com roxo e terminando em vermelho... um arco-íris invertido.

— De que outras formas seria possível usar as notas adesivas? — perguntou Lyra.

— Você se surpreenderia. — Seria possível escrever um livro só falando das diferentes formas de Grayson Hawthorne sorrir-sem-sorrir.

— Alguma delas envolve uma caixa de violoncelo, uma espada longa, uma besta e um gatinho malhado? — perguntou Lyra, seca.

Grayson sorriu *de verdade,* e Lyra desejou que ele não o tivesse feito. Ela desejou, de todo coração, que ele não tivesse nem movido os lábios.

— O que posso dizer? — falou Grayson. — Tive uma infância pouco convencional.

Uma infância Hawthorne, Lyra lembrou a si mesma. Mesmo deixando de lado todo o resto — *sangue, morte, ômega; Um Hawthorne fez isso; Pare de ligar* —, a verdade é que Lyra e Grayson Hawthorne eram de dois mundos diferentes.

Ela olhou fixamente para o último objeto. O pincel parecia de um conjunto de aquarela infantil. O cabo era verde, as cerdas eram pretas. Grayson estendeu a mão e testou o cabo, tentando desrosqueá-lo sem sucesso.

— A gente poderia tentar passar o pincel no papel — sugeriu Lyra, seu foco se aproximando do lendário. — Ou nas paredes.

— Vale a pena tentar — disse Grayson a ela —, logo depois de acionarmos o interruptor.

Lyra o acionou. Nada aconteceu. Ela experimentou o pincel no papel, depois começou a pintar as paredes com firmeza.

Grayson ia ao lado dela. Atrás deles, Lyra ouviu Odette pegar um dos objetos.

Deve estar examinando com o binóculo de ópera. Lyra não se virou. Continuou a trabalhar com o pincel, sem conseguir não olhar para as mãos de Grayson.

Seus dedos eram longos e hábeis, os nós dos dedos eram pronunciados. A pele de suas mãos era lisa, os músculos que levavam aos punhos eram definidos. Havia uma única cicatriz, uma sutil lua crescente um pouco acima da unha do polegar direito.

Lyra se concentrou no pincel e na parede.

— Tive uma infância muito convencional. — Ela olhava para o mosaico com tanta intensidade que sua visão ficou embaçada. — Balé. Futebol. Correr no bosque, mergulho no riacho. — Lyra cerrou os lábios. — É por isso que estou aqui.

Ela estava lembrando a si mesma ou contando para ele?

— Por causa de sua infância *convencional*? — Grayson bateu com os dedos indicador e médio da mão direita em uma seção de azulejos azul-escuros bem ao alcance dele e quase fora do alcance dela.

Lyra ficou na ponta dos pés, passando o pincel sobre os azulejos que ele havia indicado. *Nada.*

— Meu pai... meu pai de verdade, que me criou... ele tem terras — disse Lyra. — E uma casa. Recanto Sereno. — Ela fechou os olhos, só por um momento. — Não tem nenhum lugar igual àquele na Terra, e talvez ele tenha que vender.

— Você está fazendo isso pela sua família — disse Grayson. Não era uma pergunta.

Lyra apertou o cabo do pincel com mais força.

— Isso não está dando certo.

— Lyra.

A princípio, pelo tom de voz dele, ela pensou que Grayson tinha visto alguma coisa no mosaico. Mas, ao virar a cabeça para ele, Lyra se deu conta de que ele não estava olhando para o *mosaico*.

— Eu estava errado. — Grayson parecia ter tanta certeza disso quanto de todo o resto.

Lyra tentou desviar o olhar, sem sucesso.

— Sobre os objetos?

— Não. — *Grayson Hawthorne e seus nãos.* — Dezessete meses atrás, você veio me pedir ajuda.

Lyra não podia deixar que ele dissesse mais nada. Se ele nunca tivesse enterrado as mãos nos cabelos dela, se não tivesse sido ele a tirá-la daquele flashback, a ancorá-la no *presente*, poderia ter sido diferente. Mas Lyra não podia fazer isso.

Não naquele momento. Não quando estavam tão perto do fim. Não depois de ele ter dito que ela dançava a cada vez que se movia.

— Esqueça isso — disse Lyra com firmeza. — Não tem importância. Se concentre no jogo.

— Sou excelente em fazer muitas coisas ao mesmo tempo. — Grayson afundou no lugar onde a parede encontrava o chão e passou a mão pelo rejunte, olhando para ela como se nunca fosse desviar o olhar. — E no ano passado, quando eu disse para você parar de ligar… eu não estava falando sério.

Capítulo 64

GIGI

Gigi subiu a corda como uma pessoa com um bíceps de verdade. Não era um feito atlético, mas uma *necessidade* quase incandescente de ver o que viria a seguir, uma energia que a alimentava. Quando sua mão se prendeu ao vitral espesso e sólido, ela sentiu que alguém começava a subir a corda atrás dela, mas não olhou para trás, para Brady e Knox.

Ela passou pelo buraco e ficou de pé.

O sótão, se é que se pode chamá-lo assim, tinha o formato de pirâmide, com cerca de dois metros de altura em seu ponto mais alto e iluminado por todos os cantos. Todas as quatro paredes eram feitas de vidro. *O topo da casa.* Gigi imaginou a linha do telhado... e então olhou para a noite.

— Está tão escuro lá fora.

— Não por muito tempo. — Knox se ergueu sem esforço e entrou, e Brady, com a espada de alguma forma presa às costas, veio em seguida.

— Temos, no máximo, duas horas e meia até o amanhecer — comentou Brady.

Duas horas e meia, pensou Gigi, *até que isso, com nós três, acabe.*

Ela colocou a mão na vidraça do lado do oceano e passou os dedos sobre a palavra gravada na superfície do vidro. FINAL.

— Aqui. — Brady se agachou. — Tem uma vidraça solta no chão. — Ele levantou um grande quadrado de vitral e começou a retirar objetos do compartimento embaixo.

Um par de óculos de sol.

Um rolo de papel de embrulho.

Um novelo de lã.

Um frasco de removedor de esmalte de unha.

— Um deles deve conter uma pista sobre o que devemos fazer a seguir — disse Gigi atentamente. O papel de embrulho ostentava unicórnios e arco-íris. Os óculos de sol eram pretos com strass. O novelo era multicolorido, um arco-íris, assim como o papel.

Brady desatarraxou a tampa do removedor de esmalte e deu uma cheirada.

— Tem cheiro de acetona — confirmou. — Ou algo com uma composição química muito semelhante.

— Esta é a parte em que ele diz uma fórmula química — falou Knox, colocando os óculos escuros.

— O strass realmente realça os seus olhos — provocou Brady.

Gigi desenrolou o papel de embrulho e o vasculhou em busca de alguma pista: um unicórnio que não se encaixava com o resto, um arco-íris sem uma cor, letras ou números escondidos, uma variação no padrão. Quando terminou de examinar, ela virou o papel.

A parte de trás era de um vermelho sólido.

Knox tirou os óculos escuros.

O GRANDE JOGO **321**

— Não tem nada escrito dentro — informou ele rapidamente. — As lentes parecem ser normais.

Gigi pegou o novelo de lã e começou a desenrolá-lo, pensando que talvez pudesse encontrar algo escondido em seu centro. *Nada.* Ela voltou sua atenção para o cômodo. O piso era feito de vidro colorido. As paredes e o teto eram transparentes. Não havia nada no sótão além dos objetos que eles já haviam encontrado.

Gigi se ajoelhou para examinar o vitral. Nenhum dos outros painéis estava solto... mas o alçapão ainda estava aberto.

— Toda vez que vamos para um novo cômodo, perdemos o acesso ao antigo — disse ela em voz alta. Ela tomou uma decisão imediata. — Bombas a caminho!

Gigi desceu de volta para a biblioteca. Knox xingou, mas a seguiu, assim como Brady.

Gigi observou a sala ao redor deles.

— Não tem mais nada — sussurrou ela.

A mansão vitoriana e o castelo. Cada uma das bonecas. Cada um dos acessórios. Tudo que estava ali. E não era só isso.

As estantes de livros estavam vazias.

— Como isso é possível? — espantou-se Brady. — Ficamos só dois minutos fora.

— Essa resposta eu sei. — Gigi levantou a mão. — Na verdade, são dois conjuntos de prateleiras colocados lado a lado, construídos para girar. — Gigi juntou as mãos, palma contra palma, para demonstrar. — Nós subimos, eles giraram as estantes, trocando as que estavam vazias. E, como bônus, essas prateleiras vazias têm algo a mais.

Símbolos, esculpidos na madeira.

Os três passaram a próxima hora tentando decifrar esses símbolos, procurando padrões. Havia facilmente cinquenta emblemas diferentes entalhados nas prateleiras vazias. Algumas formas se repetiam. Outras, não. Gigi trabalhou em cada um deles.

Uma explosão de estrelas, um heptágono, o sinal de diferente, a letra G, o número 9, um sol...

— O que se passa na sua mente? — Brady ficou lado a lado com Gigi, olhando para os símbolos que ela passara os últimos cinco minutos tentando decifrar.

— Caos — respondeu Gigi com toda a honestidade. — Quase o tempo todo.

Os lábios de Brady se curvaram.

— Me lembre de te contar da teoria do caos depois.

— Conte alguma coisa agora. — Gigi se moveu até o próximo símbolo e o analisou: linhas em zigue-zague, empilhadas umas sobre as outras. Uma *onda*?

— Alguma coisa sobre a teoria do caos? — Brady considerou o pedido... e ela. — Vamos ver... Condições iniciais. Atrações estranhas. Geometria fractal.

— Dá um tempo. — Knox se irritou do outro lado da sala.

— Ou o quê? — retrucou Brady. — Não tem cadeia de comando aqui, Knox. Eu não tenho mais quinze anos e nós não somos irmãos.

Todo o ar da sala pareceu ser sugado. Brady nem sequer olhou para ver como Knox havia reagido, mas Gigi sim. *Sobrancelhas feridas.*

— Tudo bem. — O tom de Knox era brusco e inabalável. — Vocês dois continuem flertando com a teoria do caos. Eu vou subir de novo.

Knox foi até a corda. Por motivos que Gigi não conseguia nem começar a entender, ela o seguiu. Quando ela passou pelo alçapão e ficou de pé, Knox já havia reunido todos os quatro objetos.

— Qual é o seu problema? — exigiu Gigi.

— Meu problema? — Knox nem se deu ao trabalho de se virar. — Esta equipe. Brady. *Você.*

— Pode resmungar o quanto quiser, texugo — respondeu Gigi. — Você não me assusta.

— Por que eu iria querer que você se assustasse? — respondeu Knox. — O movimento mais estratégico seria ganhar sua confiança e usar isso a meu favor. Ainda bem que sou tão agradável, não é, Felícia?

Foi o uso do apelido que afetou Gigi.

— Por que você fez aquilo? — perguntou ela.

— Fiz o quê? — indagou Knox bruscamente.

— No ano passado. — Gigi olhou para baixo. — Por que você aceitou fazer um acordo com Orion Thorp? — Knox não respondeu, então Gigi reformulou a pergunta. — Com o pai de Calla?

— Brady contou... alguma coisa para você.

— Ele me contou tudo — retrucou Gigi.

Knox olhou para os objetos que tinha ido buscar: o papel de embrulho, o removedor de esmalte, os óculos de sol, a lã.

— Calla não foi levada. Ela fugiu.

— Brady disse...

— Calla *foi embora.* — A voz de Knox ficou gutural, mas quando ele voltou a falar, foi em um tom desprovido de emoção. — Ela não foi sequestrada. Não está sendo mantida em cativeiro pela família em algum lugar. Ela não está desaparecida. Ela não foi vítima de crime. E eu sei disso porque, na noite anterior à *partida* da Calla, ela me procurou para se despedir.

Gigi o encarou.

— Por que você não contou isso ao Brady? — Ela fez uma pausa. — Por que você me contaria isso?

— Talvez eu não esteja contando só pra você. — Knox se virou e indicou a frente do vestido dela com a cabeça. *O grampo.* — Os Thorp não são os únicos que jogam nessa cidade e Orion Thorp não é o único membro da família que gosta de jogar. Não sei quem está ouvindo, mas pode ser que eu diga algo que desperte o interesse deles e que me façam uma oferta melhor.

Dinheiro. Era nisso que Knox queria que ela acreditasse, mas o instinto de Gigi dizia que ele havia contado porque queria que ela soubesse que ele não era de todo ruim.

Knox não deixa as pessoas se aproximarem, Brady havia dito.

— Por que você não contou para o Brady que Calla foi se despedir? — falou Gigi, repetindo baixinho a pergunta que havia feito. — Por que você me contaria?

— Talvez eu esteja contando pra você porque *não posso* contar para ele. — Knox passou os objetos para uma das mãos enquanto levava a outra para a gola de sua camisa social — E eu nunca contei e nunca contarei a Brady porque ele não poderia sequer começar a entender um adeus de Calla Thorp.

Knox puxou o colarinho para baixo, deixando à mostra a pele na base do pescoço — e uma cicatriz branca, enrugada e triangular.

Capítulo 65

ROHAN

— **Que tipo de acordo você está propondo?** — perguntou Savannah.

Isso era um bom sinal.

— Você deu a entender que está jogando esse jogo por algo além do prêmio em dinheiro — comentou Rohan —, enquanto eu *só* estou interessado no dinheiro.

— Nada feito. — Savannah tentou passar por ele e entrar na sala ao lado. A última sala.

Rohan a bloqueou e os dois ficaram quase grudados.

— Você não ouviu minhas condições.

— Está sugerindo que me ajudaria a vencer, depois se afastaria de bom grado e permitiria que eu reivindicasse a vitória sob a mera promessa de que eu daria o dinheiro pra você? — Savannah usava seu ceticismo como uma coroa. — Você não confia tanto assim em mim, Rohan... se é que confia.

E aí estava o problema.

— Então, talvez o acordo seja este — contrapôs Rohan. — Concordamos em trabalhar juntos na próxima fase do jogo... até certo ponto. — Rohan havia feito seu primeiro

326 JENNIFER LYNN BARNES

acordo com o Proprietário, com o Mercê, quando tinha cinco anos de idade. Se tinha uma coisa que ele sabia bem era como negociar com o diabo. — Quando você e eu tivermos eliminado a concorrência em qualquer fase ou fases que vierem a seguir, quando o Grande Jogo estiver quase vencido… — Ele exibiu os dentes em um sorriso que esperava que fizesse Savannah pensar em mãos nos cabelos, em apertos só um pouquinho dolorosos. — Nesse instante, estaremos livres para fazer tudo o que estiver ao nosso alcance para derrubar um ao outro.

No final, ele venceria, não importava quais limites tivesse que ultrapassar para tal.

— Você disse que ia adorar acabar comigo, gata. — Rohan sorriu. — Pois eu digo o mesmo.

— Uma aliança em que o objetivo final é a traição. — Savannah o estudou por um longo tempo. — Que inovador.

— Não é traição — disse Rohan, hiperconsciente de cada lugar em que o corpo dela quase tocava o dele — se nós dois entrarmos nessa de olhos abertos.

— Acredite em mim, britânico. — Savannah se inclinou para a frente. — Meus olhos estão abertos.

Savannah passou por ele, ultrapassando o limiar do FINAL. Rohan a seguiu, virando-se bruscamente para o que logo se mostrou ser um corredor repleto de espelhos.

Ele podia ver Savannah de todos os lados. *Ângulos. Curvas. Poder.*

O corredor espelhado desembocava em outra sala — uma sala grande. A primeira coisa que Rohan viu foram as esteiras no chão, todas marcadas. Encostados na parede mais próxima havia dois sabres, duas máscaras, duas jaquetas brancas com revestimento de metal.

— Esgrima — disse Rohan. *Muito apropriado.*

— Luta com espadas. — Savannah olhou para os sabres, para a espada na mão de Rohan e para o rosto dele, depois se dirigiu para o lado mais distante da sala, uma parede de escalada. Ela não disse uma única palavra quando começou a escalar, com vestido de seda vintage e tudo.

Rohan notou, com certo apreço, que ela não havia se desfeito dos três objetos que havia pegado na sala anterior: o leque de seda, o frasco de purpurina e o removedor de fiapos. Segurava todos eles e, *ainda assim,* conseguiu subir.

Para Rohan haviam sobrado o cartão de aniversário e a espada longa.

— Agora são três espadas no jogo, no total — comentou ele. — Isso pode estar relacionado.

Ele examinou as lâminas dos sabres. Ao contrário da espada, não havia nada escrito. Rohan testou o peso de cada um dos sabres, depois experimentou cada uma das máscaras, antes de virar as jaquetas do avesso.

— Se você quer mesmo que eu pense em fazer esse acordo — gritou Savannah, enquanto subia para o topo da parede —, me ofereceria a espada em troca. Não pense que não reparei no quanto você está cuidando dessa coisa. Um tanto conveniente que você esteja sempre entre ela e eu.

Rohan julgava ter sido mais discreto do que de fato fora.

— Você ainda está usando o cadeado e a corrente — retrucou ele —, apesar de terem servido para *um* único propósito no Grande Jogo, para predizer a natureza do jogo, você não tem certeza de que *só* serviam para isso. Você me culpa por não ter arriscado minhas chances com a espada?

— Sou bem capaz de culpar você por tudo — respondeu Savannah. — O que acha da parede atrás de você?

Isso é um teste, Savvy? Rohan se virou. A parede em questão parecia ser um enorme quadro branco. Um labirinto intrincado havia sido desenhado em sua superfície, com três pontos finais:

Um tabuleiro de damas.

Uma forca.

E outro jogo, um jogo simples.

— As letras X e O. — Savannah desceu a parede e foi em direção a ele. — Jogo da velha.

— Também conhecido como *jogo do galo* — murmurou Rohan. Ele olhou para o tabuleiro de damas, que estava pronto para jogo, com suas peças, como os X e O, magnéticas.

— Jogos na parede. Escalar rochas. Espadas. — Savannah fez um breve resumo dos arredores.

— Um removedor de fiapos — acrescentou Rohan. — Um cartão de aniversário. Um frasco de purpurina. E um leque de seda. — Ele abriu o cartão e a música começou a tocar, instrumental, uma música familiar.

Em frente a ele, Savannah abriu o leque. O tecido de seda rígida era azul-escuro e havia uma palavra bordada nele em fio de prata brilhante. SURRENDER.

Rohan leu a palavra em voz alta, traduzindo-a:

— Se render.

Savannah olhou do leque de volta para ele.

— Nunca.

Ele foi levado de volta à base do mastro da bandeira. Agora, como naquele instante, o que ela acabara de dizer soava tentadoramente como um desafio.

— Alguns de nós não acham que *se render* é algo tão doce assim. — Rohan se inclinou para a frente, mais perto dela e depois um pouco mais perto ainda. — Alguns de nós preferem a luta. Não estou pedindo para você *se render*, Savannah Grayson. E se você acha que ninguém mais formará alianças nessa fase do jogo — Rohan jogou a carta trunfo —, dá para perceber que não passou muito tempo observando seu irmão e Lyra Kane.

Meio-irmão. Rohan antecipou a correção.

— Meio-irmão. — Como era de se esperar.

Rohan aguardou. A capacidade de aguardar, em negociações ou nas sombras, era uma de suas melhores habilidades.

Savannah abriu a boca, mas antes que ela pudesse dizer qualquer coisa, tudo ficou escuro. Uma escuridão total e absoluta. As luzes do quarto. Os fios de luzes de fadas na praia. Tudo apagado.

Ouviu-se um som: o aquecedor sendo desligado.

— Agora o bicho vai pegar. — Rohan deixou que sua voz a envolvesse. — Parece que os criadores do jogo cortaram a energia.

Capítulo 66

LYRA

A súbita ausência de luz atingiu Lyra quase com a mesma intensidade das palavras que se recusavam a parar de se repetir em sua mente. *No ano passado, quando eu disse para você parar de ligar... eu não estava falando sério.*

É claro que ele estava falando sério. Ele era Grayson Hawthorne, e ela não era ninguém. O que sua tragédia significava para ele? O que *ela* significava?

E ainda assim.

E ainda assim.

E ainda assim.

— Lyra. — A voz de Grayson estava próxima na escuridão. — Você está bem?

Ele fez a pergunta soar mais como uma ordem: Ela *estaria* bem, porque ele não permitiria que fosse diferente disso.

— Não tenho medo do escuro — disse Lyra a ele. — Estou... — Ela quase disse *bem*, mas essa palavra parecia carregada agora. — Estou tranquila.

— Eu não estou — acrescentou Odette, com uma tensão audível em sua voz. — *Não estou tranquila.*

Lyra se lembrou da dor que a mulher idosa sentira antes, se lembrou que ela estava morrendo.

— O que está acontecendo? Diga quais são os sintomas — ordenou Grayson.

— Meus sintomas incluem uma tensão na mandíbula, aumento da frequência cardíaca e um desejo de usar linguagem chula em combinações particularmente criativas.

— Você está com raiva — percebeu Lyra. *Não está sentindo dor, ou pelo menos não mais dor do que está acostumada.*

— Nos deram certo tempo para concluir esse desafio — respondeu Odette — e agora, de repente, ficou claro que o tempo que pensávamos ter antes do amanhecer era uma ilusão... uma reviravolta digna de um jogo de Hawthorne, não é mesmo? Nos desorientar e nos iludir em vez de falar a verdade.

Lyra pensou de repente em Odette dizendo que Tobias Hawthorne era o melhor e o pior homem que ela já havia conhecido.

— Se essa interrupção tivesse sido planejada — disse Grayson devagar —, teríamos recebido uma dica que prenunciaria sua ocorrência... na sala de metal, talvez, ou logo no início. Teríamos ficado intrigados com alguma linha ou pista enigmática e, no momento em que as luzes se apagassem, tudo faria um sentido repentino e cristalino. Mas isso? Não tem sentido, e garanto a vocês que isso nunca acontece nos jogos Hawthorne.

Ao ouvir Grayson, era impossível para Lyra não acreditar nele — sobre o jogo e sobre todo o resto. *No ano passado, quando eu disse para você parar de ligar... eu não estava falando sério.*

— Os botões de emergência e de dicas — falou Lyra, as palavras saindo mais grossas do que ela pretendia. — Eles ainda funcionam?

— Vou tentar — anunciou Grayson, mas Lyra chegou antes dele, movendo-se no escuro como se não fosse nada, encontrando os botões e pressionando-os.

Não houve resposta.

— O rádio está desligado — concluiu Grayson. — Eu disse... isso não foi planejado.

— Talvez não por seus irmãos ou pela srta. Grambs — disse Odette. Havia algo discreto em seu tom, algo suave e profundamente preocupante.

— Fale com mais clareza, sra. Morales — ordenou Grayson através da escuridão.

— Camadas e mais camadas. — A voz de Odette não mudou de volume, nem de tom, nem de ênfase ou ritmo. — No maior dos jogos, não há coincidências.

Ela não havia dito no *Grande Jogo*. Ela havia dito *o maior dos jogos* como se fossem duas coisas diferentes.

— A casa. — Odette cortou as palavras. — Este cômodo. Os mecanismos de travamento, as elaboradas reações em cadeia... não são totalmente manuais, são? Eles exigem energia.

— Sim — disse Grayson, e Lyra traduziu esse *sim* de Grayson Hawthorne.

Dessa vez, eles estavam de fato trancados... e aquilo *não era* parte do grande plano.

Capítulo 67

GIGI

— **Fique quieta — ordenou Knox** a Gigi. — Fique parada e tente não se matar.

A próxima coisa que Gigi ouviu na escuridão foi o som de Knox descendo pelo alçapão. Segundos depois, Gigi ouviu palavras acaloradas sendo trocadas lá embaixo, mas não conseguiu entendê-las. Seu cérebro sobrepôs o que Knox havia dito antes à discussão que ele e Brady estavam tendo agora.

Eu nunca contei e nunca contarei a Brady porque ele não poderia sequer começar a entender um adeus de Calla Thorp. Gigi pensou na cicatriz na base do pescoço de Knox. Pensou em Brady dizendo que ninguém atirava com um arco como Calla.

E então pensou em Brady dizendo a Knox que eles não eram irmãos.

De pé ali — na escuridão, sozinha —, a mente de Gigi se voltou para a escuta e para o fato de que, se alguém estivesse ouvindo, estaria tendo um verdadeiro espetáculo. Ela olhou para a noite.

Não havia nenhum sinal de tempestade ou de algo que pudesse ter feito a energia cair. Talvez isso fizesse parte do jogo.

Talvez os criadores tivessem planejado isso, mas, no fundo, Gigi não acreditava nisso.

Ela acreditava que havia mais alguém na ilha. *Os Thorp não são os únicos que jogam nessa cidade,* dissera Knox, após apontar com a cabeça para a escuta, *e Orion Thorp não é o único membro da família que gosta de jogar.*

A mão de Gigi pousou na parte externa de sua coxa. Seu vestido era grosso o suficiente para que ela não conseguisse sentir a faca por baixo. *E se alguém tivesse cortado a energia?*

Ela tirou a escuta da parte da frente do vestido. Respirou fundo três vezes e então falou:

— Eu sei que você está aí.

Silêncio.

— *Eu sei que você está aí* — falou ela, de novo.

Silêncio, mais uma vez — e então uma voz familiar, ainda que estridente:

— Não, raio de sol, você não sabe.

Capítulo 68

ROHAN

A falta de luz de pouco adiantou para impedir que Rohan vasculhasse o cômodo, principalmente as tábuas do assoalho e as paredes. Em um jogo projetado por ele, se as luzes tivessem se apagado, sobretudo tão perto do final do jogo, seria porque ele havia escondido uma lanterna para os jogadores encontrarem.

Um desafio.

Uma reviravolta.

Uma maneira de aumentar a tensão.

E ainda assim... Savannah *não* estava procurando. Rohan prestou atenção em seus movimentos — eram leves, direcionados. Ela examinava minuciosamente seus objetos. Ele escutou com mais atenção. O leque abriu e fechou.

Você não está procurando um botão ou um interruptor, está, gata? Você não está procurando por uma fonte de luz.

Rohan havia sido ensinado desde pequeno a questionar todas as suposições, a encarar os problemas de todos os ângulos.

— Sabe o que eu acho fascinante, Savvy? Pistas. — Ele lhe deu exatamente um segundo para refletir. — Uma súbita falta de movimento. Muito contato visual. Pouco. Um aperto na garganta ou nos ombros. Uma mudança no tom de voz. A mais leve flexão em um músculo específico da bochecha. Até mesmo a maneira como uma pessoa empilha suas fichas pode me dizer tudo o que preciso saber.

Rohan parou de novo, ouvindo o som da respiração dela na escuridão.

— Você não está procurando uma fonte de luz, nem mesmo um botão ou interruptor nesses objetivos, e isso é uma pista.

— De quê?

— Boa resposta, na velocidade certa — murmurou Rohan —, com desafio suficiente em seu tom. Mas o corpo nunca mente, gata.

— Você não consegue me ver. E não me chame de *gata*.

— Você demorou um quarto de segundo a mais, Savvy. Você não acredita que a falta de energia faça parte do jogo.

Silêncio.

— Diga que estou errado — desafiou Rohan.

Ele praticamente podia *ouvir* o arquear da sobrancelha dela no escuro.

— Se eu tiver que falar alguma coisa a cada vez que você estiver errado, não teria tempo para fazer mais nada.

Rohan reconhecia uma mudança de assunto quando a via. Seu cérebro conectou os pontos — um após o outro, após o outro.

— Você sabia — disse ele, testando-a — que alguns jogadores têm patrocinadores? — Savannah não respondeu. — Talvez *seu* patrocinador chame isso de algo diferente.

Silêncio.

— Você foi uma das escolhas pessoais da herdeira Hawthorne para este jogo — acrescentou Rohan —, portanto, quem quer que tenha se aproximado de você teria tido uma janela de tempo muito estreita para fazer isso.

— Não faço a menor ideia do que você está falando. — Ele entendeu o fato de ela ter respondido com um blefe tão fraco como um sinal para insistir um pouco mais.

— Mas *por que* seu patrocinador desligaria a energia? Com certeza não é só para distrair as outras equipes, enquanto você se mantém concentrada. Para distrair os criadores do jogo, talvez? Mas do que, exatamente? E como?

Havia poucas coisas que a mente de Rohan gostava mais do que perguntas interligadas. Resolva uma delas e as respostas se tornarão aparentes, até o fim.

Savannah estava fazendo isso *pelo pai dela*.

Rohan não havia compreendido tudo... ainda. Mas a cada segundo que passava, ele sentia que estava se aproximando um pouco mais. E enquanto isso...

— Um indivíduo menos escrupuloso do que eu — disse ele a Savannah — poderia considerar certa chantagem neste momento, mas não tenho interesse em fazer você ser *submissa*. — Rohan deu um passo na direção dela, se certificando de que conseguia ouvi-lo. — Não estou procurando uma peça obediente para mover no tabuleiro, Savvy.

Não mais.

— Estou procurando — continuou Rohan, com outro passo audível — uma aliança. Um parceiro.

— Rejeito a premissa de que você tenha algo com que possa me chantagear. — Agora foi a vez de Savannah dar um único passo ameaçador em direção a ele. — Sou irmã de Grayson Hawthorne. Terei o benefício da dúvida. E você quebrou as costelas de Jameson. Acha mesmo que Avery Grambs se esqueceu disso? Que ela vai ouvir ou acreditar em você e não em mim? Com base em quê? No fato de eu não ter jogado esse jogo do seu jeito no escuro?

— Meia-irmã — corrigiu Rohan.

— Como?

— Você é a meia-irmã de Grayson Hawthorne — murmurou Rohan — e adora deixar isso claro sempre que pode.

Ele poderia ter insistido mais, mas não o fez. Como havia dito a Savannah, ele não tinha interesse em coagi-la a nada.

— Já que não há necessidade de procurar uma luz... — Rohan considerou que essa informação já estava óbvia. — Talvez devêssemos nos concentrar em outra coisa?

Ele diminuiu o espaço restante entre eles e levou a mão até a mão esquerda dela... e o objeto que ela segurava. *O frasco de purpurina.*

Envolvendo levemente seus dedos nos dela, Rohan continuou:

— O leque está na sua outra mão e o removedor de fiapos está preso na corrente em sua cintura, não?

— Por que perguntar se você já está tão convencido de que sabe tudo?

— Deixe o leque de lado por enquanto.

Ele estava preparado para ser mandado para o inferno, mas ela deve ter se perguntado o que ele estava fazendo, porque um momento depois, Rohan a ouviu colocar o leque na corrente.

Ele pegou a mão livre de Savannah e, em seguida, guiou os dedos dela para explorar o frasco enquanto ele fazia o mesmo.

— Esse frasco é feito de vidro. — Na escuridão, Savannah não fez nenhuma tentativa de se livrar do toque dele. — A rolha no topo é feita de borracha — observou Rohan. — Há um emblema em relevo nela.

— Uma estrela.

— A rolha poderia funcionar como um carimbo, se pudéssemos encontrar algo para usar como um tinteiro — murmurou Rohan. — Ou poderia funcionar como uma chave para um certo tipo de fechadura.

— Pode haver algo escondido dentro do glitter. — Savannah não era do tipo que deixava outra pessoa tomar as rédeas por muito tempo.

— Ou talvez — contrapôs Rohan, sua voz baixa e inebriante — o que realmente precisamos é do frasco. O vidro pode se quebrar. Os cacos são afiados. — Ele pensou na rosa de vidro e se perguntou se ela estava fazendo o mesmo.

Eu vejo quem você é, Savannah Grayson, mesmo no escuro.

— O removedor de fiapos é do tipo descartável, com folhas adesivas que se soltam. — O tom de Savannah era extraordinariamente calmo, mas ainda assim, Rohan percebeu: ele quase tinha conseguido.

Somos melhores juntos, gata. E, acima de tudo, você quer vencer. Você precisa.

— O que você acha que aconteceria — disse Rohan — se tirássemos as folhas?

— O que dizia o interior do cartão de aniversário? — respondeu Savannah.

Tão exigente.

— Feliz aniversário — informou Rohan. Ele usou a mão livre para pegar o cartão no paletó do smoking e o abriu, permitindo que a música enchesse o ar. — "Clair de Lune" — Rohan disse a ela, e depois traduziu o nome da música: — Luz do luar.

O corpo de Savannah se mexeu e Rohan sentiu o movimento no ar. *O leque.* Ela o retirou da corrente e o abriu mais uma vez.

Rohan invocou a imagem do leque em sua mente, o fio do luar contra a seda azul-marinho profunda e uma única palavra: SURRENDER. Se render.

340   JENNIFER LYNN BARNES

— Feche o leque — disse Rohan a Savannah. — Só um pouco. Devagar. — Ela começou a fazer exatamente isso, e ele levou suas mãos às dela mais uma vez. — Pouco a pouco, pouco a pouco.

Rohan não era inexperiente quando se tratava das respostas de seu próprio corpo ou do efeito que seu toque poderia ter sobre os outros. Ele já havia feito muito mais coisas — e coisas muito mais criativas — no escuro do que isso. Desafiava toda a lógica o fato de que tocar as *mãos* de Savannah Grayson causasse algo semelhante a um terremoto dentro dele, como se ele a estivesse explorando aos poucos.

— Pare — disse Rohan. Savannah parou. Rohan passou os dedos ao longo das letras bordadas no leque, algumas delas agora obscurecidas.

— E assim — murmurou Rohan — *surrender* vira *sunder.*

— *Sunder.* Se separar. — Savannah não perdeu o ritmo. — Cortar. Rasgar. Rebentar. Essa é a nossa pista. É por aí que começamos. Rasgamos o leque. — Ela fez uma pausa, e Rohan percebeu que não se tratava de hesitação, mas de *consideração.*

Ele permitiu que seus dedos percorressem as costas da mão dela, de junta em junta até o punho, e disse a si mesmo que tinha controle total. Estratégia e desejo, afinal, não precisavam ser mutuamente exclusivos.

— Você quer uma aliança. — As palavras de Savannah pareciam viver no espaço entre eles. Ele podia senti-las, senti-la. — Eu quero a espada.

— Para cortar o leque? — disse Rohan no mesmo instante. — Ou para mais tarde?

— Isso importa?

Rohan se permitiu inclinar-se para a frente e sussurrar no ouvido dela:

— Tudo importa, Savvy… até que nada mais importe.

Essa era a verdade. Era também um aviso. E uma promessa. *Eu vou trair você. Você vai me trair.* Vencer era a única coisa que importaria no final.

— Vou ficar com a espada — disse Rohan. — E você vai trabalhar comigo de qualquer maneira.

Ele contou três segundos de silêncio antes que ela falasse de novo:

— Levante a lâmina — disse Savannah. — Agora.

Outro indício. Rohan puxou a espada e, com um giro do pulso no sentido anti-horário, colocou-a na vertical em um instante. Ele sentiu o momento exato em que Savannah pressionou o leque de seda contra a lâmina.

O tecido começou a se rasgar.

— Rohan? — Savannah rasgou o leque. — Trato feito.

Capítulo 69

LYRA

— **Não estou gostando disso** — disse Grayson em tom sombrio. — A energia já deveria ter voltado.

— Está pensando em quebrar uma janela, sr. Hawthorne? — A voz de Odette estava seca.

Não, pensou Lyra, reflexiva. *Ele não está.*

— Se há uma ameaça lá fora — disse Grayson —, estamos mais seguros aqui. Esta casa é bastante segura.

Segura. Os batimentos de Lyra aumentaram. *Uma ameaça.*

Odette ficou em silêncio por um momento antes de voltar a falar:

— Não estaremos seguros trancados aqui se houver um incêndio.

Outro incêndio. Lyra pensou em sua primeira impressão da Ilha Hawthorne — as árvores carbonizadas, os fantasmas do passado.

— Você tem motivos para acreditar que vai haver um incêndio? — exigiu Grayson.

— Talvez a idade avançada esteja me deixando paranoica. — Odette fez uma pausa. — Ou talvez seja o que vejo quando olho para vocês dois. O tipo certo de desastre esperando para acontecer. Um Hawthorne e uma garota que tem todos os motivos para ficar longe dos Hawthorne.

Ela está falando da letra ômega. Lyra sentiu isso no fundo do estômago. *Sobre a morte do meu pai. Sobre Tobias Hawthorne.*

— Tenho certeza de que você não se importaria em elaborar — disse Grayson, seu tom frio como aço.

Em vez disso, Odette optou pelo silêncio absoluto.

— *Um Hawthorne fez isso* — disse Lyra com a voz rouca.

— É disso que ela está falando. Foi isso que meu pai disse, logo antes do enigma, logo antes de se matar. É por isso que eu tenho todos os motivos para ficar longe dos Hawthorne.

— *Um Hawthorne fez isso* — repetiu Odette. — Lyra, seu pai... ele disse essas exatas palavras?

— Em outro idioma. — Lyra fechou os olhos e, dessa vez, ao ouvir as palavras, a voz do pai veio, em inglês. *A Hawthorne did this.*

— Eu sei — comentou Grayson — que meu avô ultrapassava os limites com facilidade e via as pessoas como engrenagens em uma máquina, como alavancas a serem puxadas, um meio para seus fins.

— Nenhum de vocês sabe o que acha que sabe. — A voz de Odette era aguda. — O tr... — Ela parou de falar no meio da palavra. Ouviu-se um baque... um baque alto. *O corpo dela, caindo no chão.*

Lyra correu, sem se importar com a escuridão, mas, de alguma forma, Grayson chegou primeiro a Odette.

— Ela está tendo uma convulsão. — A voz de Grayson atravessou a escuridão. — Vou virar o corpo dela de lado. Estou com você, sra. Morales.

O som do corpo da idosa se sacudindo contra o chão cessou de repente. Houve um silêncio total e *terrível*. Lyra não conseguia respirar.

— Estou com você — repetiu Grayson.

— É o que você pensa, sr. Hawthorne. — A voz de Odette estava rouca. Lyra sentiu um alívio.

E um instante depois, as luzes se acenderam.

— Desculpem por isso, pessoal. — O sotaque texano de Nash Hawthorne soou dos alto-falantes ocultos. — Tivemos um pequeno problema técnico, mas já voltamos. Vocês ainda têm sessenta e três minutos até o amanhecer. Desde que pelo menos uma equipe chegue ao cais dentro do prazo, as regras permanecem.

Chegar até o amanhecer ou deixar a competição.

— Lyra — disse Grayson. — O botão de emergência. Precisamos...

— Não. — Odette se levantou bruscamente até ficar sentada e encarou Grayson com um olhar poderoso e obstinado. — Você ouviu seu irmão. O show tem que continuar.

O que quer que Odette estivesse prestes a dizer antes de seu ataque, ela não dava sinais de confessar agora. Aparentemente, estava decidida a jogar e ganhar — e nada além disso — de novo.

Nenhum de vocês sabe o que acha que sabe. Lyra fechou os olhos e acalmou o corpo. *O tipo certo de desastre esperando para acontecer.*

Lyra abriu os olhos, seu cérebro absorvendo o momento e identificando o caminho mais lógico a seguir. *Para a doca. Para as respostas.*

— Acho que devemos pedir nossa dica.

Capítulo 70

GIGI

Gigi piscou algumas vezes quando a luz invadiu o cômodo, incapaz de deixar de reproduzir em sua mente o mesmo momento *sem parar*.

Eu sei que você está aí.

Não, raio de sol, você não sabe.

Gigi tentou em vão fazer com que a voz dissesse outra coisa, qualquer outra coisa — mas não funcionou. Só uma pessoa a chamava de raio de sol, e ele era encrenca. *Uma bela encrenca.* O tipo de encrenca em que Gigi gostava de pensar, sentada no telhado do lado de fora da janela de seu quarto, tarde da noite.

Uma sentinela. Um mercenário. Um espião.

Disseram-lhe que ele trabalhava para uma pessoa muito perigosa — mas isso foi há mais de um ano, e Gigi não o vira desde então.

Ele está aqui. Esta faca é dele. Gigi a sentiu, presa em sua coxa. Ela pensou nas marcas de garras gravadas na bainha de couro, e a lembrança da única vez em que se encontraram a dominou.

— *Você é a meia-irmã de Grayson Hawthorne.* — Sr. *Bela Encrenca, Codinome: Mimosas; todo cara feia, meios sorrisos para Gigi. Essa combinação de expressões sequer existe? Não, com certeza! Gigi aprova.*

— *E você é um completo estranho que sabe segredos de família que só fui descobrir recentemente! Eu adoro isso em você!*

— *Ela sorri para ele.* — *Eu sou a Gigi, e serei eu quem o deixará perplexo hoje. Não se preocupe. Isso acontece com frequência. Deixo todo mundo confuso. Você é amigo do Grayson?*

O Sr. Alto, de Olhos Escuros e Melancólico a encara. Ele tem cabelos loiros escuros que caem sobre olhos de um castanho tão profundo que parecem quase pretos. Há uma cicatriz em uma de suas sobrancelhas, uma cicatriz muito sinistra, porém atraente.

Tatuagens pretas marcam a pele da parte superior de seus braços como marcas de garras.

— *Sim.* — *Ele fala sem ênfase e sem florear, e há algo bastante sinistro nisso.* — *Sou amigo do Grayson. Por que não diz a ele que estou aqui?*

A lembrança de Gigi foi parar em outro momento: a reação de Grayson depois que ela conheceu Mimosas.

— *Não e não, Juliet. Se você encontrar com ele, saia de perto o mais rápido possível e me ligue.*

— Gigi? — A voz de Brady entrou na memória. — Você está bem?

Aja naturalmente!, pensou Gigi. Assim que ouviu Brady começar a escalar a corda, ela enfiou a escuta de volta em seu vestido.

— Knox se encarregou de apertar o botão de dica — disse Brady, erguendo metade do corpo para apoiar os cotovelos no vitral. — Ele escolheu a porta número um, seja ela qual for. Sem espaço para discussões.

— Estamos no final — disse Knox lá de baixo. — Só nos resta uma hora, e as dicas neste jogo precisam ser merecidas. Tomei uma decisão estratégica. Me processe.

— Você vem? — perguntou Brady para Gigi e depois desceu.

Gigi se perguntou se o sr. Bela Encrenca tinha ouvido aquela conversa, se ele estava ouvindo — a ela e a Brady, a grande confissão de Knox. E isso trazia outra dúvida: quem exatamente Knox *achava* que estava ouvindo, para quem tinha exposto sua alma daquela maneira? Porque Gigi arriscaria dizer que não era o codinome Mimosas.

Com a mente confusa e o coração prestes a explodir, Gigi voltou a descer pela corda. Seu olhar se fixou em uma seção quadrada das tábuas do assoalho que havia aparecido.

Knox alcançou o espaço abaixo dela e retirou o que parecia ser uma caixa de madeira sólida. Ele fez uma careta.

— Que diabo é isso?

— É assim que ganhamos nossa dica — disse Brady.

— Uma caixa-enigma. — Gigi se forçou a parar de pensar em qualquer coisa que não fosse o jogo, porque percebeu que, se conseguisse se concentrar, talvez conseguisse fazer isso: receber a dica, tirá-los dali, garantir que todos passassem para a próxima fase do jogo.

Ela falaria a verdade. Contaria tudo a Avery ou talvez a Xander. Mas, por enquanto, o codinome Mimosas podia esperar. O que era mais um SEGREDO para ela?

— Se vocês se lembram — disse Gigi aos colegas de equipe e ao estranho que provavelmente ouvia os três —, caixas-enigma são minha especialidade.

Capítulo 71

ROHAN

Destruir o leque — completa e repetidamente, primeiro no escuro e depois sob a luz — não resultou em nada.

— Vamos precisar desse leque para alguma coisa — disse Savannah — e agora ele está em frangalhos.

Rohan deu de ombros.

— Improvisar é uma arte. Quando chegar o momento, nós improvisaremos. Até lá... — Rohan olhou para os farrapos. — Sempre tive um certo fascínio por coisas quebradas.

— Porque você gosta de consertá-las? — O tom de Savannah era mordaz.

— Porque eu gosto de procurar por pedaços. — Rohan olhou para ela. — Não acredito em consertar coisas ou pessoas, a menos que eu precise delas inteiras.

— Eu não aconselharia tentar me consertar — avisou Savannah.

— Não tenho a falsa impressão de que você precise de conserto. — Canalizando o batedor de carteiras que havia dentro de si, Rohan tirou o frasco de purpurina dela.

— O que você está fazendo? — gritou Savannah, assim que percebeu.

Rohan abriu o frasco.

— Jogando a purpurina fora. — Ele jogou o conteúdo na palma da mão.

— Cuidado — disse Savannah num tom de você-tem-lama-nos-sapatos-e-sangue-nas-mãos. — Purpurina gruda em tudo.

Grudar, pensou Rohan. *A purpurina gruda em tudo.*

— Savvy — disse ele. — O removedor de fiapos.

As pupilas de Savannah se dilataram, pretas como tinta contra o azul pálido e prateado de suas íris.

— Tire as folhas — ordenou Rohan.

Sempre havia um momento em cada jogo em que Rohan conseguia ver com exatidão como aquilo iria terminar, como a história iria acabar.

Ele e Savannah Grayson iriam sair dali. Eles chegariam ao cais bem antes do amanhecer. Eles dizimariam a concorrência na próxima fase do jogo.

Ele a usaria. Ela o usaria.

E um de nós vai ganhar tudo.

Savannah arrancou folha após folha do removedor de fiapos, tão rápida e feroz que Rohan podia praticamente sentir o gosto da adrenalina bombeando em suas veias.

Savannah fora feita para momentos como esse. Assim como ele.

— Não tem purpurina suficiente para cobrir todas as folhas — observou Rohan.

Savannah passou as mãos sobre eles, com dedos longos e hábeis.

— Este aqui — disse ela, com algo quase brutal em seu tom. — O adesivo é irregular. Algumas partes são pegajosas. Outras não.

Rohan não questionou isso — nem ela. Ele se agachou e espalhou a purpurina pela folha. Quando terminou, Savannah virou a folha e tirou o excesso de purpurina.

Rohan tentou entender o que havia sobrado ali, mas se havia uma mensagem, era confusa.

— A purpurina gruda em tudo. — Os olhos de Savannah se estreitaram. — O leque.

Aquele que eles haviam rasgado.

— Hora de improvisar. — Rohan levantou a espada. Segurando-a com as duas mãos, ele usou a lâmina como um leque, seus movimentos rápidos e controlados. Não foi o suficiente. Rohan se abaixou e começou a soprar.

Devagar, uma mensagem tomou forma. *Vire rainha.*

— *Vire rainha* — disse Savannah acima dele. — Rohan. — Havia uma urgência na maneira como ela falou o nome dele. — *Vire rainha.* Como no jogo de damas.

Enquanto eles corriam para o jogo na parede, Savannah sorria — não um sorriso de socialite, nem um sorriso de loba ou de malandra. Não, o sorriso dela transbordava êxtase e vitória, e Rohan o absorveu como se fosse vinho.

— Você acha que precisamos fazer com todas as peças ou uma em específico? — Intencionalmente ou não, Savannah fez isso soar menos como uma pergunta do que como um convite.

— Também precisamos pensar em *como* transformar as peças em rainhas — respondeu Rohan da mesma forma. — No jogo, você pode deslizar uma segunda peça por baixo da primeira ou…

— Vire de cabeça para baixo. — Foi o que Savannah fez com uma das peças. Sem hesitar, ela passou metodicamente por todas as peças pretas na fileira de trás, virando-as.

Rohan fez o mesmo com as vermelhas. Savannah virou todas as peças dela mais rápido e deixou que Rohan virasse a última das dele. Assim que ele o fez, o jogo se dividiu em dois, a parede se abrindo ao longo do acesso vertical, revelando uma porta. Rohan tentou abri-la. *Trancada*. Não havia fechadura, apenas uma tela preta ao lado da porta.

— Insira o código de áudio — declarou uma voz robótica.

O mundo ao redor de Rohan ficou quieto e silencioso, e tudo, cada maldita coisa, se encaixou no lugar.

— O cartão de aniversário — falou ele.

Era o único dos quatro objetos que não tinha sido usado.

Quando Rohan o abriu, a suave melodia de "Clair de Lune" preencheu o ar.

Luz do luar.

A porta diante deles se abriu diretamente para a costa rochosa.

Capítulo 72

LYRA

— **Porta número um ou porta número dois?** — perguntou Jameson Hawthorne.

Lyra olhou para Grayson, cuja expressão deixava claro que ele cuidaria disso. Hawthorne versus Hawthorne.

Os olhos de Grayson se estreitaram ligeiramente.

— Dois.

— Excelente escolha — respondeu Jameson em um tom que sugeria que a escolha estava longe de ser boa.

Uma seção circular do piso de mosaico surgiu, girando, revelando um compartimento. Dentro dele, Lyra encontrou um scanner de mesa, um caderno vazio e carvão, do tipo usado para desenhar.

— A porta número um era uma caixa-enigma, só pra você saber — explicou Jameson pelos alto-falantes. — A porta número dois oferece um tipo diferente de desafio. O que seria um jogo Hawthorne sem um pouco de diversão?

Os olhos de Grayson se estreitaram.

— Jamie…

— Tudo o que vocês têm de fazer para receber a dica — disse Jameson com malícia — é desenhar um ao outro.

Desenhar... Lyra não conseguiu nem concluir o pensamento.

— Não precisam ser bons desenhos. — Avery Grambs estava claramente ouvindo a interação entre os irmãos o tempo todo. — É só olhar um para o outro e desenhar o que estão vendo. Quando tiverem digitalizado um desenho de cada pessoa da equipe, receberão a dica.

— Eu sei o que você está fazendo, Avery. — Grayson disse o nome da herdeira como se o tivesse pensado dez mil vezes ou mais. Lyra voltou a pensar naquele *beijo* e depois no conselho que a herdeira Hawthorne lhe dera, ao entrar em tudo isso. *Vivendo.*

— Avery — falou Grayson de novo. — Jamie?

Não houve resposta. Eles haviam desaparecido. Segundos se passaram, e então Grayson pegou o caderno de desenho e o carvão. Ele direcionou seu olhar para Odette.

A idosa bufou.

— Não eu. Ela.

— Teremos uma longa conversa muito em breve — prometeu Grayson a Odette. — Uma conversa informativa.

E então seus olhos prateados se voltaram lentamente para Lyra. Depois de um longo instante, ele começou a desenhar. Alguma coisa no som do carvão passando pela página fazia com que Lyra tivesse dificuldade para respirar. Cada vez que Grayson olhava para a página, ela sentia um pouco de alívio.

E cada vez que ele olhava para cima, Lyra sentia o olhar dele como algo físico. *Queimando na pele.* Ela pensou em dançar, em correr, em estar bem e não estar bem, em *erros.*

E então Grayson cerrou o punho em torno do carvão, caminhou em direção ao scanner e apoiou o bloco de desenho ali. Ele escaneou o desenho e ouviu uma espécie de campainha.

— Um já foi — anunciou Grayson, com a voz quase rouca.

— Faltam dois.

Odette arqueou uma sobrancelha para Lyra.

— É a sua vez.

Grayson arrancou o desenho que havia feito do caderno, dobrou-o em quatro partes e o guardou no paletó do smoking. Em seguida, estendeu o bloco de desenho para Lyra. Depois que ela o pegou, ele abriu a mão, o carvão depositado ali.

Quando Lyra fechou os dedos em torno do carvão, ela sabia de uma coisa: aconteça o que acontecer, ela não desenharia Grayson Hawthorne. Por sorte, se Lyra *tivesse* desenhado Grayson, Odette teria que desenhar a si mesma e, assim, ninguém contestou quando Lyra virou seu corpo em direção à mulher idosa.

Odette, a advogada. Odette, a atriz. Odette, com todos seus segredos.

Lyra fez o que Avery havia pedido e analisou com cuidado seu objeto de estudo. Nas linhas do rosto de Odette, ela viu a jovem de *Coroas mutantes*. Nos olhos de Odette, Lyra viu vidas inteiras.

E dor.

Lyra começou a desenhar.

— Do que você está morrendo? — Ela não fez rodeios, e Odette nem sequer piscou.

— Glioblastoma. Descoberto precocemente, se é que isso vale alguma coisa.

— Inoperável? — pressionou Grayson.

— Não necessariamente. — Odette ergueu o queixo. — Mas acho que não estou disposta a deixar um médico com metade da minha idade cortar meu cérebro na esperança de ficar mais alguns meses por aqui.

— Pode ser mais um ano — disse Grayson. — Ou dois.

— De qualquer forma, a doença é fatal — rebateu Odette. — E o que é um ano ou dois, para mim? Já fui casada três vezes. Divorciada uma vez. Viúva duas vezes. E houve outros, pelo menos três por quem eu teria ido ao inferno e voltado... Por dois, sem dúvida, fui.

Lyra olhou para cima, mas continuou desenhando. Os olhos de Odette se fixaram nos dela.

— O amor é uma fera estranha e selvagem — disse a velha. — É uma dádiva, um conforto e uma maldição. Lembre-se disso. — Ela olhou para Grayson. — Vocês dois.

Nenhum deles respondeu. O silêncio reinou enquanto Lyra trabalhava para completar seu desenho e, quando terminou, seu corpo inteiro doía. Lyra examinou o que tinha feito. Não estava muito parecido. Ela não era uma boa artista.

Mas, mesmo assim, o sinal sonoro soou.

— Mais um. — Lyra virou a página e entregou o bloco de desenho a Odette. A velha pegou o bloco e o carvão, e depois ficou olhando para Lyra, como se houvesse uma mensagem enterrada em algum lugar atrás de seus olhos. Por fim, Odette se voltou para Grayson: quem ela *de fato* teria que desenhar.

Quando Odette começou a desenhar, as mãos de Lyra imaginaram como seria desenhar Grayson Hawthorne. *Todos os ângulos agudos, com exceção dos lábios.*

Por sorte, muita sorte, Odette terminou em menos de um minuto.

Ela estendeu o caderno de desenho para Lyra, que o pegou e olhou para baixo, esperando ver o rosto de Grayson.

Mas Odette não havia desenhado Grayson.

A imagem na página envolveu o coração de Lyra com um punho de ferro e roubou o ar de seus pulmões.

Um *lírio-do-nilo*.

Capítulo 73

GIGI

Havia uma costura no fundo da caixa-enigma, circular e tão fina que não podia ser vista a olho nu. Gigi apoiou os dedos na madeira e empurrou. Um disco saltou para fora — e se soltou.

Primeira etapa concluída. Uma caixa-enigma pode ter cinco ou cinquenta passos. Por enquanto, tudo o que Gigi precisava fazer era se concentrar no segundo passo. Não em Brady, não em Knox, não em facas ou cicatrizes ou segredos ou *raios de sol.*

Segunda etapa. O disco de madeira que Gigi acabara de remover não tinha mais do que um centímetro de profundidade. A área que acabara de ser revelada era circular, com duas setas de metal, uma mais curta que a outra, presas no centro. A madeira ao redor da borda do painel havia sido entalhada em intervalos regulares. *Doze deles.*

Um dos entalhes estava identificado com o número 3.

Afastando uma dúzia de lembranças diferentes de sua mente, Gigi levou um dedo à ponta de uma das setas de metal. Com o mais leve toque, ela se moveu, e Gigi se lembrou da primeira vez em que trabalhou em uma caixa-enigma.

A de seu pai.

Ao lado dela, Brady falou:

— Ponteiros em um relógio.

Gigi voltou ao presente bem a tempo de ouvir a resposta de Knox:

— O que diabos devemos fazer com isso?

Gigi respirou fundo e respondeu:

— Procurem detalhes. — Ela virou o disco que havia retirado da caixa. No verso, com uma pequena e vitoriosa emoção, ela encontrou palavras gravadas na madeira:

Logo após o amanhecer é cedo assim
O meio da noite para um guaxinim
O momento perfeito para a graça sem fim
Novembro, abril, setembro, junho enfim

— Outro enigma. — Knox soava um pouco menos mortífero, o que Gigi considerou como um sinal de desenvolvimento pessoal.

— Outro enigma — confirmou ela. — O amanhecer é cedo demais. Guaxinins são noturnos.

— Assim, guaxinim, fim, enfim — murmurava Brady, concentrado, enquanto ele aproximava sua mão da mão de Gigi no disco. — Todas elas rimam.

— Meio-dia. — A voz de Knox era aguda como vidro. — Meio da noite para um guaxinim, mas não é cedo demais. A resposta é *meio-dia*.

Gigi moveu os ponteiros dos minutos e das horas para apontar para cima, usando o 3 como âncora. Nada aconteceu.

— Novembro, abril, setembro, junho — disse Gigi atentamente. *Quatro meses, e não eram meses quaisquer.* — São os únicos quatro meses com trinta dias. Meio-dia mais trinta…

Ela moveu o ponteiro dos minutos, e houve um estalo. *Eu consigo fazer isso. Consigo mesmo.*

Gigi virou a caixa, e o relógio caiu, com ponteiros e tudo. Abaixo dele, havia outra seção circular, cortada em fatias como uma torta. Gigi testou cada uma das fatias separadamente, empurrando-as e cutucando-as sem nenhum efeito.

— E agora? — exigiu Knox.

Eles não tinham muito tempo. O amanhecer se aproximava — e com ele, um acerto de contas, de uma forma ou de outra.

— Quando você chega a um beco sem saída em uma caixa-enigma — anunciou Gigi —, é preciso voltar ao começo e procurar por algo que tenha deixado escapar.

Um gatilho. Uma pegadinha. Uma dica. No último ano e meio, ela comprara dezenas de enigmas e resolvera todos. Não era uma obsessão. Assim como o Grande Jogo e os roubos reversos não eram obsessões. Assim como ela nunca havia ficado obcecada por uma pessoa que lhe disseram ser Uma Bela Encrenca.

Uma pessoa que trabalhava para alguém pior.

Um patrocinador? Gigi afastou o pensamento — por enquanto — e deu mais uma olhada na caixa e nos entraves, depois voltou sua atenção para as peças descartadas: o disco de madeira e o relógio. Seu olhar pousou nos ponteiros dos minutos e das horas.

Eles são feitos de metal.

— E se eles não forem apenas de metal? — perguntou Gigi. Com o zumbido de energia crescendo dentro dela, Gigi arrancou os ponteiros do relógio. Segurando o ponteiro dos minutos pela extremidade mais fina, ela passou a seta sobre os pedaços do entrave. Quando isso não funcionou, ela tentou o ponteiro das horas.

Bingo.

— É um ímã! — Gigi suspirou. Em outras circunstâncias, ela teria sorrido, mas agora não estava mais sorrindo. — Deve haver algo metálico embutido na madeira.

E assim foi, passo após passo após passo após passo. Até que por fim, *até que enfim,* eles chegaram ao centro da caixa, a um compartimento e aos objetos dentro dele.

Bolas de algodão. Duas delas. Gigi passou a ponta dos dedos sobre as palavras gravadas no fundo do compartimento — sua dica.

Usem.

Capítulo 74

ROHAN

O caminho até a praia era irregular e repleto de rochas. A luz da lua era escassa. A vitória era doce, como sempre para Rohan.

Lá embaixo, uma luz se acendeu no cais.

— Não tem ninguém lá. — Savannah parou. Eles ainda estavam mais perto da casa do que do cais, o caminho iluminado por delicados fios de luzes. — Sem nenhum dos Hawthorne. Sem a herdeira Hawthorne.

— Eu apostaria que os criadores do jogo vão aparecer pouco antes do amanhecer. — Pelos cálculos de Rohan, eles estavam se aproximando do crepúsculo. — Veremos se alguma das outras equipes conseguirá chegar a tempo. Por enquanto, somos só nós.

Apenas Rohan e Savannah Grayson.

Ela parou de repente e se virou de volta para ele.

— Verdade ou desafio.

Rohan não esperava por isso.

— Como é?

— Verdade ou desafio, Rohan?

Algo no tom de Savannah fez com que Rohan se lembrasse da escova deslizando pelo cabelo dela, do corte da faca, da rosa se despedaçando, das mãos dele e das dela, *pouco a pouco*. E então Rohan se *obrigou* a lembrar que Savannah Grayson gostava de jogar sujo.

— Se eu escolher desafio, você vai me desafiar a entregar a espada? — *Valeu a tentativa, gata.*

Savannah não se intimidou.

— Verdade ou desafio, britânico?

— Verdade. — Rohan sabia que jogo ela estava jogando. Sabia exatamente o que ela ia perguntar.

— Qual é o nome da organização para a qual você trabalha?

— Em teoria, não tenho um empregador no momento. Estou em uma espécie de período sabático. — Rohan poderia ter acabado por aí. Não se falava o nome do *Mercê do Diabo* em vão... ao menos Rohan não o fazia, nem qualquer pessoa que valorizasse sua vida ou seu sustento. Nem mesmo ali, na calada da noite, sozinho. E ainda assim... Rohan não havia chegado aonde estava por evitar riscos.

Quando vencesse o Grande Jogo, quando tomasse o que era dele por direito, quando se tornasse o Proprietário e usasse a coroa... *Eu serei o Mercê do Diabo.* Isso fez com que seus segredos pudessem ser contados ou escondidos.

Rohan respondeu Savannah Grayson, uma resposta sincera, ainda que incompleta.

— O Mercê. — Rohan sentiu as palavras em seus lábios tanto quanto sentiu a presença de Savannah ao seu lado no escuro, embora não estivesse mais tão escuro assim.

Olá, crepúsculo.

— Verdade ou desafio, Savannah?

Ela era orgulhosa demais para recuar agora.

— Verdade.

Rohan se perguntou o que ela achava que ele iria desafiá-la a fazer. Ele deu um único passo em direção a ela.

— O que você quer, Savvy?

Ele já havia feito versões dessa pergunta antes, mas todos os instintos que tinha diziam que, dessa vez, ele poderia obter a resposta verdadeira, o mistério de Savannah Grayson, resolvido.

— Se você não está jogando pelo dinheiro — murmurou Rohan —, está jogando pelo quê?

Savannah caminhou lentamente em direção a ele, depois parou, inclinando-se para a frente, com os lábios tão próximos aos de Rohan que ele pôde sentir o gosto do beijo que não aconteceria, enquanto ela lhe dava o que merecia.

Uma resposta, parcial, mas verdadeira. Uma única palavra.

— Vingança.

Capítulo 75

LYRA

— **Eu não entendo** — a garganta de Lyra ameaçou se fechar conforme ela falava, encarando o desenho de Odette com os olhos secos. *O lírio-do-nilo.* O sonho sempre começava com a flor.

— Eu sei que você não entende — disse Odette suavemente. Ela sustentou o olhar de Lyra e depois apontou para Grayson com a cabeça. — Faça o desenho dele, Lyra. Está na hora de nós três acabarmos com esse jogo.

— Você disse que não sabia nada sobre meu pai.

— E não sei. — Odette era implacável. — Agora desenhe seu Hawthorne, como um dia desenhei o meu.

Como um dia desenhei o meu. Isso foi uma confissão, uma proclamação e uma bomba, detonada na hora certa, e Lyra não conseguiu reunir a capacidade de dizer a Odette que Grayson não era e nunca poderia ser o Hawthorne dela.

Engolindo todas as perguntas que queria gritar, Lyra fez como Odette havia instruído e começou a desenhar. Primeiro a mandíbula de Grayson, depois a testa e as maçãs do rosto. A sensação não era nada parecida com a que ela imaginava que teria ao desenhá-lo, porque tudo o que ela conseguia pensar era *eu tinha quatro anos.*

O GRANDE JOGO

Tudo o que ela conseguia pensar era *eu estava segurando um lírio-do-nilo e um colar de doces.*

Tudo o que ela conseguia pensar era que *havia sangue* e que *um Hawthorne fez isso e ômega.*

Lyra terminou o desenho e o escaneou, sentindo-se como se estivesse sonâmbula durante o movimento. Quando o desafio foi considerado um sucesso e eles receberam a dica, Lyra mal conseguiu ouvir.

— Estilhaçar. — Odette repetiu a dica, mas tudo o que Lyra conseguia ouvir eram as palavras que a velha dissera.

Nenhum de vocês sabe o que acha que sabe.

O tipo certo de desastre esperando para acontecer.

Um Hawthorne e uma garota que tem todos os motivos para ficar longe dos Hawthorne.

— Lyra. — Grayson disse o nome dela e, quando isso não funcionou, ele falou uma segunda vez... pronunciando-o errado. — Lyra.

Lai-ra.

— Não é assim que se pronuncia — disse Lyra, mordaz.

— Eu sei. — Grayson levou as mãos ao rosto dela, com as palmas sobre as bochechas e as pontas dos dedos sobre a mandíbula — Estilhaçar — ele reiterou. — Essa é a nossa dica. *Estilhaçar.*

Ele era sempre tão impossível de ignorar.

Lyra lutou contra a névoa em seu cérebro.

— O pirulito — sussurrou ela.

Qualquer um de seus objetos poderia ser quebrado, mas o pirulito era o único dos quatro que se estilhaçaria. Ela arrancou a cobertura de plástico e bateu o pirulito no chão o mais forte que pôde, com raiva, desesperada e precisando estar certa.

O pirulito se estilhaçou.

Lyra deixou cair o palito e se ajoelhou, procurando alguma coisa — qualquer coisa — entre os cacos.

Grayson pegou o palito.

— Tem uma rolha na ponta. — O palito era grosso e, eles logo descobriram, *oco*. Dentro dele, havia um líquido.

Odette pegou o pincel antes de Lyra, mas depois de um longo momento, ela entregou o objeto em questão a Lyra, que o mergulhou no líquido dentro do palito. Grayson estendeu as notas adesivas. Quando Lyra pintou o líquido no papel, uma imagem foi revelada — ou parte de uma imagem, pelo menos.

Grayson arrancou a primeira nota adesiva e Lyra começou a pintar outra. E assim por diante. Grayson e Odette começaram a encaixar as imagens como um quebra-cabeça. O resultado final foi um espiral, e Lyra pensou no fato de que cada redemoinho e espiral no mosaico do salão de baile era único.

— Encontrem esse. — Grayson Hawthorne e suas ordens.

Eles vasculharam as paredes, o chão e, finalmente, encontraram o padrão que combinava. Grayson encostou as palmas das mãos no centro da espiral e pressionou. Com força. Algo fez um clique e, sem aviso prévio, todos os ladrilhos da espiral caíram da parede. Eles caíram no chão como gotas de chuva.

Como estilhaços.

No centro do espaço onde estavam os azulejos, Lyra podia ver as pontas dos fios elétricos.

— O interruptor de luz. — Grayson se moveu depressa e, quando Lyra se deu conta, ele estava juntando um fio e outro e apertando o interruptor de luz com as próprias mãos.

— Pronto.

Grayson olhou para cima. Lyra apertou o interruptor e, de repente, uma seção da parede se transformou em uma porta.

Eles podiam sair.

Capítulo 76

GIGI

— **Como vamos usar isso?** — perguntou Brady, olhando para as palavras gravadas na caixa-enigma.

A mente de Gigi estava girando. Ela se recusou a piscar enquanto catalogava e recatalogava e recatalogava o conteúdo da caixa-enigma.

Bolas de algodão. Duas delas.

— Removedor de esmalte — propôs Knox de repente. — Dá para usar bolas de algodão com o removedor de esmalte.

Algo em sua voz fez Gigi se perguntar se Knox já havia removido o esmalte de Calla Thorp para ela, antes de ela lhe fazer aquela cicatriz.

Concentre-se!, Gigi disse a si mesma. *Foco total.*

— Não há esmalte para remover — disse Gigi, pensando em voz alta. Seu olhar se voltou para os outros objetos.

A lã.

O papel de embrulho.

Os óculos de sol.

— O líquido pode não ser um removedor de esmalte em si — opinou Brady —, algo com uma composição química um pouco semelhante, sim, mas...

— Tinta invisível? — sugeriu Gigi. Ela pegou o papel de embrulho e depois retirou a mão. Algo a incomodava. Ela demorou um pouco para se dar conta do que era esse *algo*. — São duas bolas.

Duas bolas de algodão. Gigi olhou de novo para os objetos. *Duas lentes.* Ela molhou uma bola de algodão no removedor de esmalte e pegou os óculos de sol, passando a bola de algodão sobre as lentes.

— Está funcionando — disse Brady. — Alguma coisa está saindo.

Gigi não fazia ideia do que era aquela coisa — não era esmalte de unha, com certeza, porque eles tinham conseguido enxergar através dos óculos de sol. Mas quando ela despejou o restante do conteúdo do "removedor de esmalte" sobre as lentes, a camada escura que as revestia — o que quer que fosse — saiu por completo. As lentes mudaram de cor.

Em vez de pretas, eram vermelhas.

— O papel de embrulho. — Knox o desenrolou e o virou.

A parte de trás era vermelha. Gigi colocou os óculos de sol modificados. As lentes alteradas filtravam as ondas de luz da mesma cor, revelando...

— Símbolos! Três deles! — Gigi passou os óculos de sol para que os outros dois pudessem ver e, então, juntos, os três procuraram (e encontraram) esses símbolos entre as dezenas esculpidas nas prateleiras.

— Empurrar? — sugeriu Gigi.

— Não deu para empurrar antes — ressaltou Knox.

— Não tentamos pressionar esses três símbolos ao mesmo tempo antes — retrucou Gigi. Ela conseguiu alcançar dois com as próprias mãos. Brady encostou no terceiro. Eles pressionaram os símbolos. Houve um estalo, e uma das estantes balançou para dentro.

Uma porta oculta. Gigi passou por ela e entrou em uma pequena sala com piso de ladrilho e paredes de cortiça.

Nas paredes, havia alfinetes de pressão.

— O fio — disse Gigi. — Conecte os pinos com o fio!

Ela não tinha ideia de quanto tempo lhes restava antes do amanhecer, mas não podia ser muito.

Sair. Descer até o cais. Depois cuidar de todo o resto.

— Em que ordem vamos? — exigiu Knox.

— Eles são todos de cores diferentes — ressaltou Brady. — *Arco-íris.*

Como o papel de embrulho.

Como a lã.

— Roy G. Biv. — Gigi sentia-se como se seu corpo fosse uma bateria e seu coração fosse um baterista tocando nela. — Comece com vermelho, depois laranja!

Quanto tempo ainda nos resta?

O suficiente para esticar o fio entre os pinos. O suficiente para que a luz do teto lançasse uma verdadeira teia de aranha de sombras no piso de ladrilhos.

No centro dessa teia havia um único ladrilho.

Knox colocou a palma da mão sobre o ladrilho e empurrou. O piso abaixo deles cedeu — outro alçapão, que levava a outra escada, que levava aos fundos da casa e à costa rochosa.

Já estava claro, mas ainda não era possível ver o sol no horizonte… ainda não. Eles tinham tempo — minutos, talvez, ou segundos, mas *tempo.*

Knox saiu correndo por cima das pedras, em direção ao cais, com Brady em seus calcanhares. Gigi correu, forçando-se a acompanhá-los, se movendo o mais rápido que conseguia, o mais rápido que podia, pelo terreno repleto de rochas...

E então seu dedo do pé se prendeu em alguma coisa.

E Gigi caiu.

Capítulo 77

GIGI

Dor. Gigi estava vagamente ciente do mundo ao seu redor tentando se esvair, mas estava ainda mais ciente de que sua equipe ainda não havia chegado à doca. *Ela* não havia chegado. Gigi se levantou — ou tentou, pelo menos, mas depois cambaleou e caiu de novo.

De repente, Knox estava ajoelhado ao lado dela.

— Tudo bem, Felícia?

Knox. Gigi procurou por Brady, mas não o viu. Ela piscou algumas vezes.

— Foi só uma pedrinha. É só um ferimento de leve na cabeça. Estou bem.

Knox Embaçado — ao menos parecia um pouco embaçado — pareceu não acreditar nela. Ele colocou um braço sob o dela e, quando Gigi se deu conta, Knox a estava carregando e caminhando devagar em direção ao cais.

Knox. Não Brady. Brady não tinha voltado para buscá-la. Gigi pensou em Savannah lhe dizendo que ninguém nessa competição era seu amigo, que não se podia confiar em ninguém.

Knox havia dito exatamente a mesma coisa.

E foi aí que Gigi se deu conta, um pouco tarde: *devagar?* Knox estava caminhando, *devagar*, em direção à doca. Em direção às outras equipes. Em direção a Avery, Jameson, Xander e Nash, que estavam na beira do cais, enfileirados.

Devagar. Gigi olhou para trás, para o horizonte leste, e viu o sol. *O amanhecer.* Ela sentiu um aperto na garganta. *Não conseguimos.* Eles chegaram tão perto.

Se ela tivesse sido mais rápida com a caixa-enigma...

Se ela não tivesse caído...

Se ela fosse mais inteligente, mais coordenada e *melhor*, se ela fosse mais parecida com a Savannah...

Se, se, se.

— Sinto muito — disse ela a Knox.

Não precisa se desculpar. Foi isso que Brady lhe disse, na última vez em que se desculpou por ser ela mesma. Por ser demais. *Meu cérebro gosta de* Além da conta.

— Sim, Felícia — disse Knox, passando pelos criadores de jogos e indo para a doca. — Eu também.

Gigi viu Brady então. Ele segurava a espada. Ela havia se esquecido da espada.

— Brady — disse Gigi, lembrando-se do que estava em jogo para ele, reprendendo-se por ter sido egoísta o suficiente para se perguntar por que ele correria para a doca em vez de voltar para *buscá-la.* — Sua mãe. Eu prometo...

— Está tudo bem — disse Brady a ela. — Minha mãe está bem.

Gigi ficou imóvel nos braços de Knox.

— Está bem? — Gigi não conseguia fazer com que aquilo tivesse sentido. — Ela não tem câncer?

Ele mentiu para nós? Brady mentiu.

— Coloque-a no chão, Knox — disse Brady.

— Não era tudo mentira. — Knox não colocou Gigi no chão. — Eu teria percebido. Então, quem *tem* câncer?

— Severin — respondeu Brady depois de um longo momento — tinha câncer.

Knox olhou fixamente para Brady.

— *Tinha?*

— No pâncreas. Foi rápido. E, como eu disse, ele manda lembranças.

Ele está morto? O mentor deles... Gigi tentou entender isso também, mas, quando se deu conta, Grayson estava se aproximando de Knox e repetindo a sugestão de Brady — exceto que, vinda de Grayson, não era uma sugestão.

— Coloque-a no chão.

Dessa vez, Knox, inexpressivo, obedeceu.

— Você está machucada, Gigi. — O tom de Grayson deixou claro: isso era inaceitável.

— Quem entre nós não sofre uma concussão de vez em quando? — brincou Gigi, uma resposta e um sorriso automáticos, independente dos pensamentos que perseguiam seu cérebro.

Brady mentiu. Severin está morto. Knox não está bem.

— Nosso time está fora do jogo. — Knox se virou para Avery Grambs. — Anda. Pode falar. Fomos eliminados.

Avery ignorou Knox e foi para o lado de Grayson.

Ela pegou a mão de Gigi.

— Você está bem?

Gigi não pôde deixar de sentir que Avery perguntava sobre mais do que sua cabeça.

Não estou. Não estou nem um pouco bem. Gigi não conseguia afastar esse pensamento, por mais que sorrisse.

Avery havia tentado lhe dar um ingresso para esse jogo, mas Gigi havia vencido do seu próprio jeito. Ela queria provar algo. Ela queria ser inteligente, capaz e *forte*.

Gigi olhou além de Avery e Grayson, além de Brady e Knox, para Savannah. A visão do cabelo de sua gêmea — cortado e desigual — tirou o fôlego de Gigi.

Savannah não se parecia mais com Savannah.

Avery apertou a mão de Gigi, depois deu um passo para trás, Xander, Nash e Jameson se juntando a ela. Grayson permaneceu onde estava, com um braço envolvendo protetoramente os ombros de Gigi.

— Ouros e copas — anunciou Avery. — Vocês estão na próxima fase do jogo. Paus... sempre há o próximo ano.

— Uma vez jogador, sempre jogador — disse Jameson, dirigindo essas palavras diretamente a Gigi.

Ela não conseguiu olhar para Brady ou Knox. Em vez disso, Gigi olhou para o horizonte. *Eu deveria contar a Avery e aos outros sobre a escuta. Eu deveria contar que o codinome Mimosas está aqui.*

Eu vou contar a eles.

Agora mesmo.

Não havia mais razão para *não* contar a eles. Mas o que saiu da boca de Gigi foi:

— Temos que deixar a ilha imediatamente?

Gigi não conseguiu evitar que seus pensamentos se voltassem para o arbusto repleto de espinhos onde ela havia encontrado a bolsa.

— Você pode tirar um tempo para se despedir — disse Avery a ela. — Descanse um pouco, se precisar. O barco para o continente sai ao meio-dia.

— Vou consertar você, menina — Nash disse a Gigi, uma oferta e uma ordem, enquanto substituía Grayson ao lado dela, do jeito que só o irmão mais velho de Grayson conseguia.

Gigi levou a mão ao nó que latejava em sua testa. Havia apenas um pouco de sangue.

— E quanto ao resto de nós? — Essa era Savannah, sua voz perfurando o ar da manhã, e Gigi não pôde deixar de pensar que, em todas as outras vezes em que ela tinha sofrido uma concussão, sua gêmea fora a única a examiná-la, a consertá-la.

Mas não agora.

Neste momento, Savannah estava concentrada apenas no jogo.

— O que vem a seguir para aqueles de nós que conseguiram chegar ao cais ao amanhecer?

Capítulo 78

ROHAN

Se havia uma habilidade — uma habilidade legal e perfeitamente moral, pelo menos — que Rohan tinha em abundância, era a de ler o ambiente. E se havia uma habilidade que ele havia aperfeiçoado nas últimas doze horas, era a de ler Savannah Grayson.

Ele tinha ouvido a respiração aguda de Savannah quando a cabeça de sua gêmea se chocou contra a rocha. Ele sentiu o mundo de Savannah parar bruscamente, congelado nos segundos que Gigi levou para se levantar.

Ele sentiu a mudança em Savannah quando ficou claro que Gigi ia ficar bem.

Vingança. Rohan se imaginou no labirinto, colocando a mão na porta da sala que continha incógnitas — coisas que importavam, peças que não se encaixavam.

Grayson Hawthorne. Gigi. O pai ausente. Vingança. Uma imagem começou a se formar. Rohan desviou sua atenção do mundo real apenas o suficiente para olhar entre Savannah e os criadores do jogo quando Jameson Hawthorne se adiantou para responder à pergunta dela.

O GRANDE JOGO 377

— Aqueles de vocês que permanecem no jogo terão doze horas para descansar um pouco. Então, aguardem uma entrega especial. Enquanto isso... — Jameson olhou para Xander.

O mais jovem dos Hawthorne estendeu o braço direito e levantou a manga de forma dramática. Ele estava usando o que pareciam ser oito smartwatches. Com muita cerimônia, Xander Hawthorne tirou cinco dos relógios, entregando-os aos jogadores restantes, um por um.

Rohan aceitou o seu e depois observou Savannah fazendo o mesmo.

Ela não olhava para Xander Hawthorne. Tampouco olhava para sua irmã gêmea ou para seu meio-irmão Hawthorne.

Savannah olhava para Avery Grambs.

Capítulo 79

LYRA

Lyra olhou para o relógio que Xander Hawthorne acabara de colocar em seu punho. As palavras rolaram pela tela: JOGADORA NÚMERO 4, LYRA KANE.

Lyra já havia sido a número quatro de oito antes, mas agora era a número quatro de cinco. Seu olhar se voltou primeiro para Grayson, que ainda estava perto da irmã ferida, e depois para Odette.

Os três não eram mais uma equipe.

— Uma pergunta — disse Odette. Ela apertou a pulseira de seu relógio entre um dedo e o polegar. — Esses relógios são transferíveis?

O cérebro de Lyra levou um segundo para entender o que Odette acabara de perguntar.

— Pelas regras do jogo — explicou Odette —, posso dar meu lugar na segunda fase para outro jogador?

O quê? Não. Lyra olhou fixamente para Odette. *Você está morrendo. Esse jogo... você vai vencê-lo nem que seja a última coisa que faça.* Lyra olhou para Grayson, que olhou de volta para ela, uma troca silenciosa que disse a Lyra que suas mentes estavam operando em conjunto.

Odette não podia ir embora. Não antes de contar a eles o que sabia.

— Por que você faria isso? — A expressão de Jameson Hawthorne deixou claro: ele estava intrigado. Pensando de forma objetiva, *intrigado* era algo que caía bem em Jameson Hawthorne, mas Lyra mal olhou para ele.

Havia apenas um Hawthorne naquela doca que importava para Lyra, um Hawthorne que sabia o que de fato estava em jogo. *Um e somente um.*

— Minha saúde não está como eu pensava quando entrei neste jogo. — Odette vendeu essa declaração como a atriz que era, o queixo inclinado, orgulhosa, como se fosse muito custoso admitir aquilo.

Não é por isso que você está indo embora. Lyra sabia disso. Ela sabia que Grayson também sabia.

Era por causa do símbolo ômega, do lírio-do-nilo, da energia que caíra. Era por causa de Lyra e Grayson. *O tipo certo de desastre esperando para acontecer.*

De sua posição no cais, Avery Grambs trocou um olhar silencioso com Jameson, depois com Xander, depois com Nash, antes de por fim olhar de volta para Odette.

— Vamos permitir — disse Avery, falando em nome do grupo.

Odette passou o polegar pela pulseira de seu relógio e se virou para Gigi Grayson.

— Eu não quero isso. — A súbita ferocidade na voz de Gigi surpreendeu Lyra. — Eu nunca quis que alguém me entregasse nada nesse jogo.

Odette fez um breve aceno de cabeça, depois seu olhar se desviou, passando por Knox Landry e pousando em Brady Daniels.

— Quer estender seu punho, meu jovem? — perguntou Odette.

Brady estendeu. Lyra ainda não acreditava que Odette fosse fazer isso, mas, em segundos, Brady estava usando o relógio.

Odette acabara de ceder seu lugar no Grande Jogo.

Por quê? A pergunta martelava em Lyra.

— Essa é a segunda vez que me dão um lugar que eu não mereci nesse jogo. — Brady olhou para baixo e depois para cima de novo. — Obrigado, sra. Morales.

O silêncio tomou conta dessa proclamação, quebrado apenas pelo som das ondas batendo no cais.

— Então é isso. — Knox recuperou a voz primeiro; suas palavras eram intensas, mas estranhamente desprovidas de emoção. — Estou fora do jogo, Daniels, e você não. Isso deve parecer justiça para você. Você não poderia ter planejado melhor.

Para os ouvidos de Lyra, isso soou como uma acusação. Será que Knox achava que Brady *tinha* planejado isso? Como seria possível?

— Talvez — disse Brady, olhando para o horizonte — eu só tenha tido um pouco de fé.

Quando os criadores do jogo e os outros jogadores começaram a sair da doca, Lyra manteve os olhos fixos em Odette, telegrafando uma mensagem que ela esperava que fosse muito, muito clara: *Você não vai embora... Não até nos contar o que sabe.*

Odette não fez nenhuma tentativa de seguir os outros até a casa.

Grayson também ficou parado, e logo os três eram os únicos que restavam na doca.

— Você está fora? — indagou Lyra com voz rouca. De todas as perguntas que gritavam em sua mente, ela não tinha ideia de por que havia começado por essa. — E o papo de deixar um legado para seus filhos e netos?

Odette caminhou lentamente até a beira do cais e olhou para o oceano.

— Há alguns legados que não se deseja deixar.

— O que diabos isso quer dizer? — protestou Lyra. Um calafrio percorreu sua espinha.

Um vento leve soprou do oceano, levantando os cabelos de Odette de suas costas, pontuando o silêncio da velha.

— Já que parece que você está relutante em responder à pergunta de Lyra, tente a minha. — O ar de Grayson era o de um atirador de precisão, mirando. — Há quanto tempo você sabe que deixaria o Grande Jogo?

— Desde o momento em que a energia foi cortada. — Odette inclinou a cabeça para o céu. — Ou talvez tenha sido no momento em que você viu meu desenho, Lyra.

O lírio.

— Como você soube? — sussurrou Lyra, as palavras arrancadas de dentro dela. O sonho sempre começava com a flor.

— *O que* você sabe? — Grayson elaborou.

Silêncio.

— Por favor. — Lyra cogitava implorar.

Odette se virou lentamente para encará-los.

— *Um Hawthorne fez isso. A Hawthorne did this* — disse ela. A idosa fechou os olhos e, quando os abriu de novo, repetiu: — *A. Hawthorne did this.* Foi isso que seu pai disse, Lyra, antes de sua última e dramática exibição — ressaltou ela, enfatizando as palavras. — E vocês dois presumiram que foi Tobias? *A Hawthorne,* e nunca ocorreu a nenhum de vocês que o A naquela frase poderia ser uma inicial?

Uma inicial? Lyra ficou olhando para Odette, tentando entender aquilo. Ela examinou o que sabia sobre a árvore genealógica da família Hawthorne.

O bilionário, *Tobias.* Seus filhos, *Zara, Skye* e *Tobias II.* Os netos, *Nash, Grayson, Jameson* e *Xander.*

Alexander. Isso não fazia sentido. Xander tinha a idade dela.

— Alice. — Grayson ficou imóvel, seus olhos encontrando o caminho para os de Lyra, sem mover o corpo. — Minha avó. *Alice Hawthorne.* Ela morreu antes de eu nascer. — Grayson virou a cabeça para olhar para Odette. — Explique.

Odette não estava olhando para nenhum deles agora.

— Sempre há três. — Havia algo de estranho na maneira como a mulher dizia aquelas palavras, como se ela não fosse a primeira a dizê-las.

Como se já tivessem sido ditas muitas vezes antes.

— Três o quê? — insistiu Grayson.

Lyra se lembrou do sonho, dos presentes do pai: um lírio-do-nilo e um colar de doces. *Com apenas três pedaços de doce.*

— Prometi que daria uma única resposta, sr. Hawthorne — retrucou Odette, com ares de advogada. — O resto, se você se lembra, estava envolto em *se.*

— Você prometeu nos dizer como conheceu Tobias Hawthorne. — Lyra não ia desistir de obter respostas. Não podia. — Como você foi parar na Lista dele.

Odette olhou para Lyra por mais um momento, depois se voltou para Grayson.

— Como o senhor supôs corretamente, sr. Hawthorne, eu trabalhava na McNamara, Ortega e Jones. Foi assim que nos conhecemos, seu avô e eu. Seguimos caminhos distintos há cerca de quinze anos, apenas nove meses depois de eu ter sido contratada. *Quinze anos.* O pai de Lyra havia morrido em seu quarto aniversário. Ela estava com dezenove anos e tantos. *Cerca de quinze anos.*

— Como vocês também devem ter imaginado — continuou Odette —, a natureza do meu relacionamento com Tobias era.... complicada.

Lyra pensou em tudo o que Odette havia dito sobre viver e amar. Sobre Tobias Hawthorne ser o melhor e o pior homem que ela já conhecera. Sobre os amores pelos quais ela teria ido até o inferno e voltado — e que o tinha feito.

Desenhe seu Hawthorne, como um dia desenhei o meu.

— Não finja que teve um relacionamento romântico com meu avô. — A voz de Grayson era como aço afiado. — O velho era muito aberto sobre o fato de que não houve ninguém depois de sua amada Alice. *Homens como nós só amam uma vez.* Foi isso que meu avô disse a meu irmão Jameson e a mim, anos antes de morrer e anos depois que você e ele supostamente se separaram. Eu me lembro de cada palavra. *Faz anos que sua avó se foi e nunca mais houve outra. Não pode haver e não vai haver.* — Grayson respirou fundo. — Ele não estava mentindo.

— Uma conclusão lógica — argumentou Odette em um tom de advogada — é a de que, aos olhos de Tobias, eu não era *ninguém*. — Seus lábios se juntaram e depois se separaram ligeiramente. — No final, ele me tratou como *ninguém*.

Desenhe seu Hawthorne, como um dia desenhei o meu.

Lyra sabia, no fundo de seu estômago e em cada osso de seu corpo, que Odette dizia a verdade, e não como uma distração dessa vez.

— Da mesma forma — prosseguiu Odette, de forma equilibrada —, gostaria de salientar que seu avô se referia à esposa dele como *ausente*.

A mente de Lyra se acelerou. Sua boca estava seca.

— Não morta. *Ausente*.

— Já chega. — Grayson tinha claramente chegado ao seu limite. — Minha avó foi enterrada. Ela tem uma lápide. Houve um funeral, um funeral com a presença de muitas pessoas. Minha mãe lamentava a morte da mãe dela desde que me entendo por gente. E você quer que eu acredite que ela está viva? Que ela, o quê? Fingiu a própria morte? Que meu avô sabia... e *permitiu*?

— Tenha certeza de que ele não sabia... no começo. — Odette se voltou para o oceano mais uma vez. — Quando nos conhecemos, Tobias ainda estava de luto pelo amor de sua vida. O preço de enterrar Alice estava gravado em seu rosto e corpo para que todos pudessem ver. E então havia eu. Nós.

Quinze anos antes, Odette teria sessenta e seis anos e Tobias Hawthorne seria alguns anos mais jovem.

— E então... *ela* voltou. — A voz de Odette quase se perdeu em um vento crescente, mas Lyra ouviu muito mais do que apenas as palavras que haviam sido ditas.

Ela. Alice. A Hawthorne.

— A falecida esposa de Tobias veio até ele e pediu que fizesse algo por ela. Como se eles nunca tivessem se separado. Como se ele não a tivesse literalmente enterrado. Ele fez o que Alice havia pedido. Tobias me usou para fazer esse favor... me usou para aquilo que o verdadeiro amor dele queria e depois me descartou e fez de tudo para que eu fosse expulsa da Ordem.

Era isso. A resposta — a única resposta — que lhes havia sido prometida: como Odette havia conhecido Tobias Hawthorne e por que ela estava em sua Lista.

— Qual foi o favor que ele pediu? — perguntou Lyra. *Não houve resposta.*

— Depois que esse favor foi realizado, devo acreditar que minha avó, morta há muito tempo, desapareceu mais uma vez? — O tom de Grayson era impossível de ler. — Que meu avô nunca disse uma palavra a ninguém? Tal mãe, tal filho?

Lyra não era capaz, naquele momento, de entender o que aquilo significava.

— Aqui. — Odette colocou algo nas mãos de Lyra. *Os binóculos de ópera.* — Eles devem ter uma utilidade no jogo que ainda está por vir — disse Odette a Lyra. — Meu jogo já acabou.

Ela realmente vai embora.

— Se estiver com a impressão errada de que já terminamos, sra. Morales — disse Grayson, com um tom sinistro —, permita-me remediá-la dessa ideia.

Odette olhou para Grayson como se ele fosse um garotinho.

— Já dei mais informações do que podia, sr. Hawthorne, e disse muito mais do que deveria. A única resposta adequada para alguns enigmas é o *silêncio*.

A mente de Lyra nunca ficava em silêncio. Vozes ecoavam em sua memória — as de seu pai, as de Odette. *A Hawthorne did this.*

No maior dos jogos, não há coincidências.

Há alguns legados que não se deseja deixar.

— Você disse que sempre há três. — Grayson não estava preparado para desistir. — Três o que, exatamente? — Sem resposta. — Por que deixar o jogo, sra. Morales? Por que desistir da sua chance de ganhar vinte e seis milhões de dólares? Do que você tem medo?

Lyra pensou em seu pai, agradecida por não conseguir lembrar de uma única imagem do corpo dele. *A Hawthorne did this.* Ela pensou no colar de doces, no lírio-do-nilo, em um ômega desenhado com sangue.

Mas, de alguma forma, uma pergunta veio à tona acima de tudo isso, a única pergunta que Lyra tinha alguma esperança de que Odette de fato respondesse.

— Os bilhetes — disse Lyra. — Com os nomes do meu pai. — Seus dedos se curvaram nas palmas das mãos. — Foi você quem os escreveu?

Odette suspirou de repente, um suspiro súbito e anormalmente tranquilo.

— Não escrevi.

Capítulo 80

GIGI

— **Tudo certo, querida.**

Gigi passou cada segundo desde que deixara a doca dizendo a si mesma que iria confessar tudo. Talvez não para Nash, que, assim como Grayson, tinha uma tendência protetora muito forte. E talvez não para Jameson, que era imprevisível, mas para Avery — ou talvez Xander.

— Obrigada — disse Gigi a Nash com alegria. Talvez um pouco alegre *demais*. Mas antes que ele pudesse prosseguir com a Santa Inquisição, bateram à porta do quarto dela.

Não vai ser meu quarto por muito mais tempo. Uma bola de emoção subiu na garganta de Gigi quando Nash abriu a porta.

Brady entrou no quarto. Ele havia voltado a usar suas roupas normais, mas ainda estava segurando a espada. Relembrando as últimas horas, Gigi percebeu que ele provavelmente guardara a espada do seu jeito sutil a noite toda. Sem dúvida, ela seria útil na próxima fase do jogo — se é que *haveria* um jogo depois que Gigi contasse tudo.

Eu sei que você está aí.

Não, raio de sol, você não sabe.

— Grite se precisar de alguma coisa — Nash disse para Gigi. Ele colocou a palma da mão em seu chapéu de caubói e deu a Brady um olhar longo e perturbadoramente neutro, depois se virou e saiu da sala.

Sozinha com Brady, Gigi desenvolveu um intenso fascínio por suas próprias cutículas. Ela sentiu o colchão afundar quando ele se sentou ao seu lado na cama.

— Você ainda está no jogo. — Gigi não conseguia olhar para ele. Ela estendeu a mão para trás para tirar o elástico de cabelo que Brady havia lhe dado, depois o devolveu a ele. Um músculo de sua garganta se contraiu. — Cadê o Knox?

— Por que — perguntou Brady — você está me indagando sobre o Knox?

Gigi pensou na cicatriz de Knox — mas não cabia a ela contar aquela história.

— Você mentiu para mim, Brady.

— Em teoria, eu menti para ele, e você ouviu.

Gigi balançou a cabeça.

— *Não faça isso.*

— Eu contaria mil mentiras — jurou Brady, com a maior intensidade que ela já vira nele — para tê-la de volta.

Ela. Knox tinha razão. Com Brady, era sempre Calla.

— Ganhar este jogo não trará Calla Thorp de volta — disse Gigi.

Brady ficou em silêncio por um longo momento.

— E se eu dissesse que sim?

O quê? Gigi procurou nos olhos dele.

— O que você quer dizer com isso?

Brady não respondeu à pergunta.

— Você poderia ter contado ao Nash sobre a escuta agora mesmo, mas acho que não contou. Você poderia ter cancelado o jogo inteiro. Você não o fez.

— Eu *ainda* não contei a ninguém — corrigiu Gigi. Brady não fazia ideia do tamanho do segredo que ela guardava.

Eu sei que você está aí.

Não, raio de sol, você não sabe.

Brady estendeu a mão para pegar a de Gigi.

— Estou pedindo que você deixe o jogo seguir seu curso.

Gigi sentiu o calor do toque de Brady. Ele *queria* que ela sentisse isso.

Ela puxou a mão de volta.

— Alguma parte foi verdade? — perguntou ela, com a voz embargada. A maneira como ele a tocou. O modo como ele a olhava. Teoria do caos.

— Todo tipo de coisa pode acontecer — disse Brady em voz baixa — em um sistema fechado.

— Nada entra, nada sai — disse Gigi. *Uma sala fechada. Uma ilha.*

— Eu não estava mentindo — respondeu Brady, com a voz um pouco embargada — quando disse pra você que meu cérebro gosta de *Além da conta*.

Gigi tentou loucamente olhar para qualquer lugar, menos para o rosto dele, e seu olhar caiu sobre a espada.

— Se te pedisse para me dar isso, você daria?

— Para que você usaria isso agora, Gigi? — ele respondeu com gentileza.

Ela estava fora do jogo, e ele não.

— Foi o que pensei. — Gigi reuniu seu melhor e mais brilhante sorriso, porque isso *doía*. — Você queria que eu sentisse algo por você. Queria que eu confiasse em você e gostasse de você. Talvez tenha pensado que poderia me usar na próxima fase do jogo, se nossa equipe conseguisse sair ao amanhecer. — Gigi ainda estava sorrindo. Ela não conseguia parar. Ela não podia se permitir parar. — Você me enganou, Brady.

— Estou jogando como se a vida dela dependesse disso. — Brady se inclinou para a frente e, de repente, Gigi não conseguia ver nada além de seu rosto. — Juliet? Preciso que esse jogo continue.

Essa era a segunda vez que ele a chamava de *Juliet*.

— Eu nunca perguntei... — Gigi se deu conta. — Como você sabe meu nome verdadeiro?

Brady não respondeu.

Alguma parte foi verdade?, perguntara ela.

Todo tipo de coisa pode acontecer em um sistema fechado.

Mas aquele não era um sistema fechado de verdade, certo? E, pela primeira vez, uma possibilidade ocorreu a Gigi — não apenas uma possibilidade. Uma *probabilidade*.

— Sabe, é engraçado. — Gigi olhou Brady bem nos olhos. — Você me contou sobre o patrocinador de Knox, mas nunca mencionou o seu.

Brady não negou o fato.

Gigi pensou em Knox dizendo que os Thorp não eram os únicos que jogavam naquela cidade, dizendo que Orion Thorp não era o único membro de sua família que gostava de jogar. Ela pensou em Brady, jogando o Grande Jogo como se a vida de Calla dependesse disso. Pensou em Knox, na cicatriz e a maneira como ele disse que Calla tinha *ido embora*.

Quando Gigi se deu conta, Brady se levantava para ir embora e Xander estava na porta.

— Se vale de alguma coisa — disse Brady a Gigi —, nos últimos seis anos, não houve ninguém que me fizesse esquecer

Calla. Não houve um único *momento*. — Brady quase sorriu para ela. — Com você, isso aconteceu por alguns instantes.

Xander esperou até que Brady saísse, fechou a porta e se voltou para Gigi com uma sobrancelha erguida a alturas ridículas.

— Sinto que tem uma história aí.

Gigi sabia que tinha de contar a Xander... sobre a escuta, a faca, o codinome Mimosas, tudo isso. Ela *ia* contar.

Mas, de alguma forma, o que saiu foi:

— Eu perdi. Nada de épicos vikings para mim.

— Quem disse? — Xander atravessou a sala e se sentou ao lado dela. — Acabei de fazer um pedido de um capacete viking muito atraente para usar enquanto for recitar as tais canções épicas.

— Como se você já não tivesse um capacete viking — respondeu Gigi.

— Se você quiser entrar em *detalhes técnicos,* acabei de fazer um pedido de um capacete viking reserva para o meu capacete viking reserva — admitiu Xander. — Esse é bem grande.

Gigi nem precisou *tentar* sorrir para Xander.

Ele bateu com o ombro no dela.

— Só porque você não ganhou — disse Xander, tirando uma rosquinha do nada e entregando para Gigi —, não quer dizer que a jornada tenha sido menos que épica, e eu já escrevi sagas vikings por menos.

Conte para ele, pensou Gigi, com as palavras na ponta da língua: *encontrei uma bolsa escondida no mato e, dentro dela, havia uma roupa de mergulho, um tanque de oxigênio, um colar que não era apenas um colar e uma faca.*

— Uma vez construí uma máquina de Rube Goldberg com o único propósito de bater na minha bela bunda. — Xander encontrou o olhar de Gigi. — Isso quer dizer que sou um homem de muitos talentos... e um deles é ouvir. Sou um ótimo ouvinte.

A única coisa razoável que eu poderia fazer agora é contar a ele.

O que importava o fato de Brady ter pedido a ela que não o fizesse?

O que importava que ela tivesse passado mais noites do que poderia contar olhando para a escuridão, esperando que o Bela Encrenca reaparecesse?

Que importava que ele a chamasse de *raio de sol?*

— Eu tenho até o meio-dia, certo? — perguntou Gigi.

Xander sorriu.

— Para facilitar minhas futuras composições, por favor, me diga que o que você tem planejado rima com *Valhala* ou *sanduíche de carne e queijo.*

Gigi olhou para Xander.

— Você não vai perguntar o que estou aprontando?

— Como eu disse, sou um homem de muitos talentos. — Xander passou o braço em volta dela. — Entre eles, sou ótimo em aconchegar de forma platônica e sei quando *não* fazer perguntas.

Capítulo 81

ROHAN

Rohan não planejava passar mais do que quatro das doze horas entre a fase um e a fase dois do jogo dormindo. Ele nunca precisou dormir tanto quanto as outras pessoas, e os anos no Mercê haviam aperfeiçoado seu corpo e sua mente para operar com ainda menos.

Havia formas melhores de usar o tempo — como determinar a próxima jogada. *Restavam cinco jogadores. Outro desafio chegando.* Com Savannah ao lado dele, pelo menos por enquanto, Rohan podia praticamente sentir o gosto da vitória.

Entrou no chuveiro e colocou o rosto sob o jato de água, desenhando no vidro embaçado — dessa vez com o dedo, em vez de uma faca.

Knox Landry, o cavalo, *fora*. O mesmo acontecera com Odette Morales, o bispo, e Gigi Grayson, o peão. Havia, no entanto, um jogador a ser adicionado. *Grayson Hawthorne.*

Os instintos de Rohan diziam que Grayson não era uma peça a ser jogada, mas um jogador. Uma ameaça. Rohan escolheu o símbolo do infinito para representar o Hawthorne no jogo e depois ponderou o que sabia sobre Lyra Kane.

Havia algo ali, além do modo como ela olhava para Grayson e o modo como Grayson a olhava de volta, algo cru e talvez até desesperado. Algo que poderia ser útil, uma vez que Rohan identificasse exatamente o que era. *O pai dela? Aqueles bilhetes que ela encontrou.*

E sobrava Brady Daniels. *Qual é a dele?* Rohan meditou por um momento. *Como ele vai jogar?*

Brady Daniels.

Grayson Hawthorne.

Lyra Kane.

Por fim, Rohan pensou em Savannah. A aliança deles era, sem dúvida, sua melhor chance de neutralizar Grayson e, por consequência, Lyra.

Havia apenas uma questão a ser resolvida entre Savannah Grayson e Rohan primeiro.

— Eu sei que você está aí, britânico. — Savannah falou do outro lado da grossa porta de madeira.

Rohan arrastou um dedo levemente em torno da fechadura de bronze ornamentada da porta — a porta do quarto de Savannah naquela casa de vidro enigmática.

— Você só sabe que estou aqui porque não me preocupei em me esconder.

A porta se abriu e lá estava ela, não mais usando o vestido azul-gelo. O cabelo de Savannah estava molhado, o corpo enrolado em uma toalha do mesmo tom gelado do vestido.

Cuidado, rapaz. Não era sempre que Rohan ouvia a voz do Proprietário em sua cabeça, mas ele a ouvia agora. *Você sabe muito bem como reconhecer uma armadilha.*

— A herdeira Hawthorne. — Rohan ignorou a toalha — Avery Grambs.

— Você acha que descobriu alguma coisa, não? — Savannah, de toalha e cabelos molhados, não poderia ter soado menos impressionada.

— Quase tudo — murmurou Rohan.

Savannah deu um passo para trás, permitindo que ele entrasse em seu quarto. Rohan passou por ela, bem ciente de que, com aliança ou não, estava em território inimigo.

— Quase me virei contra você, lá no cais — disse Savannah atrás dele. — Teria sido muito fácil. — Rohan a ouviu erguer a mão, provavelmente para tocar as pontas irregulares de seu cabelo. — *Foi um desafio* — disse Savannah, sem especificar que tinha sido ela a lançar aquele desafio. — *Ele fez isso... com uma faca.*

— Nenhuma mentira aí — respondeu Rohan, seco.

— Grayson se acha meu protetor — disse Savannah. — Ele teria derrubado você em um piscar de olhos.

Rohan deu de ombros.

— Ele poderia ter tentado.

— Os outros Hawthorne teriam interrompido a briga... ou se juntado a ela, acredito, e aí eu poderia colocar a culpa da queda de energia em você.

— Mas você não fez isso — observou Rohan de forma desapaixonada.

— Ao contrário de algumas pessoas, eu tenho honra. — Savannah Grayson era uma mulher de palavra... e aquele *algumas pessoas* não era uma indireta para ele.

— Não é hora de me destruir — disse Rohan, seu sorriso lento e um pouco irregular. — Ainda.

Savannah se aproximou, parando logo atrás dele.

— Ainda — concordou ela.

Rohan se virou, o que os deixou cara a cara.

— Avery Grambs — Rohan disse o nome, depois olhou para o queixo dela: — E aí está a sua pista, Savvy.

Ele levou uma das mãos até o músculo que marcava a linha da mandíbula dela, deslizando sobre a pele.

— Parei para pensar — disse Rohan calmamente — que o vencedor do Grande Jogo é coroado em uma transmissão ao vivo com metade do mundo assistindo.

Savannah nem sequer piscou.

Rohan se inclinou em direção a ela, aproximando seu rosto do dela.

— É disso que você precisa para se *vingar?*

Sem nenhum aviso, Savannah passou as mãos pelos cabelos dele, enrolando os dedos, inclinando a cabeça dele para trás — e, dessa vez, ela não estava *atacando.* Também não estava sendo gentil.

— O que eu preciso — sussurrou ela, com os lábios muito próximos aos dele — não é da sua conta.

A virada era justa — as mãos dele no cabelo *dela.* Será que ela sentia a respiração dele em seu pescoço, logo abaixo do local onde a mandíbula encontrava a orelha?

— Me conte, Savvy. O que a herdeira Hawthorne fez? O que você está planejando?

Ela se inclinou, capturando os lábios dele com os dela. Alguns beijos eram apenas beijos. Alguns beijos eram uma tortura. Alguns eram necessários, como uma respiração.

Alguns beijos tinham um objetivo.

Savannah Grayson era brutal. *E não se pode confiar nela.* Rohan sabia disso. Ele saboreou isso, recuando, controlando o desejo de devorá-la inteira e permitindo-se ser devorado em troca.

O GRANDE JOGO 397

— Savvy. Você está tramando alguma coisa.

— E se eu estiver? Você vai me usar. Eu vou usar você. É esse o acordo. — Ela o tocou, e o poder desse toque explodiu no corpo de Rohan como fogos de artifício, como fogo, como o estalar de ossos.

— Não se esqueça da parte em que destruímos um ao outro — sussurrou Rohan. — Estou ansioso por isso.

— Você acha que eu sou do tipo de pessoa que esquece alguma coisa, britânico?

— Me diga — murmurou Rohan nos lábios dela —, o que você vai fazer se ganhar?

— *Quando* eu ganhar — corrigiu Savannah.

— Quando você ganhar. — *Você não vai ganhar, gata. Mais cedo ou mais tarde, serei forçado a virar a chave.*

Savannah olhou para ele e para dentro dele, como se pudesse sentir a escuridão, como se quisesse vê-la.

— *Quando* eu ganhar, vou usar o momento em que reivindicar o prêmio para que o mundo saiba exatamente quem é Avery Grambs. Saiba quem *eles* são.

— Os Hawthorne — disse Rohan.

— Sem um exército de advogados para apoiá-los. Sem uma máquina de relações públicas. Sem tempo para criar a negação perfeita. — Savannah agarrou a camisa de seda de Rohan. — Eles não sabem que eu sei.

— Sabe o quê, Savvy?

Savannah sorriu, um sorriso de lábios apertados e muito controlado que Rohan sentiu como se fossem unhas em suas costas.

— Avery Grambs matou meu pai.

Capítulo 82

LYRA

Lyra tentou dormir e, quando não conseguiu, correu para se cansar e dormir um pouco antes da próxima fase do jogo, para silenciar as vozes em sua mente.

No maior dos jogos, não há coincidências.

A Hawthorne did this.

A Hawthorne.

Sempre há três.

Lyra continuou correndo. Ela ultrapassou o limite de sua resistência e, quando tudo doía, quando seu corpo ameaçava desistir, Lyra se forçou a continuar até não poder mais.

Até chegar às ruínas.

Com o peito arfando e os músculos em chamas, Lyra fechou os olhos e caminhou pelos restos carbonizados e esqueléticos da antiga mansão, até o pátio arruinado, até a beira do penhasco.

E, de repente, Grayson estava lá. Dessa vez, Lyra sentiu quando ele se aproximou. Ela se virou e abriu os olhos.

— O que temos — comentou Grayson —, o que Odette nos deu... é um começo.

Um músculo do peito de Lyra se contraiu.

— Não existe *nós*, Grayson. — Lyra olhou para baixo, depois para longe... para qualquer lugar, menos para ele. — Você não precisa continuar jogando. Nós conseguimos sair. Você cumpriu sua parte do acordo.

— Pode ter certeza de que vou jogar até o fim, Lyra. — Não havia como discutir com aquela voz. Não havia como discutir com Grayson Hawthorne.

Ela só podia *perguntar*:

— Por quê?

— Receio que você tenha que elaborar essa pergunta.

Lyra não conseguiu se impedir de observá-lo de novo, rasgando-o com o olhar, tentando ver além da superfície.

— Por que você se importa?

Com o Grande Jogo.

Com meu pai e o símbolo ômega.

Com isso.

Comigo.

— Já está mais do que claro — retrucou Grayson — que o mistério em questão diz respeito à minha família também.

— Certo. — Os lábios de Lyra ficaram dolorosamente secos... A boca e a garganta também. — Com certeza.

Que outra resposta ela esperava? Que outra resposta poderia haver?

— Lyra. — Aquilo era uma ordem, *um olhe para mim,* um pedido.

Ela olhou. Olhou para ele.

— Eu sempre me importei. — As palavras de Grayson saíram ásperas e cruas. — Quando você não passava de uma voz do outro lado do telefone me chamando de idiota. Desligando na minha cara. Expondo sua alma em um tom que deixava claro que você não sabia nem como recuar. *E sua voz...* só o som dela, Lyra. — Grayson desviou o olhar, como se olhar para ela fosse quase fisicamente doloroso. — Eu sempre me importei.

Lyra balançou a cabeça, fazendo com que seus cabelos escuros voassem.

— E, quando você me disse para parar de ligar — respondeu ela, com mais nitidez no tom do que de fato sentia —, você não estava falando sério.

Houve um momento, lá na Grande Sala de Escape, em que ela acreditara nele. Por que era tão difícil acreditar nisso agora?

— Naquele dia, quando você ligou, eu estava sofrendo. — Grayson ergueu os olhos para os dela. — Por motivos que não têm nada a ver com você, eu estava me desfazendo, e *isso nunca acontece comigo*. Em geral, quando não posso mais negar que estou sofrendo, afasto as pessoas. Encontro uma maneira de machucar mais.

— Para provar que você pode — concluiu Lyra, pensando em quantas vezes havia corrido até atingir e superar o ponto de dor. — Para provar que, não importa o quanto você se machuque, você sobreviverá.

— *Sim.* — Era como Grayson era naquela época, antes de passar tanto tempo praticando estar errado. — Eu me arrependi de ter dito para você parar de ligar. Demais. De qualquer forma, continuei esperando que você ligasse de novo. Passei tantas horas com o arquivo do seu pai, tentei tantas vezes encontrar você...

— Mas não encontrou! — Lyra não se conteve dessa vez. — Você é Grayson Hawthorne. Você não *tenta* fazer nada. Você inclina a cabeça meio centímetro e está *feito*. — As palavras vinham mais rápido agora. — *Eles* me encontraram... seus irmãos e Avery. Eles me encontraram para O Grande Jogo, então não me diga que você olhou, Grayson. Você é *Grayson Hawthorne*. Você poderia ter...

— Eu não poderia. — Grayson deu um passo à frente. — E meus irmãos e Avery... não fizeram isso.

O olhar de Lyra se voltou para o rosto dele.

— Ninguém encontrou você, Lyra. Você veio até aqui — disse Grayson, com a voz baixa, a ênfase inconfundível. *Você. Aqui.*

— Porque eu fui convidada! — Lyra tinha dito quase as mesmas palavras antes.

Grayson não discutiu com ela... não no início. Ele não precisava. Ele era Grayson Hawthorne. Seus olhos faziam isso por ele.

E ela simplesmente não conseguia desviar o olhar.

Enfim, Grayson falou, a intensidade em sua voz correspondia a cada linha de seu rosto impassível:

— Eu mesmo entreguei o ingresso da Savannah. Eu o ofereci à Gigi primeiro, como havia sido instruído a fazer, mas Gigi recusou. Ela queria ganhar seu próprio ingresso, um dos quatro curingas. Savannah era a próxima da fila.

— Savannah recebeu um convite direto para o jogo — disse Lyra. — E daí?

Mas, mesmo ao dizer essas palavras, Lyra se lembrou de repente de Brady no cais, depois que Odette lhe deu o relógio, dizendo que ele havia recebido um lugar no Grande Jogo *duas vezes*.

E Odette também tinha sido uma das escolhidas por Avery.

— Savannah. Brady. Odette. — Lyra engoliu em seco. — Três jogadores escolhidos por Avery. — Ela relembrou o baile de máscaras, a dança com Grayson, o momento em que esteve a ponto de dizer *estou aqui porque fui convidada* e acabou dizendo *porque mereço estar aqui.*

Ela recebera o bilhete. Ele viera com uma carta.

— Depois que ouvi sua voz pela primeira vez, confrontei Avery e meus irmãos. — Grayson fixou seus olhos nos dela. — Fui descobrir o que diabos estava acontecendo, e os quatro deixaram bem claro: você veio até nós.

Você. Nós.

— Uma carta curinga — disse Grayson.

Mas Lyra *não tinha* ido até eles. Ela *não* havia competido para ganhar aquele ingresso. Alguém o havia enviado para ela. Alguém havia escrito as palavras VOCÊ MERECE ISSO em um papel que se desfez em pó. Lyra não conseguia se lembrar da caligrafia, mas se lembrava de uma coisa.

A tinta era azul-escura.

— Os bilhetes nas árvores. — Lyra desejou que Grayson entendesse, embora não tivesse colocado seus pensamentos em palavras para ele. — A tinta era azul.

— Lyra? — Grayson transformou o nome dela em uma pergunta.

Alguém a queria ali.

Alguém sabia o nome do pai dela.

E Grayson *havia* procurado por ela. Uma comporta se abriu dentro de Lyra. *O tipo certo de desastre esperando para acontecer. Um Hawthorne e uma garota que tem todos os motivos para ficar longe dos Hawthorne.*

Lyra procurou Grayson mesmo assim. Sua mão encontrou o caminho para a nuca dele pela primeira vez.

— Alguém me enviou esse bilhete, Grayson. Pensei que tivesse sido a Avery. Mas se não foi...

— Então quem diabos foi? — concluiu Grayson, levando a mão à bochecha dela.

Lyra não se afastou. Ele era um Hawthorne. *Aquele* Hawthorne.

Seu Hawthorne, Odette havia dito.

Lyra pensou no perigo do toque. Pensou em todos os motivos que tinha para não fazer isso. Mas quando Grayson abaixou os lábios, Lyra se ergueu na ponta dos pés, inclinou a cabeça para trás, movendo-se como uma bailarina, precisando disso — e dele.

A lembrança que ela tinha *daquele beijo* havia muito tempo deu lugar a *este beijo*. E este beijo era *tudo*.

Capítulo 83

GIGI

— Sei que você está aí.

Gigi voltou ao local onde havia encontrado a bolsa. Não importava quantas vezes ela dissesse as palavras, gritando-as para o mar, não havia resposta.

— Eu sei que você pode me ouvir. Sei que está aí.

O tempo estava passando. Sua carona para fora da ilha sairia ao meio-dia.

— Vou dizer ao Grayson que você está na Ilha Hawthorne — avisou ela, levantando a voz. — Porque, se você está aqui, deve ter sido a Eve que mandou, certo?

Gigi nem sequer sabia quem *era* Eve, além do fato de que ela era jovem e rica e tinha uma ligação estranha com a família Hawthorne. Grayson também havia alertado Gigi para ficar longe dela.

— Se Eve mandou você pra cá, não pode ser coisa boa, não? E eu tenho a obrigação moral de dizer alguma coisa! Não sei por que ainda não fiz isso. Não é que eu seja boa em guardar segredos. Eu *odeio* segredos. — Gigi engoliu em seco. — Eu *odeio* isso.

Ela não tinha se permitido pensar nessas palavras nem uma vez nos últimos dezessete meses.

— E você! — acrescentou Gigi em voz alta. — Eu odeio muito você, saiba disso. — Ela enfiou a mão no bolso e retirou os restos do colar. *Tudo menos a escuta.* Ela jogou tudo no mar.

— Vou entregar a escuta para o Xander — avisou ela.

Não houve resposta. O vento açoitava os cabelos de Gigi. Ela começou a se virar — então uma mão lhe tapou a boca por trás.

A mão segurava um pano. O pano tinha um cheiro doce — *muito doce, doce demais.* Gigi lutou, mas o outro braço a imobilizou.

— Calma aí, raio de sol.

Epílogo

ALGUÉM QUE OBSERVA

Algumas situações mereciam ser observadas. *O Grande Jogo. Jameson Hawthorne e Avery Grambs. A garota Kane, o garoto do Mercê do Diabo e todo o resto.*

Talvez observar fosse tudo o que a situação merecia.

Talvez não houvesse problemas reais a serem resolvidos.

Talvez.

AGRADECIMENTOS

Sou muito grata a toda a minha equipe editorial da Little, Brown Books for Young Readers. Não consigo imaginar um grupo de pessoas mais brilhantes, criativas e dedicadas, e estou sempre admirada com o que essa equipe fez por toda a série Jogos de Herança. Obrigada à minha editora, Lisa Yoskowitz, que me acompanhou em três rascunhos deste livro e em duas das maiores revisões de minha vida. Não há maior dádiva como autora do que saber que posso me esforçar e buscar as estrelas porque, mesmo quando começo a duvidar de mim mesma, tenho muita confiança na capacidade da minha editora de me ajudar a chegar onde quero. Lisa, obrigada por não hesitar quando entrego um novo rascunho e digo "muitas das mesmas coisas acontecem, mas quase todas as palavras são novas". Obrigada por suas sugestões, sua ajuda e seu apoio. Valorizo muito nossa colaboração. Agradeço também a Alex Houdeshell por seus palpites sobre o primeiro rascunho — Alex, usei cada um dos comentários que você me deu, e todos foram brilhantes!

Obrigada a Karina Granda por mais um design de capa incrível e ao artista Katt Phatt por uma das minhas capas favoritas de todos os tempos. Fico maravilhada com a quantidade de visão e talento artístico envolvidos no design dessas capas e extremamente grata pela maneira como esses artistas me convidam para fazer parte do processo, de modo que possamos trabalhar juntos para garantir que cada uma seja por si só um quebra-cabeça que de fato reflita o livro em seu interior.

Também sou incrivelmente grata às incríveis equipes de vendas e marketing que ajudaram a levar toda a saga dos Jogos de Herança a tantas mãos. Savannah Kennelly, Bill Grace e Emilie Polster, vocês são maravilhosamente criativos e apaixonados, além de ser pura diversão trabalharmos juntos. Poderia ficar sentada o dia todo tendo ideias novas com vocês, e sempre fico impressionada com a maneira como conseguem ter qualquer ideia e fazer com que ela aconteça de uma maneira muito melhor do que eu poderia ter imaginado! Agradeço às designers de marketing Becky Munich e Jess Mercado por seu belo trabalho, e à minha equipe de marketing da School & Library, Victoria Stapleton, Christie Michel e Margaret Hansen, por colocar esses livros nas mãos de jovens leitores em todo o país. Da mesma forma, sou incrivelmente grata à incrível equipe de vendas, que fez um trabalho fantástico ao criar oportunidades para que leitores de todas as idades descobrissem e investissem no Grande Jogo: Shawn Foster, Danielle Cantarella, Claire Gamble, Katie Tucker, Leah CollinsLipsett, Cara Nesi e John Leary.

Também gostaria de agradecer à minha publicitária, Kelly Moran, por todo o seu trabalho. Kelly, adoro sua disposição para pensar grande e se divertir, e também aprecio profundamente a maneira como você protegeu meu tempo e foi tão flexível ao trabalhar comigo em momentos difíceis.

Agradeço também à equipe de produção que ajudou a transformar o livro de um documento do Word em um livro real. Agradeço à editora de produção Marisa Finkelstein, que está sempre disposta a ir além; ao editor-chefe Andy Ball; à coordenadora de produção e manufatura Kimberly Stella; à preparadora de texto Erin Slonaker; às revisoras Kathleen Go e Su Wu; e a todos que me ajudaram a garantir que eu tivesse o cronograma necessário para fazer deste livro o melhor possível. Agradeço muito por isso — e por vocês!

Uma das coisas mais notáveis para mim sobre toda a equipe da Little, Brown é que eles não são apenas excelentes em seus trabalhos, mas também é pura alegria trabalhar com eles, e adoro o quanto a equipe claramente gosta de colaborar com os autores e uns com os outros. Obrigada, Megan Tingley e Jackie Engel, por sua liderança nessa equipe e por seu papel em manter essa alegria, bem como por seu enorme apoio aos meus livros.

Agradeço também a Janelle DeLuise e Hannah Koerner, por seu trabalho com os subdireitos e por ajudar a levar este livro a um público global, bem como aos nossos parceiros editoriais da Penguin Random House UK, especialmente Anthea Townsend, Chloe Parkinson e Michelle Nathan. Agradeço também aos meus incríveis editores de todo o mundo por levarem a série Jogos de Herança a leitores em mais de trinta países — e mais de trinta idiomas! — em todo o planeta. E um agradecimento especial para todos os tradutores que trabalharam em *O Grande Jogo*. Agradeço muito pelo esforço dedicado à tradução dos enigmas, acima de tudo!

Já que estamos falando de edições traduzidas, também gostaria de agradecer a Sarah Perillo e Karin Schulze da Curtis Brown por seu papel essencial em ajudar a levar este livro aos leitores de todo o mundo! E obrigada a Jahlila Stamp e Eliza Johnson, que ajudaram a garantir que todos os contratos estrangeiros fossem realmente assinados. No ano passado, a vida foi um pouco mais caótica e ando menos organizada do que nunca, e sou muito grata por sua persistência, bondade e paciência.

Sou uma das poucas autoras que conheço que permaneceu com a mesma agente e agência durante toda a minha carreira (desde que eu era adolescente!) e sou muito grata por trabalhar com todos na Curtis Brown. Elizabeth Harding, obrigada por seu trabalho não apenas neste livro, mas em todos os que o antecederam! Foi uma longa jornada de quase duas décadas, e sou muito grata tanto pelo nosso relacionamento profissional quanto por todo o apoio que você me deu em tantas épocas da minha vida. Holly Frederick, obrigada por ser uma grande defensora dos meus livros, desde quando eu estava na faculdade! Estou bastante empolgada com muito do que conseguimos realizar nos últimos dois anos. E obrigada também a Eliza C. Leung, por garantir que todos os contratos fossem assinados, por sua persistência, gentileza e paciência, e a Manizeh Karim, por sua ajuda nos bastidores.

Escrever *O Grande Jogo* envolveu todo tipo de pesquisa. Uma das coisas mais incríveis de ter sido uma professora universitária é que meu maravilhoso grupo de amigos é composto de especialistas em toda sorte de coisas aleatórias! Para este livro, agradeço especialmente à dra. Jessica Ruyle, expert extraordinária em radares, que me fez rir tanto enquanto conversávamos a respeito da ciência por trás de aparelhos de escuta. Todos os erros no texto são meus, porque Jessica é brilhante!

Por fim, quero agradecer à minha família, que se esforçou muito no último ano para me apoiar. Algumas épocas da vida são mais difíceis do que outras, e eu literalmente não poderia ter escrito este livro sem o amor, o apoio e os sacrifícios feitos por meus pais e meu marido. Obrigada, obrigada, obrigada.